織謠者

貝殼之夢

陳若那

—著—

風環帶諸嶼地圖

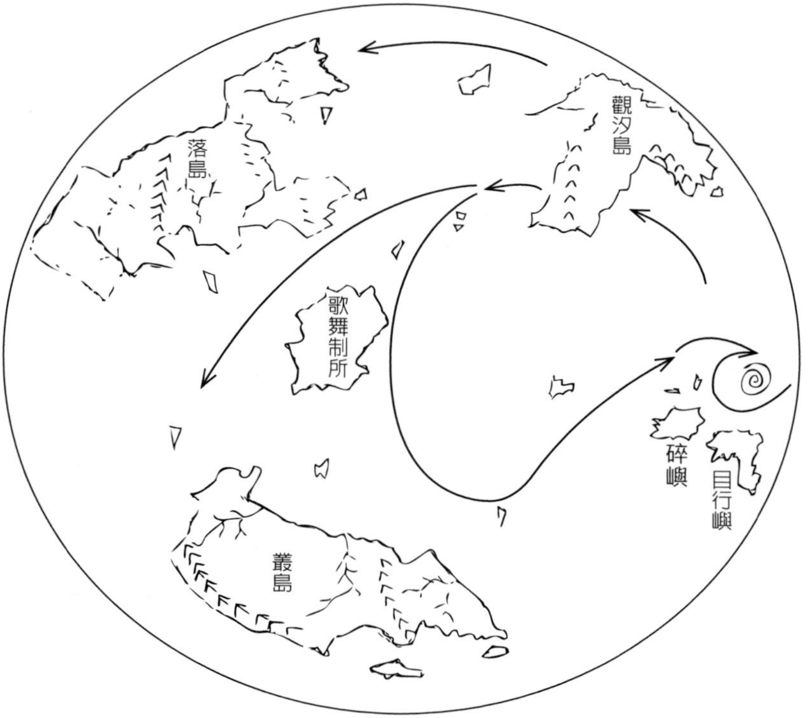

推薦序

《歸途》、《光明繼承者LIKADO》作者　子藝

風土味是個有趣的描述方式，畢竟當我們在建構奇幻世界的時候，可以有很多種描繪方式，也都可以很迷人，端看作者如何安排。

但建立出風土的味道，難度可不低，因為風土味的建立是雙向的，除了作者自己要下功夫，也要讀者正好有那種記憶，才能把讀者腦中的記憶帶出來，然後支配整場閱讀體驗。

陳若那這本《織謠者：貝殼之夢》就辦到了，在閱讀初期，故事就激起我自己的某些回憶，讓我不自覺的為場景加上光影、色澤，甚至味道，讓我用那座島嶼（哪座？這就請大家自己猜想了）作為基礎來探索故事。

那是一座有貝殼的島嶼，而貝殼則是全世界通用的符號，用來交易，也用來傳遞訊息。那個拿起貝殼放在耳朵旁邊聆聽的意象，是大家很熟悉的，但我們聽到的訊息，難道不是其他人放進去的？

在這種想像之下，陳若那編織了魔法與歌謠，將記憶從螺旋深處鉤出來。是的，那是我曾經去過的地方，似曾相似，卻又如此脆弱，正如故事裡的島嶼，是那麼容易受到風暴侵襲，卻又能一次又一次的挺過災難。

故事很有趣的讓「大事化小」，常見的魔頭必然受到最終懲罰在這裡是行不通的，我們只是活

下來，然後繼續前進。

或許我們也會在記憶裡不斷重複過往的好與壞、善與惡，但我們也會成長，然後，也許我們的記憶也會被重新詮釋，那麼，這記憶還是原來的記憶嗎？

故事對記憶下了很大功夫去闡述，哪些要被記得，哪些會被遺忘，或許，我們永遠不會知道答案，那是貝殼之夢，註定要隨著海潮來來去去，我們只能聽到迴響。

或許，我們也可以加入自己的歌聲。

推薦語

作者以詩意且溫柔的文字織就一段不凡的成長旅程，同時也是光明與黑暗經典的永恆對抗。我愛極角色的語言是如此自然鮮活，具有某種僅屬於故事本身的特殊聲調。取材自作者家鄉的獨特背景讓這部作品充滿海風的自由與鹹味，我只能用海島型奇幻來加以分類，也因此在地景和文化上，相信臺灣讀者會倍感親近。整體來說，《織謠者》很美，那由作者確實建立的風格，從容悠然，像一首飄在海風裡的歌，我期待它能一直傳誦下去。

——小說家／《獸靈之詩》作者　**邱常婷**

目次

推薦序／子藝——4
推薦語／邱常婷——6
織謠者：貝殼之夢
致謝——292

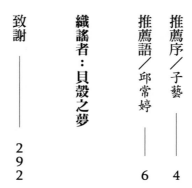

1

月光照耀下，海面有星光閃動。但那不是星光，是點點漁火。在目行嶼這種小地方，每艘船也都是一座島嶼，船上的人夜以繼日地工作，經受風吹雨打，探求多一點點收穫。多年以後，每當畢雅想起故鄉，總是先想到夜晚的漁火，小時候的她坐在某一艘船裡，觀察大人收網時的臉色。

故鄉帶給畢雅寶貴的一課，就是教會她如何帶著委屈察言觀色、適應生活，因為在她長大到足以保護自己的驕傲之前，就已領受過各種貶抑。誰讓她是個奇怪的孩子，會看見別人沒看見的東西，說得真有其事，而她的行動又總超乎母親的預期。事實上，畢雅已經竭盡所能地聽話，但她不管怎麼做，似乎都無法符合期待。

七歲的一天，畢雅一個人悶悶地在海邊玩，口裡唸著風環帶諸嶼的順口溜：

季風吹呀吹向哪？
落島翠綠又豐饒。
觀汐花生肥又壯。
叢島森林和牛羊。
目行嶼在東之東，夜晚海面有漁火。
和它相望是碎嶼，火紅一片像在燒。

畢雅盯著海面，不禁好奇三座大島是什麼樣子？目行嶼隔壁是碎嶼，兩座小小島。她想，還有好多無人島，但海裡有危險的東西……一枚極小的貝殼漂到岸邊，從開口伸出細線，像海葵那樣誘惑獵物。畢雅屏住呼吸，趁四顧無人，從尾端捏起貝殼，輕手輕腳地到海蝕洞。

她剛要把貝殼放在洞內突起的岩壁上，卻被一個陌生的聲音打斷：「妳看得見嗎？」

一個外島來的人出現在洞口，因為背光，看不清面容。他穿得鮮亮整潔，把藤草綁在手腳和腰部。

畢雅那時還不知道，他就是前任占卜掌石因，本能地把貝殼藏在身後。

石因跟在小女孩身後進到海蝕洞。大大小小的貝殼齊聲發出韻律，配合著海流，伸長魔法細線。這麼多！石因帶著驚嘆：這孩子撿走了我們漂放到這座島嶼的多數貝殼，還把它們置放在高處。洞口狹窄，海水退潮時不會把貝殼沖走。「妳是拾貝人的孩子？」

小女孩搖頭。

「妳可以在海灘上玩耍，但只有拾貝人有權帶走大海的餽贈，因為可能會不小心帶走還活著的生命。」或其他不該觸碰的東西，海也是劇毒的藏身地。石因心想，「為什麼要藏起來呢？」

「我只是想把它們收好。」

晦暗洞穴中，女孩圓睜的眼睛讓人感覺不祥。

「妳看到什麼？」看見女孩再次搖頭，石因感到奇怪：她為什麼要否認？「如果妳沒看見，怎麼會把魔法牢牢抓在手裡？」

「那是魔法？」畢雅偏著頭，「可是大人說，看見……或聽見不該有的是詛咒。」

「他們還交代了什麼？」

「不要太靠近，不要沒事盯著水面看，如果有奇怪的東西，可能是水鬼。」小女孩噘了噘口水：「水鬼也會抓小孩。」

「不應該說這種不信實的傳言，那是神聖的力量。」石因冷冷地想：放任傳聞在偏僻的地方滋生，本身就是危險。恐懼會助長黑暗，害我們分崩離析。前來探查的這一路上，他聽見人們還在妄傳好幾種版本的水鬼故事，像有害的野草，風一吹就隨處生長。這就是為什麼歌舞制所必須先一步找出有天分的人，親自教導，讓人們明白魔法屬於光明。忽略只會讓悲劇重演。「妳剛剛說，妳有聽見過聲音？」看見女孩小心的眼神，他放緩了語氣：「知道嗎，我在妳這個年紀的時候，也能聽見一些特殊的貝殼。」

「那你有聽見像風的歌聲？嗯，其實比較多像鳥叫，還有蟋蟀。」畢雅雙眼一亮，隨即黯淡：「我媽媽叫我不准亂講。」

「如果妳覺得那是詛咒，為什麼要把它們藏在這裡？」

「那些奇怪的貝殼放在外面，其他人會不小心碰到。」

這麼做不是為了占據，她看得見，也聽得到……還很孤獨。石因稍微卸下防備，但對於了解不夠深刻的，他決定謹慎以對。「孩子，妳要感到驕傲，這是種天分。這裡的人還不明白，再過幾年他們就會知道——」他彎低身子，與女孩等高：「這是魔法的線，歌舞制所特地放到各個島嶼，是為了找出能觸碰到它的人。如果妳能把它取出來——」

「你從聖域來？」她知道男人說的地方，聖域——她的玩伴綠月就在那裡。大人提起綠月時，總是興致勃勃地談論她有多漂亮又特別、讓她的家人備感光榮，但他們其實並不熟悉那裡的人在幹嘛。

「我是歌舞制所的占卜掌，妳可以相信我的話。」

一開始，畢雅有點遲疑，但在他帶著鼓勵的驅使下，終於耐不住好奇，盯著貝殼裡的細線。石因微笑，他懂得這年紀的孩子。

線段微微伸展，畢雅捏住它，拉向自己。從開口只看到一小段線頭，但它其實有孩子的半截手臂那麼長，被一口氣釋放，伴隨澄黃光芒。好安静，畢雅心想，海水彷彿暫緩流動，四周乾燥明亮，那條線像燭芯，在她手裡燃燒。

「好大的太陽，好亮喔。」

暖融融的，她好快樂。這麼舒服的陽光。

魔法燃燒完了。空氣恢復潮溼，畢雅還陶醉在那陣快樂裡，興奮地笑起來。

「要不要跟我去歌舞制所？」占卜掌石因緩慢地說，「我們在各島嶼找像妳這樣的孩子。妳可以在那裡學歌唱、舞蹈、占卜，還會知道很多的故事。妳會成為把故事帶給島嶼的人。」

畢雅下意識往家的方向看，身後卻沒有大人可以問。第一次有人這麼對她說，讓她有些飄飄然：「那是魔法住的地方，剛剛那個？」

「不只那個，我們收藏很多很多魔法。」

畢雅心動了。

「妳父母會同意的。整座島嶼都會為妳驕傲。妳得住在那裡，不過每一年都有探視日，可以回來看看家人朋友。」

稍晚，占卜掌石因親自去敲響畢雅的家門，告知他們這項殊榮——早期只有幾座大島上的特殊血脈才有機會進去，如今歌舞制所在廣召有天分的人。目行嶼的人難以想像魔法，距離綠月被選進去也是五年前的事了，因而畢雅的母親起初有些摸不著頭緒，但聽到她有機會成為織謠者的時候，簡直受寵若驚——她一直以為這孩子的奇怪行徑是不祥的，擔心她會被水鬼附身，來自聖域的職掌卻說那是天分。深諳魔法的人，可以知曉人們的心情，輕易讓一個人改變心意，而且一旦成為織謠者，年年都能帶回珊瑚瓦，那是足以懸掛在門前的榮譽，也能拿去交換。

這就是一開始的故事，魔法選擇了畢雅，而歌舞制所也需要她。儘管在當時，天分對於一個孩子來說只是虛渺的概念，但這個理由就足以讓她全心投入，克服往後種種不適應。說來單純，對畢雅而言，她只是需要弄清楚，令她痛苦受挫的根源究竟是什麼？

又一年過去，回鄉的船靠了岸。現在，畢雅好整以暇地看著孩子們在岸邊撿拾貝殼。在前面領頭的孩子只撿大顆的，其他人對花紋各有喜好，有個安靜的男孩往下挖，拿起一顆淡黃色的，外表毫不花俏。

貝殼的開口處，有一根極細的魔法絲線。畢雅略感期待。

但她的期待很快落空了。因為男孩丟下那枚貝殼，又去找其他的。貝殼被下一波浪帶走了。

她走過去時，孩子們一擁而上，嘰嘰喳喳的：「聖域今年什麼時候會來找有天分的人？」

「不久前我有看見貝殼裡的線喔。」安靜的男孩對她說。

「在哪裡？」畢雅看著他。

「在這附近，我忘記了。是一條淡藍色的線，我可以摸到它！」

畢雅故意問：「那你有聽見它說的話嗎？」

「它說……它說……」男孩不知道貝殼竟然還會說話，他在心裡極力搜索大人教過的話，「我聽見大海的歌聲，還有風聲……很遙遠，那是恩賜。」

魔法不在遠處，就在眼前。畢雅不以為然地想，前任占卜掌說得沒錯，才過幾年，目行嶼的人已開始崇敬魔法。「說到這個，」她在岸邊坐下，「你們記得海和貝殼的神話嗎？」

其他孩子興奮地圍在她身邊，儘管這故事他們早就聽過，卻知道由「織謠者」說出來的更加好聽。男孩自討沒趣，也怯怯地挨近。

「在天地之間，先有海洋。大海創造了所有生命，人是最後誕生的。一開始，人不知尊敬自然，大海便要求海螺去傳話給人類。海螺游了很久很久，到達陸地以前就死了。牠死後變成一顆貝殼，被浪沖上岸，而人類撿到了。把貝殼貼在耳邊，可以聽見風聲。」

「那其實是歌聲。」孩子說。

「大海的歌聲，就是神諭，知道神諭的人想把故事告訴島嶼。」畢雅頓了一下，「但是每座島之間都隔著海，該怎麼做？」

「游過去！」

「跟海螺一樣。」

「對，他也打算游過大海。這時候，海水慢慢退去，往兩旁分開，露出一條很淺的路。他就這樣走向各個島嶼，用身體，傳揚自然的意志；用歌唱，把故事唱給人們聽。」

故事說完了。有個孩子高聲說：「織謠者就是那些信使。」

畢雅笑著哼了一聲，「你怎麼知道？」

「我覺得一定是。他們有的留在聖域，有的回來和我們一起生活，這樣故事就會回到島嶼，對不對？」
「真聰明。」畢雅盯著小鬼頭，「好啦，你們該回家囉。」
他們發出不情願的抗議，「妳也要回家嗎？」
「今天是探視日啊。」
孩子們離開後，畢雅盯著沙地。在浪遺留的凹痕處，魔法絲線正從一枚貝殼裡探出頭。歌舞制所的人常說：「魔法是為了通向。」從那裡流出去的，會被浪帶往島嶼。魔法會吸引有潛質接引它的人，但在目行嶼，這樣的人非常稀少。
織謠者，畢雅回味著那個稱呼。能配上此名的人占極少數，還沒掌握織謠這項技藝並獲得晉升的，只能算是聆習——意謂島嶼派向魔法的使徒、嫻習歌舞之人，聆聽多於述說。不過，這裡的人大概永遠也搞不清楚這些區別。
畢雅攏好她的絲質白裙，代表歌舞制所的典型服飾，轉進小巷時站挺了一點。
第一間硓𥑮石厝方正的紅磚壁之間，卡著黑石、白石和珊瑚，她循記憶摸索，果然在第三塊磚緣摸到裂痕，孔隙間長了蕨草。隔一條街，十來間硓𥑮石厝排得整整齊齊，白天捕魚時間已過，居民搬出凳子在門前說笑。有人眼尖發現她：「那是誰啊？」
「唉唷那身衣服，這不是露他們家的——」
「畢雅啊。」
閒散的人圍攏過來，大呼小叫。叫最大聲的婦人挪動擁腫身軀過來時，其他人自動讓開，方便她看個清楚。「真是畢雅呢，探視日這麼快就到了？」
「珠嬸嬸。」畢雅摸向自己側臉，把被海風吹亂的頭髮往後撥。

婦人把畢雅看過來，又看過去，彷彿第一次見到這張有著水靈眼睛、稜角分明的臉，連連驚嘆：「這麼大了，長得越來越像露。」

「誰？」凳子上的婆婆敲著拐杖，因為滿口缺牙，發音不清。

「珊石婆婆。」畢雅不由得盯著她頭皮顯眼的肉色。上次回來時，婆婆還沒老成這樣。

俊叔大聲說出畢雅的名字，珊石婆還是連續問了三次「是誰」，俊叔先說「眼睛大大的那個」、「和綠家女孩一樣去聖域的那個」，又解釋「露的女兒，妳看著長大的啊」，珊石婆才終於有了反應：「露的女兒不是出去了？」

「她回來看我們呀。」豆姨拉著畢雅端詳，「在聖域都好吧？」

「還可以。」畢雅抽回手，心想：歌舞制所不稱自己聖域。

「有什麼好問的，在那裡生活能不好嗎？」俊叔笑說。

「也對，能到那裡的都是特別的孩子，從小就看得出來。」

「跟我們這種平凡的人，是不同的啦。」

以前他們可不是這麼說的。珠大嬸、豆姨還有珊石婆常聚在一起說長道短。就算隔著一片海，風環帶諸嶼大小動靜都逃不過這三對厚嘴唇，這裡三十戶人家發生的事，經過加油添醋一番，不出幾天就會經由交換的船夫傳到最西邊的落島去。最擅此道的無疑是珠大嬸，她只要在路上逮到哪個小鬼頭，就非得找些什麼理由說教一番，偏偏她的嗓門足以越過每一扇緊閉的門，傳到另一條巷子。小時候畢雅只要遠遠看到她，就會繞路溜走。

「綠家孩子也好吧，怎麼沒一起回來？」他們問的是綠月，她比畢雅早五年進去。

「很好，她今年開始正式留下。」

聽見這個莫大的榮耀，歡呼聲此起彼落。他們不自覺看向綠家壯實的門，有點可惜沒人從裡面走出來接受恭賀。「真是的，這麼大消息也不先露點風聲，讓我們跟著開心開心。」

「捨不得吧，那樣以後就更難見面了。換作是我女兒，我也捨不得。」

「妳女兒不是還在這裡？」俊叔打趣說，「說到這個，她跟她要成家的男人想好了沒，是要去其他島上重新開始，還是留下來，在兩家中間蓋新屋？小孩跟誰姓？」

「都還沒搬出去，就講到小孩。」豆姨笑得燦爛，「我倒希望他們別選那些大島，你看落島、叢島、觀汐島都離這裡這麼遠。」

「如果他們順著風走，到別處落地，有天風還是會把他們的孩子吹回來的。」

「目行嶼十年都未必能出一個織謠者，這是榮耀，有什麼好捨不得。」畢雅還對上一個話題耿耿於懷。

「對啦，而且接下來每一年他們家都會拿到珊瑚瓦呢。」

珊瑚瓦！那是奉獻的謝禮，畢雅反感地想：他們就用這個衡量魔法？

「就等妳的好消息囉，我們這一輩子啊，就跟著風繞來繞去，你們聖域的人才有那個——」

「安穩。」珠大嬸接話。

「噯，畢雅，妳幾歲了？總覺得沒好久以前，還看妳在地上爬。妳記不記得，妳小時候有一次想吃海菜，推倒了整籃在曬太陽的海菜呢！那時候露還說，這孩子以後可能會去撿海菜吧。」

豆姨說完，鄰居笑作一團。珊石婆沒跟上他們的對話，又問了兩次「幾歲」。

「十七。」畢雅微微惱怒。

「離開九年了，好快，再不久就能聽到好消息了吧。」

畢雅不禁又被這番話裡的隨意給惹惱了。展露天賦的孩子被送進歌舞制所成為聆習以後，要花上大量時間奠定歌唱、舞蹈、占卜的基礎，十六歲才有資格開始接觸織謠，而那是成為織謠者的門檻。即便學會了，他們通常也還要再等上數年，因為每一年，歌舞制所只會讓一、兩個人選晉升，交由三名執掌來判斷（據說他們也會參考其他織謠者的想法，決定誰適合留下）。如果一個人待得太久，始終沒有表現出足以被留下的理由，終究也會被判定為不合格。

「在那邊都學了什麼？」珠大嬸問，所有人的好奇心跟著被吊了起來。

「歌唱、舞蹈、占卜都需要長時間練習。」

「說到這個，今年什麼時候會傳新的舞呀？」珠大嬸揮舞粗胖的手臂，跳了起來。

畢雅一眼認出這是在模擬捧高稻穀的動作，傳揚島嶼的豐收。舞之掌石茉莉去年編織完這支新舞以後，在歌舞制所演示過，經簡化又簡化，才派出一眾織謠者到各島嶼傳播，變成他們現在跳的樣子。

「欸，說不定能看見綠月回來傳舞，還是傳唱？」

「傳舞比較快吧，是不是就快了？傳唱還要等秋祭典後呢。」俊叔說。

「夏至傳舞，綠姐姐不一定能回來。她剛晉升，有很多別的事要忙。」

「畢雅，魔法是不是也要練習？」

「對。」他們問的是織謠。

聽到這個話題，吵嚷的人瞬間靜了下來，等著她繼續說下去。她卻忍不住看向家門的方向，感覺自己逗留太久了。

珠大嬸先耐不住性子說：「我年輕的時候，也去聖域找人織謠過。」她興奮地胡亂比劃，「有個人一手拿著貝殼，我那時還想說他不知道在做什麼。然後，嗖地一下，我本來還很激動的，忽然就不激動了，那感覺真的很奇妙。他還為我唱了一首歌呢。」

「唱什麼呀？」俊叔問。

「唉唷，那麼久以前的事了，哪還記得呀。」

就算是整天吵嚷的珠大嬸，也有自己的故事。畢雅的心柔和了下來，她很確定，歌舞制所至今還是收著這個故事，直到連她本人都遺忘的那一天，故事還是會被保存著，甚至傳唱。而她奉獻的魔法則會在貝殼中閃耀，等著再次活過來。

「魔法會自己找到貝殼嗎？」豆姨問。

「織謠者會為魔法尋找合適的容器，每一枚貝殼，各有適合的魔法。」畢雅簡短地答。魔法一直都在。只是需要經過提煉，就像蝴蝶必須先藏在蛹裡睡上一覺，才能蛻變。

歌舞制所的人說起話都是這樣，只會順著問題表面，輕輕繞過，所以居民們也見怪不怪。他們興致不減，不依不饒地追問：「然後就開始織謠？」

「妳編織過哪些魔法？說出來讓我們聽聽嘛。」

畢雅輕抬了一下眼皮，暗示這要求有多麼不敬。令她氣惱的是，平時只需一個簡單的表情，負責送東西到歌舞制所的搬運人、拾貝人都能立刻意會，目行嶼的人卻一點也不懂。

「魔法的蹤跡，不能離開它所屬的地方。」她只好這麼說，感覺手心微微出汗。

大家唏噓了起來。他們不懂聖域是如何運作的，但總算不再窮追猛打下去。

「這麼熱鬧。」露出來了，越過眾人看向畢雅。

畢雅立刻跨過門檻進屋去。母親跟在她身後，又探頭對外面的人說：「下次等她有空，再到大家家裡坐坐。」

「哪可能有空呀？你們一家人好好相處，不吵你們。畢雅安心啊，我們會照顧露的，走啦走啦。」珠大嬸識相地吆喝大家離開了。

彡

東西堆得到處都是，好像比記憶中更亂，家裡的牆壁白石多、黑石少，尤其藏不住一點髒汙。畢雅進到大廳，一眼望見右側的磚紅門檻脫落了一角，廚房擺滿鍋碗瓢盆，越過左側門檻，走廊也堆著一箱箱雜物，再過去又一重門檻，通向飄著酒氣的房間，父親在裡面呼呼大睡，對於她回家探視渾然不覺。

畢雅站在大廳，雙手環抱著，沒有坐下。她想著歌舞制所裡揉合花草香氣的蠟燭，一整年都住在那樣明亮芬芳的地方，家裡的氣味對她來說很陌生。

露為她拉開椅子，用手在衣服上抹了兩把，開始翻箱倒櫃，「妳回來，大家都很高興呢。」

「他們只是想找話說。」看在鄰居照顧她母親的分上，畢雅生生把本來想說的話嚥了回去。

「不用忙了啦，我又不吃。」

露的動作停滯了一下，「妳什麼時候回去？」

「黃昏吧。」

「一年才回家一次，為什麼不待久一點？」

「探視日的規定就是這樣。」畢雅心虛地說。

「探視是一段期間，有整整十天。只要在那之前回去就行了。」
「還有很多新東西要學，得早點回去。」
「哪有什麼會需要學一整年？」
上一趟回來時，畢雅才抱怨過自己整天做雜事，學到的遠遠不夠多，尤其——她不知道自己究竟哪裡做得不夠好，在年滿十六時，竟沒有被執掌允許更進一步學習魔法。畢雅表情黯淡，看樣子母親要嘛一點都不記得，要嘛根本不在意。「妳又不懂魔法。」她隨手掀開蓋在籃子上的布，盤裡放了幾塊捏成花型的餅乾，她看了看又把布蓋回去。
露走進廚房，抱著一甕酒出來，在她面前打開瓶塞，屋內頓時瀰漫發酵過的果香，甜得有點膩。
「這什麼？」
「仙人掌果酒。今年的魚變少了，我想說可以釀酒交換東西，但味道不太對，妳幫我看看？」
畢雅啜了一口，皺起眉頭，認真和母親討論起該怎麼處理果實比較好。露絮絮叨叨地抱怨起家裡大小事，多半是關於父親的。這時，她注意到屋外的日頭變小了。
「這幾年不知道怎麼回事，天氣亂七八糟，魚也變得瘦小。豆阿姨他們家就趁沒捕魚的時候做工藝品，她女兒手很巧，還有她那個要成家的男人也一起幫忙。妳應該看看，他們那些工藝品做得有多漂亮！」畢雅心不在焉地應和著，露又把紅通通的酒水倒進篩網，瀝去渣滓，一邊不經意地說：「我就說她真是有福氣，妳不覺得嗎？一家人就是要這樣，和和氣氣的，都在身邊，這樣才是生活嘛。」
聽到露又開始暗示要她回到島嶼，畢雅臉色一僵，想起自己曾目睹其他人離開歌舞制所的身影。那是一個多年未獲晉升的人，當他終於被判定不合格時，已超過二十五歲。（「再等下去也沒意義。」她記得歌之掌雷諾當時那麼說，「不必難過，這裡的影響會伴隨你回到島嶼。」）聖頌行使日影扶著那人顫抖的雙肩，然後施放魔法，洗去他在歌舞制所的記憶。直到家人來接他時，他的腳步都很蹣跚，隨時會跌倒……她懷疑他回到島嶼後還有沒有辦法好好生活。

果不其然，母親接著說：「我聽說聖域會尊重每個人的意願。妳想過沒有，去跟聖域的人說妳想——」

「綠姐姐已經獲得晉升了。」畢雅打斷母親。

露臉色一沉，「綠月從小就很優秀，我祝福她。但妳不需要跟她一樣。」見畢雅沉默，她急切地說：「這裡所有人都會歡迎妳，而且大家會以妳為榮，因為妳曾經進去過。」

畢雅生氣了：「妳要我放棄做織謠者，回目行嶼過無聊的日子？」

「這有什麼無聊的。和認識的人待在一起，踏踏實實，生活不就是那樣嘛。」

問題是我想要的不只這樣，畢雅心想。母親的生活完全不超出這座小島，她根本沒辦法想像，除此之外還有其他可能。

「再不然妳也可以去其他島嶼成家，風還是會將我們連結在一起。」

「其他島嶼還不是離這裡很遠。季風也吹向歌舞制所，歌舞制所還是整個環帶的起點呢。」

「那不一樣。我們敬愛織謠者，可是，就是和我們不一樣。」露的臉色整個沉下來，「妳都幾歲了，一直在那裡虛度光陰，家裡需要妳回來幫忙啊。」

畢雅不禁想起，得知她有可能成為織謠者那天，母親儘管夾雜著別離的焦躁，但確實很開心。然而過了這麼多年，她已經等不下去了。

「妳的表現有好到會被留下來嗎？如果沒有，這有什麼好考慮的？應該回來和在意妳的人待在一起。」

「在意？」畢雅抬高音量，「妳根本不在意我要什麼。」她說完頭也不回地出去。

露沒有追出來。

畢雅跑到海邊時，正逢六艘從其他島嶼過來的大目船靠岸，船頭、船身兩側各繪有一隻明亮的眼睛，人們相信，這能幫助船隻把海上的路看得更清楚。船夫們把果乾、餅糧、羊毛和木材逐一搬下來，和目行嶼的居民換魚。畢雅要比較年輕的兩名船夫載她一程，他們看見她的白絲裙，立刻同意了。等到交換完畢，他們便讓她上了船，一個船夫負責搖櫓往西南前進，另一個和她一樣坐在船上休息，等待換手。

畢雅坐在船尾，摸著船身鋥亮的漆色。每艘船在出海之前，都有聖頌行使主持祝福儀式，他會觸摸那三隻眼睛，施放振奮人心的魔法。儘管力量已隨時間消散，那份莊嚴卻還在。*我一定要留在歌舞制所，永遠留下來。*畢雅想著街坊鄰居的話，她才不要成為其中一員，聽他們理所當然地描述「有天分的人」和他們這種平凡人有什麼不同。他們不曾體會過，魔法縈繞在指間的感覺有多美好。

畢雅暗自下定決心，有朝一日要穿上新晉升的裙子，在探視日回到目行嶼，讓大家瞧瞧；她要證明，母親這時的提議錯得有多離譜！儘管如此，她很清楚現況對自己不利。畢雅孤獨地想：*但是萬一……萬一她沒說錯呢，假如歌舞制所的門不打算對我敞開，我該怎麼辦？*

2

海流相當不穩，年輕船夫奮力搖櫓，彷彿是在對抗流向，而不是順著它。畢雅扶著船舷，簡直快吐了。他們沿途停靠在無人小島上幾次，輪番駕船，到了第四天，終於靠近熟悉的白沙岸，一看見白燈塔和黑拱頂，畢雅的身體便放鬆下來。

她在布滿爬藤的岸邊坐下，不在意裙子會沾到細沙和碎珊瑚。幾個曾是織謠者的老人也在這裡看海，遠一點的地方，有個蒼白少年正繞著黑礁石奔跑，畢雅帶著好奇看他，一邊哼起〈魔法從哪裡來之歌〉：

燒柴煮飯，有魔法；
收穫織布，有魔法；
歌唱舞蹈，有魔法。
魔法在每個人身上，
穗中的穀子，晶瑩的礦石，海邊的貝殼啊，
它若回應，我會聆聽。

少年又迅速越過一塊礁石。畢雅的視線尾隨他，唱到一半，卻被身旁尖叫聲打斷，轉頭看見一個老婦人拍打著自己的膝蓋。

老婦的打扮相當詭異，頭髮亂糟糟的，其他年老織謠者都會換上鬆垮的衣著，她卻硬是在腰間綁上藤帶，和年輕人一樣纏緊，反而凸顯肚腹贅肉。畢雅看著這個歌舞制所出了名的「怪婆婆」，有點難過——又是一個放不下織謠者身分，無法面對衰老的人。

「真是的，山如就不能安靜一天嗎？」旁邊的老織謠者煩躁地說。

「體諒她一下吧，她也不是故意的。」

「怪婆婆」還在大叫，伸手去拔地上爬藤，其他人驚呼著制止——爬藤是光明的植物，這麼做對自然不敬。與此同時，那個少年已沿周圍跑了兩圈，山如看見他在跑，大聲拍手：「跑！跑！跑出去，到外面去！」

「妳倒是自己游出去給我看啊。」旁邊的人不鹹不淡地說，「看看妳，嚇壞年輕的孩子了。」

畢雅起身，倒不是因為被嚇到（雖然確實有一點），而是想跟上那個少年，弄清楚他在做什麼。他的動作透露著緊繃，而且照顧身體是織謠者基本的美德，她想不通他為什麼要在這種地勢奔跑。畢雅向老織謠者們要了一個空袋子，沿著礁石外圍，慢慢跟過去，假裝一邊在撿拾被浪沖刷到岸邊的雜物，把它們放進袋裡。

明明在探視期間，他卻穿得一身黑，襯得臉色更白，讓人聯想到病弱。風環帶諸嶼向來欣賞健美與力量，人們喜歡刻意把皮膚曬成麥色，就她所知，歌舞制所只有他是這樣，好像怎麼也曬不黑。她從眼角餘光看見少年不跑了，雙手攀住礁石，把自己撐上去。

畢雅跟了過去。沿燈塔外圍，有一圈延綿的白牆，其中有塊區域比較老舊，他們叫它通向之牆，因為它會隨每個人的注視變幻光影與顏色，有句諺語這樣描述：「愚人看見幻象，智者發現真實。」愉悅的聯想，會讓人本能地想靠近這裡。畢雅此時看到的，是有如陽光的溫暖色澤。據說這是歌舞制所初建時，首任聖頌行使將裝有魔法的貝殼碾碎，砌入牆裡的緣故。白牆到底，接連背海面的毗連平房是老織謠者住處，再往後是蓊鬱森林……但少年繞開了，直接從牆的側邊往下跳。

畢雅嚇了一跳，急忙跑到斜坡邊緣。

少年跳過了一個人高的大斜坡，往裡走幾步，有塊空地。從外圍看過去，剛好被牆的死角擋住，不會被人發現。他在那塊草皮上繞圈子，腳步稍顯急躁。

他雙手保持弧度，有力地往上。側轉時，輪廓尖削，稜線分明，窄鼻樑，黑眼珠。如果忽略他的過於蒼白，其實是一個很好看的人。

屬於歌舞制所的，不應離開它的眼睛。畢雅在心裡輕聲譴責，卻又被他的動作吸引，不自覺看下去。

忽然間，他昂起臉，戒備地抬頭。

畢雅彎身，把撿拾到的雜物裝進空袋裡，然後環顧四周，假裝在這時才發現他：「日耀。你剛從落島回來嗎？」但她問完立刻懊惱了，因為這問題就像在問一隻南來的候鳥接著要往哪飛，如果他剛回來，怎麼可能沒穿代表歌舞制所的白衣寬褲？

日雷山石，是三大島上的大姓——在盛產農作的落島，日姓和石姓擁有各自的聚落，但後者一向被前者的光芒遮蓋。有人說，石家人因而摸索出一套適宜生存的本領；畜牧為主的叢島以雷家為首，他們依據節氣生活，養成嚴謹的紀律，有人笑稱叢島的牛羊也比其他地方兇猛；觀汐島風沙大，種植落花生，儘管散落礁石、人煙稀少，卻有品質良好的貝殼，山氏坐落在那裡。探視一年就這麼一次，三大島上的居民又對魔法那樣敬重……她想不通日耀有什麼理由不風風光光回去一趟。

「我沒回去。」日耀臉上閃過奇異的表情，他心裡想的是：待在這裡，遇到的人也一樣，回不回去有差別嗎？

「舞地空著，這段期間不會有人使用，其實你可以回那裡練習。」畢雅謹慎措辭，感覺像誤闖進別人家，但違背規定的人又不是她。

傳承，掌控，萬物有序。歌舞制所就是秩序，人們喜歡抱怨規矩，卻又一邊遵循。日耀諷刺地想，我也是其中之一。

畢雅放下裝滿雜物的袋子，撿了塊石頭壓著，然後把曳地的裙襬捲上來一點，順著斜坡邊緣滑下去。日耀有點驚訝，伸手去扶她，恢復禮貌的問候：「這段期間可以不用清理環境的。那妳呢，怎麼這麼早就從——島嶼回來了？」

「目行嶼。你不記得很正常，我們那沒出過幾個織謠者。」畢雅略微尷尬，觀察他的表情——至少他沒有表現出不以為然，她心想。歌舞制所的人幾乎都出自三大島嶼，有人認為，魔法的血脈是專門賜予虔敬之地的禮物。在聽到她來自目行嶼的時候，他們的態度經常流露不客氣。

從斜坡底下看，白牆後的歌舞制所更加高聳，海岸也變得遼遠。「你怎麼找到這種好地方的？」

「待得久了，就有時間要打發。」日耀抬頭看向背海那面，一隻野生的黑山羊在大口嚼草，然後跳過一叢野蕨，蹦進森林。

他們兩人是在差不多時間進到歌舞制所的，但日耀的每一個動作都讓畢雅感覺到，他對這裡的一切瞭若指掌。周圍地面的草皮扁扁的，應該常有人踩踏。「你跳得很好。」

「是嗎？」他語調平板。

「好的舞蹈，幾個動作就能看出來。剛才那個捧稻穀的動作，你知道居民怎麼做的嗎？」畢雅雙手平舉，直上直下。日耀看著笑了一下。她又問：「怎樣才能像你剛才那樣？」這是恭維話。為了早日晉升，聆習不免把彼此視為競爭對象，她不預期會得到認真的回應。

日耀點了一下她的手腕，暗示她放掉力氣。畢雅有點意外地照做，向他道謝時，感覺到對方鬆懈下來。在歌舞制所允許的範圍以外練習或私相授受其實都不合適，畢雅想通，這代表她也不會去告訴別人。

「這個季節，啟之間的門差不多要開了。我們去年是不是沒在那裡見到？」

「對。你們學了什麼？」畢雅的笑容有點僵。她去年就到了可以接觸魔法的年紀，卻沒有被允許上去學習。

「大略談到一點織謠的事，就是妳知道的那些，我們要從人們身上提取魔法，織進貝殼裡，再把歌謠送還給他們。聖頌行使說了些島嶼故事，歌之掌每天都找居民過來，讓我們感受他們身上潛藏的魔法，還要我們練習對他們說話，讓他們放鬆下來。」

這部分畢雅記得——那時一大群聆習就圍在大廳觀察居民，她非常想偷偷靠過去。

「就這樣，還沒觸及核心。舞之掌覺得這樣太慢了，但教導織謠是歌之掌負責。」雖然他們只是聆習，但這項技藝一向會由地位最高的職掌來教授，以示歌舞制所對傳承的看重。

「光這樣就已經很好了。」畢雅雙眼放光。說來諷刺，她小時候輕易就通過了那個魔法潛能的測試，前任占卜掌石因告訴她，歌舞制所是收藏眾多魔法之處。但進來迄今，她還沒有機會正式觸碰那些絲線，只在練習占卜時對魔法提問，像是敲門，等人回應。

「妳去年怎麼沒上來？」

「又不是只有我——」畢雅發現他的表情帶著一點困惑，「你不記得有哪些人沒去啟之間？」

「沒特別留意。」

「怎麼會？」

日耀聳肩，「等到成為留下來的人，自然就會記得。畢竟一輩子不斷遇見，要不記得也很難吧。」

「你覺得只有足夠優秀的人，才需要記住。」畢雅知道這裡多數人都是這麼想的，手臂卻還是爬了一層雞皮疙瘩。

「我只是想把力氣花在重要的地方，已經有太多事要記。姓氏、名字、從哪裡來，這些一點也不重要，成為織謠者以後，所有人就是同一個地方的人。」

出身自織謠者最大宗的姓氏，與現任聖頌行使日影同姓，他竟然能說出姓氏不重要這種話？畢雅瞬間想起這裡的人聽到她來自哪裡時，那種鄙夷的眼神。她側轉身體，面向若遠若近的燈塔。

「所以呢，去年那個時候，妳在做什麼？」

「做我們每天都在做的那些。」

「我是說，我們是差不多時間進來的。妳應該可以學魔法了？」

「或許執掌們判斷我還不夠格吧，或我不夠努力，誰知道。你看過家族裡那麼多出色的人，怎麼會覺得我可以輕易上去？」

日耀抿著唇，又是一開始那個表情——這次她看出來了，他在生氣。就和她剛才的感覺一樣。

目行嶼，少有魔法血脈的島嶼……這種地方孕生的力量，缺乏傳承，像是野生的。日耀很快想通了這一層。「再見，畢雅。」短暫的沉默後，他把自己撐上斜坡。

他在對什麼生氣？畢雅困惑極了，不明白有什麼事值得他不顧身體，一個人跑到這裡偷偷練舞。因為斜坡遮擋，很快就看不見他了，歌舞制所也有一半被白牆遮翳。黑塔頂上，紅布翩飛，在風裡飛舞。

⁂

第一道曙光照進來時，畢雅就起床了。她越過長廊去洗臉，看見魔法之光從高處灑下，歌舞制所的四根巨柱從微暗，到逐漸明亮：第一根柱上刻著纏結錯綜的爬藤，第二根勾勒風環帶諸嶼的形狀，第三根散布著鐘塔型、圓型、心型、帽型等貝殼圖樣。最後，是歷來聖頌行使畫像，按次序往上排列……柱上圖騰被點亮，意味著聖頌行使和三名執掌已開始新一天的職責，為歌舞制所注入魔法。

從外面看，這不過是一座燈塔。但它以魔法建成，走進去才會驚嘆於其寬廣。「歌舞制所恆久明亮。它是暗夜的燈塔，照亮海上的路。」畢雅在心裡默念，又焦躁地想：但我要怎麼通向它？

她回房工作，直接坐在地上縫紉織布。綠月輕手輕腳進來時，她頭也沒抬。儘管日頭已經完全升起來了，綠月還是幫她把矮几上的燭臺點亮。

「這裡少一道花紋耶。」畢雅停下動作。

「石心塞給妳的？」

「管儲藏室的還有誰？妳知道我寧可自己亂繡，也不會去問她。」

綠月「唔」了一聲，「繡什麼都可以。只要圖樣適合秋祭典，舞之掌不會挑剔。」

「但石心專挑毛病，而且不知道為什麼針對我。」畢雅放下針線，頭往後仰，靠在床緣，「我連塊布都繡不好。」
「我剛來的時候也是這樣，她對所有的聆習都不友善。」
「但聆習之間也有分別。」畢雅酸溜溜地說。
綠月聽出她的意思，繞開了那個話題，安撫說：「就繡一朵花？」
畢雅嘴癟下來，滿臉不服輸。即便只是一塊布，她也希望自己交出特別的紋樣。
「妳會想到的啦，因為妳是我看過最認真的人。」綠月眼裡漾開笑意，跟著坐下。她穿著初獲晉升的祝福白裙，紅花紋，黑滾邊，褐髮編成辮子，盤在頭上，幾瓣綴花做裝飾。這身打扮，點綴綠月小巧精緻的臉龐，讓她更添織謠者的氣質。
「別跟我一樣坐地上。妳穿成這樣，這裡所有織布加起來，都沒妳漂亮。」
「雅雅，妳也很漂亮啊。」
「如果不是我們認識得夠久，我會懷疑妳在說反話。」昨天回來以後，畢雅就把白裙換下，穿得灰樸樸，以便做事。
「妳早晚會穿上的。我比妳早來五年，也許妳會更順利？」綠月順手幫畢雅梳起頭髮。
「我不知道那是什麼時候。」畢雅低聲說。從日耀的描述聽起來，和她同期的聆習也還沒觸碰到織謠的核心，但她已錯失了一年，這是不爭的事實。
「這次回去怎麼樣？」
「和往年一樣，不過他們都很想念妳。」
「誰？」
「所有人。他們說妳從小就很優秀，我媽也這麼說。」綠月沒答腔，讓畢雅覺得奇怪：「怎麼了？」

「我等這一天等了這麼久，我爸媽也在等。但永遠留在這裡，我還是覺得像做夢一樣。」

「總之妳做到了。」畢雅羨慕地說。至少綠月的家人很有遠見，在目行嶼，他們是少數對魔法一直懷抱敬意的家族，畢雅覺得這是她能被選上的一大原因。「說到這個，妳知道珠大嬸怎麼說的嗎？他們說，他們一輩子跟著風繞來繞去，不像我們——織謠者才有安穩。他們用安穩來形容耶。」

綠月笑了，「他們當然不——」

兩個人同時被敲門聲嚇到，還沒反應過來，石心便一腳跨入。畢雅仰頭，瞪著她長臉上的斑。石心最擅長悄無聲息地出現，剛才發出這麼大聲響，絕對是故意的。但綠月無暇理會她，因為接著一道修長人影出現在門口。

如果不是聽別人說過，聖頌行使日影的年紀很大了，畢雅根本不會相信。不論何時，他都穿著鮮亮長袍，雙肩渾厚，行走如風，沒半點彎腰駝背的老態。笑起來時，眼角與額間爬出幾道皺紋，但反而讓他看起來更年輕，也許是因為多一分親切吧，畢雅說不上來，畢竟和他相關的故事總是充滿傳奇色彩。即便放諸歷來聖頌行使之中，日影仍是絕無僅有的出色——他掌控魔法的技藝精湛，人人爭搶著讓他織謠。他曾是歌之掌，據說聽過他歌聲的人，都會忘記憂愁。上至傳說，下至島嶼歷年大小事，他的記憶從不出錯……

畢雅和綠月同時把雙手交疊在胸前，觸肩行禮：「聖頌行使。」

聖頌行使點頭，環視房內。儘管這間房就和所有人的一樣空曠簡潔，畢雅還是很懊惱，攥緊織布，懊悔早上沒花力氣在打掃。

「那是祭典用的？」

「對。」畢雅抖開有花紋的那面，補上一句：「我想盡早完成。」

「不愧是織謠者，年紀輕就這麼勤奮。」

聽見聲音，她們才注意到外面還有一名婦人，她雙唇厚實，個子矮小健壯。這是唯一一個不屬於歌舞制所，卻被允許進到樓上的居民，島嶼的塔姆，此稱呼的意思是橋梁，往返諸島嶼之間的橋樑、島嶼和歌舞制所的橋梁。島嶼的塔姆不會定居在一處，而是在諸島嶼間穿梭，觀察人們的需求，為眾島嶼的共同利益效力。

「住在這間的，還只是聆習。」聖頌行使微笑，「孩子，妳幾歲了？」

「十七，我是畢雅。」

「初學魔法的年紀。」聖頌行使為島嶼的塔姆引介，「她身邊這位，是這一年新晉升的織謠者，也來自目行嶼。」

「目行嶼？前幾天我才從那裡拿到魚，就和往年一樣鮮美。」

畢雅心知不是這樣，露才抱怨過今年漁獲變少。這句話也許是為了恭維，或者表達親切，但她不喜歡在這裡提到自己的故鄉。

「這代表歌舞傳到了最東邊的島嶼。但既然來到這裡，出生地就不再重要了。」聖頌行使看著她們兩個，「在這種好天氣，到歌場、舞地去練習吧。」

他說著走在前頭離開了，石心繼續緊隨，順從命令去敲響每一扇門，島嶼的塔姆則愜意地到處欣賞，聖頌行使偶爾停下與她閒談。綠月看著婦人的身影說：「她擔任島嶼和歌舞制所的橋梁多久了？」

「有七年了吧。雖然她不是每句話都說得好，至少有點智慧。」

「橋梁本來就需要智慧。」

畢雅壓低聲音：「不只這樣。妳覺得她是怎麼看待這裡的？」

「她很尊敬這一切。」

「或許這就是她可以一直勝任的原因。」島嶼和歌舞制所的生活方式不同，只在秋祭典期間接觸。島嶼的塔姆很重要。畢雅心想：人們會先從他們口中知道歌舞制所，他們是傳揚的一環。

「但我聽說前一任是病了才不做的。」

畢雅對此抱持懷疑。前任橋梁的年紀很大，承襲老一輩對魔法的偏見，這種事都傳回歌舞制所了。

「至少現在島嶼的塔姆是對的人。如果目行嶼的人有她一半智慧，探視日會容易得多。」

「他們又沒有不尊敬。」綠月笑了，「說真的，我偶爾會想念他們。」

⁂

歌舞是秋祭典的精神。織謠者通過獻曲與舞蹈取悅自然，訴說這一年島嶼的故事，並選在對的時機施放魔法——歌舞制所調控魔法，勾引人們的心緒，在慶典氣氛的強化下，這份感動足以讓人銘記到下一年。

從燈塔到白牆之間，都是綠地。面海的右邊是歌場，植物錯落，爬藤和灌木都保留原本的樣子。左側草坪則精心修剪過，短而整齊，他們會在那裡跳舞。

綠月先到舞地去了，作為新晉升的織謠者，今年秋祭典的舞蹈自然有她出場的份。其他人也各自散開練習，看似隨意，實則誰也無法忽略今天的觀眾——聖頌行使日影和島嶼的塔姆位在前排，歌之掌雷諾、舞之掌石茉莉、占卜掌山靄也都來了，按照職掌的位序站在他們身後。畢雅準備前往歌場，忽然有個人吸引了她的目光。

日耀在舞地那邊暖身，敲著節奏，跨出腳步。一前，一後，一進，一退，每個動作都帶著蓄勢待發的俐落。

島嶼的塔姆注意到他，看得目不轉睛。舞之掌石茉莉發現島嶼的塔姆有興致，便俐落地下達指示：「去年的傳舞。」

日耀側轉，雙手虛握，順著弧度往上，畢雅親眼看過他跳這段，知道這難不倒他。綠月也開始轉圈，快步，再快，更快一點……她的身段柔軟，重心平穩，畢雅在心裡為她喝采。舞地的人也都加快節奏，展現出力量。

聖頌行使看著日耀沒有綴飾的衣著，開口問：「後面那孩子是誰？」

石心湊過去回答。聖頌行使轉頭說了什麼，執掌們看起來很驚訝，窸窣討論一陣子以後，舞之掌對日耀說：「你表現出眾，令人期待。我們同意讓你參與今年祭典舞。」

畢雅相當驚訝。身旁的人已經交頭接耳起來：「他憑什麼在秋祭典表演？」

「以前也發生過，沒規定聆習不能參與。」

「但已經好多年沒有這樣了。這裡還有那麼多織謠者，沒道理讓他上場。」

「他身分特殊嘛，」說話的人壓低聲音：「這裡多的是四大姓氏的人，但誰都知道——先是日姓，再來是雷，舞之掌和占卜掌的家族這些年都沒出什麼厲害的人。」

他們在暗示這種破格提拔，和本人的實力無關。畢雅忍不住打量，說這些刻薄話的也都是聆習。

「你是說石心？」

有人低聲竊笑，「你有看過她施放任何魔法嗎？說真的，我懷疑她根本不懂。聖頌行使還得念在她待得夠久的分上，讓她去管儲藏室。」

「聽話也是一種能力啊，不然你能做到像她那樣嗎？」

「你說欺負新來的，還是對執掌畢恭畢敬？我要是她，就會主動離開，才不要去做雜事。」

「我要是舞之掌，就不會同意讓他上場。」

「你又不是舞之掌。」

「哼，如果他做不到，很快就會被看破手腳。如果知道莊重的秋祭典混進一個還沒合格的人，一般人會怎麼想？」

聖頌行使和三名執掌繼續討論，又陸續點了幾個人參與祭典舞——除了日耀，被他們點到的，果然都已經是織謠者了。身邊的人說話越來越刻薄，畢雅眉心緊皺，莫名在意：對於自己不了解也無法想像的事，人們會懷有惡意。

聖頌行使舉高一隻手，人們再次安靜下來。「其他人到歌場去。」他看著日耀，「孩子，要不要一起過去？」

日耀的表情皺了一下。既然他站在舞地，代表對舞蹈的自信高過歌唱，現在連外人都在看，沒人會想在這種狀況下出醜。畢雅還沒從震驚中恢復，他便過來了。難道他對歌唱也一樣在行？她不解地想，聖頌行使只是隨口一問，他為什麼不找個理由推辭？

歌之掌雷諾思考著，「祭典組曲第一首？」他指定的是去年開場表演曲，難度很高，在這一點上完全反映出雷家帶著嚴謹的自信。

聽到曲目，畢雅緊張起來，因為像她這種資歷尚淺的人根本沒練過。

「只是練習，不用那麼嚴肅。不如問問我們的橋梁想聽什麼？」聖頌行使發話。

「我好喜歡去年的一段傳唱。有幾句是在說，島嶼的人都是一體的。」

果然人們記得的都是簡單的旋律，畢雅鬆了口氣，加入〈豐饒之歌〉的合聲，聖頌行使和執掌們穿梭在他們身邊。她刻意讓聲音在胸腔迴盪，一遍又一遍，同時把周圍的聲音聽清楚：左前方的人，剛才說話最刻薄的那個，走音了。她後面的人慢了一拍。日耀的低音滑了出來。一開始，這首歌訴說的是天候，慢慢地，一個音、一個音往上被推送：

你看見牛羊，咬鮮嫩青草
看過候鳥，飛越天空和海吧
沒什麼能阻隔
大地，天空，海洋

你有沒有聽見風流過，讓一顆種子落地發芽
聽過浪吧，拍打著岸那樣遼闊
大地，天空，風和海啊
生活，沒什麼能阻隔

沒有什麼能阻隔你我，你和我

豐饒在那，生活在那
是一年辛勤換來希望
到處是風的信息它在說，海也在唱
你和我，你和我一起

島嶼人們同享

島嶼的塔姆為他們鼓掌。聖頌行使又和三位執掌討論起來，這次時間稍長。畢雅看見歌之掌的表情不太自然，但他接著過來對日耀說：「琢練歌唱，因為你得到的機會將不只舞蹈。希望你不負期待。」說完便轉身，又去點其他人。

氣氛變了。大家又窸窸窣窣交談起來，除了嫉妒，多了看好戲的意味：「讓聆習同時參與歌舞，好久沒有這樣了。」

「看看到時會怎樣吧，秋祭典可不能搞砸。」

歌之掌雷諾點完了最後一個人，是雷雨，長相甜美的女孩，很得人緣，畢雅記得年長的織謠者都相當照顧她。這是雷雨第二次在秋祭典表演歌唱。歌之掌選人的標準很一致，被點到的都是出眾的織謠者，在這些人選之中，日耀確實顯得突兀。

日耀默默下場，擦了擦汗，看不出在想什麼。聖頌行使或許有意提拔，但他連一句讚許的話也沒說，反而讓他成為眾矢之的。這種作風有時真讓人摸不著頭緒。畢雅心情複雜，因為儘管這樣，她還是羨慕他能得到機會。

他們整齊地列隊，走回歌舞制所。燈塔潔白如洗，漆金大門，閃耀著魔法之光。

「打從秋祭典前夕，島嶼的人就會來到這裡。我們傾聽他們的故事，提供占卜，讓前來的人感到平靜。參與表演的都代表歌舞制所，作為島嶼的精神。」聖頌行使對他們說完，轉向島嶼的塔姆。

「我會提醒人們，秋祭典即將到來。」島嶼的塔姆接話：「還有什麼嗎？」

「今年，我也希望所有人都穿上最貴重的布料，不論織謠者或聆習。」

「但收成沒有去年那樣好，」島嶼的塔姆稍有難色，「或許能做點調整？」

「依然是豐收之年。面對豐足，如果我們表現得和荒年一樣，要如何取悅自然？為了季風年年吹向這一邊，我們的橋梁，讓人們明白這點吧。」

她最後會答應的。畢雅心想，不過，目行嶼今年的收穫……她看著通向之牆，觀賞它的變幻。有一瞬間，紊亂的黑色觸手從牆根竄出，像產卵那樣凌亂噴發，糾結成一團，試圖攀過矗立的白牆，抓住什麼……有個好小的人形，觸手黏附他的全身，膨脹成團，又變回墨色的浪，浸染了周圍。

水鬼！畢雅本能地這麼想，差一點就叫出來。

「妳臉色好差。」綠月抓住畢雅冒汗的手心。

她喘著氣，驚恐地問：「妳有看到嗎？」

「唔，我看到陽光穿過樹葉縫隙的樣子，怎麼了？」

畢雅眨眨眼。牆上一片明亮，什麼異狀也沒有。

「是不是太累了，我們進去吃點東西？」

我為什麼看見這種幻象？畢雅冷顫著想。剛才有一股溼冷、陰暗、黏膩的氣息，讓她不禁聯想到……在小時候聽說的荒誕傳聞，後來成了禁忌，島嶼不得談論，也絕不屬於歌舞制所。

3

那天之後，眾人輕快地為祭典做準備，畢雅卻在夜裡夢見黑暗伸長觸手，想把她抓走。水鬼抓人的故事只是為了嚇唬孩子，她暗罵自己：在我小時候，他們把什麼東西都當成詛咒，我怎麼會相信那種事？畢雅也忘了當初的傳聞是怎麼說的，反正有好幾種可怕版本，都在說那種東西會吃掉人的靈魂，附在人身上，便得以爬上岸。有時候，水鬼也抓小孩，被附身的孩子會給島嶼帶來詛咒……這些年，歌舞制所嚴禁散播這些荒誕的傳聞，通過傳唱和傳舞，才逐漸讓人們把注意力放回光明的故事，並且接受魔法。

接連幾天，畢雅在不安驅使下沿圍牆走了一整圈，確認沒有任何破損，才稍稍放心。剛好在這段期間湧入的大量瑣事，分散了她的注意力。

在占卜掌山靄的吩咐下，畢雅捧著厚重的黑色擺几爬上迴旋梯。從樓梯的一側，可以清楚看見刻著歷來聖頌行使像的巨柱。她從畫中人的腳邊，走向聖頌行使日影慈藹的臉，魔法相隨，照亮下一階的路。終於抵達四樓，她推開敞間的門，冷冷的，可以摸到突起的貝殼碎片。

舞之掌石茉莉也在，穿著華裙，披一件披肩，手裡拿著珠貝。看見畢雅，便要她把擺几搬過去，又流暢地指揮另一人去找對應的貝殼來裝飾，眼睛沒有離開過表演者。

畢雅在原地等待。敞間很空曠，牆面掛上了新的紅布幔，讓人聯想到塔頂象徵歡迎的紅布，下緣垂墜的流蘇會在舞者經過時微微飄動。舞之掌的布置很精妙，畢雅心想，只要從門縫看一眼，就忘不了這畫面。

女織謠者正在練習，一字排開，綠月在其中捧著螺旋貝，踮腳旋轉，地板的雕花彷彿跟著她的動作綻放。她們唱起〈等待愛人歸來之歌〉，故事在說，絲絲白雲在天空纏捲，海上起了微風，少女站在海邊等待，浪變化了，雨落下了，他怎麼還不回來？

最後的音落下，舞之掌從珠貝施放魔法，動作輕柔。織線就像從心型螺紋裡自己伸展……畢雅眼前閃過絲線般的雲霧，嗅到風的氣味，雨水和浪的湧動，然後是盼望……她心裡湧現思念，帶著期待，強烈得令人心痛。儘管只有一瞬，卻異常深刻。

舞之掌勾起手指，剩下的織線不再繼續往外跑，而是鑽回貝殼裡。

休息時，綠月撫摸著螺旋貝說：「要是能持續久一點就好了。」

「會持續很久，再多幾個類似魔法同時施放，足夠讓人們感動到下次秋祭典了，他們本來就有各種亂糟糟的感覺。」

「我是在說我們。」

畢雅「喔」了一聲，當魔法撫過他們，迅速消逝時，她也感到空虛，希望它能停留得更久……

「人們體內有源源不絕的魔法，卻只是盛裝的容器，織謠者才是有能力提取的人。」畢雅說。為了成為能帶給島嶼平靜的人，他們會經歷長年的練習，確保自己不會輕易受外界左右，產生過度強烈的起伏。「妳有沒有想過，為什麼只有我們能使用魔法？」

綠月聳肩，「妳知道我只在意故事。」

「那故事是什麼？」

「舞之掌說，珠貝裡的魔法是二十五年前的少女留下的。她的愛人去跑船，她在岸邊等，越等越急，卻帶著甜蜜。」

「過了二十五年，魔法的主人說不定是珠大嬸的朋友。」畢雅看見綠月彎起嘴角，眼尾露出漂亮的摺線。「這支舞曲還會施放哪些？」

「我手裡的是準備成家的女人，要和她的男人一起，順著風去其他島嶼。其他的，還有落島的農夫在春天播種的景象。有叢島的牧人，偏愛某隻綿羊，儘管牠的毛色最美，卻捨不得拿去交換。哦，有一個很好玩，有個搬運人說到第一次來這裡拿到酬謝的心情。」

「他有把珊瑚瓦懸掛在門前嗎？」

「一定有吧，他大概也捨不得拿去交換。」

「聽起來很夠。有豐盛的魔法，舞蹈會很精彩的。」

「妳剛剛的問題呢？」

「胡思亂想而已，可能就因為太閒了。妳不是只在意故事？」比起這個，畢雅更在意自己什麼時候才可以去啟之間學習。尤其在這種時候，織謠者都忙於祭典，更讓她覺得自己是多餘的。

「因為妳剛才說話的方式，聽起來像聖頌行使會問的問題。」

「聽起來？」

舞之掌要她們回去練習，聲音很輕，但所有織謠者都俐落地動起來。畢雅看著綠月轉身，加入她無法參與的群體。

一聲尖銳的咳嗽傳進耳朵，畢雅轉頭看見石心——她就是有本事像老鼠一樣突然冒出來，甚至沒發出推門聲！

石心穿著刺眼的桃色，手指甲也漆著火一般的塗料，非表演場合根本不需要打扮得這麼豔麗。

她先交疊雙手，隔著一大段距離向舞之掌行禮。然後背對眾人，以壓低卻絕對清晰的聲音對畢雅說：「誰讓妳上來的？」

畢雅渾身寒毛豎了起來。她只是管儲藏室的，她在心裡對自己說，指指黑色擺几，「占卜掌要我把這個搬上來，我在等——」

好巧不巧，去拿擺飾品的同伴在這時回來了。他把一個較大的鐘塔貝殼放上去，尺寸正好。

石心瞟了一眼，彷彿在說擺架很輕，搬過來一點也不費力。「我去跟大家收縫紉，妳卻在這裡逗留。有時間偷懶，不如做好該做的事，那點小事有什麼難的？」

畢雅轉身下樓，在心裡回敬了不下十句。就讓石心以為自己占了便宜吧，她恨恨地想，她只是個管儲藏室的。

≋

畢雅掃淨大廳的灰塵，把金色大門擦拭得發亮，又逕自到二樓，把走廊、廚房和飯廳的地面掃乾淨，唯獨不靠近儲藏室半步。她下來時，聽見有人問起上次秋祭典用的擺飾。

「去年是我放的，玫瑰貝。」畢雅看向地下室，「我去拿。」

「她怎麼了？」

「不知道。但我要是她，想學魔法，也會賣力點。」

即便在歌舞制所，依然有魔法未點亮的角落。

通往地下的階梯，簡直不像歌舞制所的一部分。地板髒兮兮的，平時除非有人要使用，否則地下室一概不點燈火，為了避免發生跌倒意外，他們盡可能不隨意靠近。畢雅拿來燭臺，鼓起勇氣，一階階往下，樓梯比看起來更綿長。

燭光無法一次照亮整座地下室。共有三條走道，各三個隔間，走道越往深處越窄縮，連轉身都困難，用不到的陳年舊物都鎖在裡面，只有每排的第一間較常使用，不會上鎖。畢雅被厚厚的灰塵嗆得直咳，她不想耽誤，轉進左手邊第一間。

她就著昏暗光線，翻箱倒櫃，憑記憶從靠牆內側的架子上，找到了玫瑰貝。

上下的殼圓潤飽滿，接合處有流暢的弧形，即便燭光微弱，也能看出鮮豔的紅，還有粉嫩晶瑩的細粉。畢雅小心地連同托盤一起拿出，順便巡視還有哪些貝殼適合拿出來擺放。帽型、鐘塔貝、大圓螺、棘刺型的……不論形狀多麼精巧，和豔麗的玫瑰貝相比，都瞬間失色。

移動時，畢雅突然被地上的一個漆黑箱子絆到，它沉甸甸的，還卡得死緊。出於好奇，她從旁邊拿出尖長的工具，和不曉得是生鏽或磨損了的箱子纏鬥老半天。

「喀嚓」一聲，盒蓋鬆脫。畢雅拿燭光去照，竟意外發現裡面裝著流動光彩的貝殼，數枚帶毒的品種。她在觸碰時不自覺手一縮，針扎般微痛……這些貝殼現在是空的，但曾裝過魔法，無法再做織謠用途。儘管如此，作為擺飾品絕對足夠。*是誰把珍貴的貝殼鎖在這裡沾灰塵？*畢雅有點生氣地想，便把箱子拿上樓。

中午時分，畢雅跪坐在大廳，拿細刷子掃拭貝殼的灰塵。同伴吆喝她去吃飯，她卻因為專心恍若未聞，他們搖搖頭自己走了。

畢雅選了一座穩固的硬木架，底層擺厚重的大貝殼，上排放置小的。她先擺好尖刺狀的，又拿起一枚帶毒的紫螺，手心微微刺痛。畢雅吁出一口氣，刷了很久，髒汙才剝落。

終於做完工作時，日頭已不那麼毒辣，畢雅累得癱坐在地上。有人從門外進來，或許是居民吧。她起身要招呼，發現是聖頌行使，嚇得慌忙行禮。

聖頌行使漆黑的眼珠像一對鷹眼，看向她丟在地上的刷子、貝殼架和空箱。「這些是妳挑選的？」

「如果不合適，我馬上去換。」

「放鬆點，孩子，妳的眼光很好。但妳怎麼獨自在這裡，沒去吃飯？」

照顧身體是織謠者的基本美德，畢雅迴避他的眼神。「我想把工作做完。」

「妳的工作就是這個？」聖頌行使手指微彎，劃了一道弧形，動作流暢。「妳足夠認真。但以妳的年紀，只做這些？」

「是的，我──」畢雅的頭垂得更低了。

「勤懇是好事，但應將力氣用於合適之處。所有來到這裡的人，都要受到竭誠歡迎。」

「我很抱歉，沒注意到您的到訪。」

「回去和大家一起吧，與織謠者同在。」他落下這句話，又像風一樣地上樓去。

畢雅徹底失去力氣，坐回地上，抱著膝蓋。難得聖頌行使直接問她話，她卻一句也沒說到重要的，遑論留下好印象……她甚至遲鈍到讓他在外面等，難怪他要責備她的怠慢。像我這樣的人，或許從不屬於這裡。畢雅失落地想，繼續呆坐，直到樓梯間又傳來腳步聲，原本很輕，接近一樓時卻變得鈍重，像在對什麼發脾氣。

石心出現在樓梯口，怒視著她。這次畢雅迎上她的視線，沒有退讓的意思。

「聖頌行使要妳從明天開始到啟之間。」石心說完，毫不逗留地離開。

4

介於二樓到三樓之間的階梯，似乎比其他樓層來得長，兩折迴旋，其間一扇未被遮擋的小窗。那一天，遲來的陽光燦亮如金，啟之間的門終於打開了。

內部整潔，桌椅排成弧形，像浪圍繞著前方的月亮，落地窗被絳紫布幔遮住，旁邊有個古舊的大櫃子。

畢雅點算著今年坐在這裡的人，不免失望——幾乎所有聆習都聚集過來了，她原本還以為自己有點特別。日耀坐在最後面，身體偏向一邊，百無聊賴。又過了很久，聖頌行使日影飄然而至，後面三名執掌穿著輕袍，頸部、手臂、腰間纏綁藤飾。歌之掌雷諾和舞之掌石茉莉一左一右，將布幔揭開，占卜掌山靄只是微笑站在一旁。

日光照進來，聖頌行使的聲音悠長沉穩：「歡迎，孩子們，你們是被選上的人。」

「魔法一直在這裡等待。」歌之掌拉開厚重的櫃門，讓滿滿貝殼呈現在他們眼前。「去年，你們有些人已學會觀察居民如何工作、如何行動，感受他們體內的魔法，這會在往後派上用場。」

他在暗示會教我們織謠嗎？畢雅心裡燃起期待。

歌之掌說著拿起一枚貝殼，色澤豔麗。「魔法是為了通向。開啟一扇門，是為通往下一處。」

舞之掌以帶有韻律的音調接話：「魔法經由你們的手，進入貝殼。你們的身體，也是魔法的一部分。」

在兩位執掌之後，占卜掌說：「再強烈的情感，都會隨時間流逝，不復銳利。但魔法永存，只要以合適的容器收藏。它也回應所有疑惑。」

聖頌行使往前一步，環視眾人。在寂靜之中，一股莊嚴在擴散。

「如果有人問，歌舞制所究竟是什麼？你們就這樣回答：『在天與地之間，先有海洋。海洋和島嶼之間，由風連結。歌舞制所將神諭傳達給人，人類的魔法也經由它的手，生生不息。』你們即是你們手中之物——織謠者牽引人們體內的魔法，織入貝殼，是為了讓它們再次活過來。」

「故事都會傳遞下去。」歌之掌說。

「但不是所有的，」舞之掌說，「假如它不屬於光明。」

所有人的目光都集中到舞之掌身上。歌之掌的表情有剎那驚訝，他斜瞥了她一眼，暗含警告意味。

什麼意思？畢雅不安起來，空氣跟著緊繃。

聖頌行使蹙眉，額間皺紋浮現。他似乎遲疑了一下，「面對遺忘的故事，織謠者要心懷憐憫。只有今天，我們在這裡提到，是因為你們應當知曉——受棄逐者不配擁有故事。罪惡與黑暗合流，將觸手伸向島嶼，它在縫隙間徘徊，掀起大浪，在不堅定者身上尋找可乘之機，妄想覆蓋光明。」

水鬼摸黑爬上岸，抓走島嶼的人，掀起大浪。不要憐憫，不要和海上漂流過來的東西對視，因為只有死者需要入海，你看見的是披著人皮的黑暗。畢雅倒抽一口氣，莫名地想起兒時聽過的片段，還有每當她撿起奇怪貝殼，告訴大人有細線在動時，他們驚恐的表情。這為什麼讓我聯想到水鬼的傳說？

「直到織謠者出面驅逐黑暗，長久地阻擋它。」聖頌行使聲音堅定，「你們要記得，魔法在島嶼，界線在心裡。島嶼上方，有魔法屏障，如同搖籃保護嬰兒，魔法以它的意志辨別善惡——不敬的靈魂將受驅逐，永遠漂流，不屬於海也不屬於岸。他們不配編入歌唱，因為光明會趕走黑暗。」

畢雅思緒紊亂，想著海上水鬼的傳聞。她沒想到會在啟之間聽到這個故事，眼前彷彿重演惡夢裡的畫面。但魔法屏障會阻擋黑暗……

「畢雅，妳在發什麼愣？」歌之掌雙手環抱，手臂藤帶微晃。其他幾位不知何時離開了。

畢雅睜大眼睛。第一次有執掌主動記得她，難怪歌之掌極有人望。她發現其他人的桌前都已擺好貝殼，便紅著臉，急急忙忙去拿。

歌之掌沒有等她，開始示範如何從貝殼裡抽出魔法織線：「要緩慢，而不是強取。」

空氣有微弱震盪，挾帶青草氣息的風從畢雅身邊俯衝過去，她下意識去壓裙擺。

但那只是風聲，落葉旋舞，復歸平靜。

「如果魔法使你感覺沁涼，要感謝某人記憶的風。織謠者同感，卻不占有，要知道你永遠無法再現同一陣風。」歌之掌把剩餘的織線收回貝殼裡，動作俐落，毫無浪費。

畢雅拿了一個帽螺，布滿黑色斑點。她把它托在左手，用右手拇指、食指和中指捏住織線，試圖把它從開口拽出來。自從成為聆習之後，這還是她第一次直接觸碰魔法。魔法從內側發出敲擊般的悶響，織線又細又軟，像一股暖流，往反方向流回去，抵擋她的拉扯。這和歌舞制所用來測試潛能的貝殼完全無法相提並論，難度高太多了。

後面有人大呼小叫的。畢雅轉頭，看見扇螺在日耀手裡滾動。

日耀想著家裡流傳的口訣：「觸探更深的地方」，魔法大量湧出來，他連眼睛都不眨一下。

「可以了，收回去。」歌之掌看了一眼，叮嚀著：「要緩慢，而不是強取。」

日耀試圖這麼做，但比起收束，他似乎更擅長施放，最後織線還是溜了出來——滿潮的浪聲溢出，飽滿，幾無間歇，力度之大差點把貝殼撐破。他勉強把一小段擠回去，浪花聲音像洩了氣，其他人聽了嬉笑起來。

歌之掌環視一圈，嚴肅地說：「我不懂你們在笑什麼，至少十個人讓貝殼出現裂痕。」

畢雅把帽螺舉起，光照之下，有些地方確實薄得快碎掉。

「如果控制不當，不僅無法施放，還會浪費。每一枚貝殼的魔法，都來自一個人，它可能在你們手裡徹底遺失。」

結束練習後，許多人聚集到日耀身邊，看起來很熱絡，那讓畢雅相當意外，也有一些人倒是直接走掉。她慢悠悠地，等到所有人離開才經過，日耀點頭，當作打了招呼。

有人沒把桌椅歸位。畢雅過去搬，一邊不經心地問：「你們剛才在聊什麼？」

「他們想知道怎麼召喚魔法。」

畢雅認得剛才的面孔，有幾個曾在背後刻薄地評論他。「你有告訴他們嗎？」

「魔法沒有捷徑，我也還沒掌握。」日耀遞來一個眼神，令她不解。「妳也想知道嗎？」

「不是。」畢雅把幾副桌椅推向牆，在地板刮出聲音。「我會問，是因為知道有些人不是真心的。聽到你被指派去秋祭典的時候，他們在背後說——」看見他伸手打斷，她才意識到自己說得太過直接，眉頭縮了一下，「我不是故意要——」

「我其實不在意。但妳為什麼跟我說？」

「只是看不慣他們那樣。」畢雅對上他困惑的表情，「那個，上次我說了不該說的話。」

日耀呆了一下，對於她的直率顯得相當訝異。他慣性的防備像是被打破了，有那麼片刻，不知道該說些什麼。「喔，嗯……如果妳不提，我根本忘了。」

「你看到我上來好像不驚訝。」

「『所有來到這裡的人都應受到竭誠歡迎，魔法會回應呼喚它的人。』昨天聖頌行使是這麼說的，他要所有年紀合適的都上來。妳應該看看石心當時的表情。」日耀看向門外，帶著說祕密的口吻，「知道她為什麼總是那樣嗎？」

「她看不起聆習。」

「相反。她害怕有人一得到機會，就會立刻超越她。畢竟她快四十了，也就只能趁現在大呼小叫而已。」

「真的？」畢雅訝異。織謠者到達頂峰的年紀，約在二十五到三十五歲之間，現任的三名執掌都是在二十多歲時繼任，聖頌行使日影更是年僅十九就擔當歌之掌，成為傳奇。「不過你為什麼跟我說？」

「只是看不慣她那樣。」日耀聳肩。

畢雅微笑，「那你有這樣覺得嗎，在這裡受到竭誠歡迎？」

「妳有嗎？」日耀反問。

她頓了一下，「我只是覺得，等待很漫長。」

「魔法拒絕的時刻，時常超出它願意展露的。歌舞制所就是魔法。」

「說到魔法，剛才聖頌行使說的故事你聽過嗎？」畢雅欲言又止，暗怪自己說得不清不楚，但她實在不想複述目行嶼對水鬼的謠傳。

日耀奇怪地看她一眼，「聽過一點。」那個傳說也讓他很在意。但這是被禁止的，他直覺不該繼續這個話題。

下階梯時，窗外暗了，從這個角度只能看見圍牆一部分，陰翳的白。畢雅跨入第二折迴旋，長長的階梯，不見盡頭。魔法，魔法，魔法。她在心裡默念。在魔法之內，黑暗絕對進不來。

≋

歌之掌雷諾不說話的時候，也有種威嚴。他從啟之間的落地窗看著外面，一動也不動很久了，聆習聚集在他身邊，有人忍不住又換了姿勢。「你們看到什麼？」

歌舞制所的大門前，又有兩個居民進去。有人數算著：「從開始觀察到現在，有十人走進歌舞制所。」

「裡面包含搬運人。」

「他送的是水果和穀子，一定是從落島過來的。」

畢雅看向日耀，因為日家是落島最大的家族。但他卻說：「是和其他島嶼交換之後送來的。」

「為什麼？」

「今年豐收，如果船直接從落島過來，不會只有這些。」日耀赧然。

其他人笑出聲，作為風環帶諸嶼最豐饒的島嶼，落島人的作派常帶著炫耀意味，這是眾所皆知的事。

「他說得沒錯，我剛才看到搬運人手裡有落花生。」畢雅說，歌舞制所的用品都是最好的，而落花生是觀汐島的土產。

「看樣子你們都很在意晚餐。」歌之掌調侃，逗得他們大笑。「先不管搬運人，居民來這裡做什麼？」

「尋求占卜，或奉獻魔法，把故事獻給歌舞制所。」

畢雅回想起居民的身影，今天來的多是婦女，姿勢有點緊繃，也有幾個漁民打扮的人，她猜想歌之掌接著會要他們說出這些人的特徵，據說他們去年花了一整季在做這件事，結果他問出口的卻是：「來占卜跟織謠的，分別有幾個？」

有人遲疑地問：「看得出來嗎？」

「這就要問你們了。」

沒人知道答案。歌之掌並不意外，看向大櫃子，「好吧，今天觀察得夠久了，繼續上次的練習。」

他還是沒說到底該怎麼判斷。畢雅懷疑，執掌是不是都愛故作神祕？

畢雅拿起一枚蜘蛛螺，魔法細微精巧，開口處發出昆蟲振翅的鳴聲。她勾取織線，貝殼騷動，迫不及待要被釋放。畢雅試圖安撫它的焦躁，一面開啟新的通道，導引魔法竄出，兩股反向的力量互相拉扯。蜘蛛螺細長的腳變得明亮，周圍靜了下來。

接近了！她在心裡歡呼，加大力道。

光澤爬滿它的紋理，接著，碎掉了。魔法散逸，畢雅慌忙張開雙掌，握住斷裂處。

除了她，另一個少年的貝殼也在這時散開，斷成一片片。破碎的聲音讓人難受。

歌之掌撿起滾到腳邊的殘片，一臉肅穆：「帶著破掉的貝殼，跟我來。」

聆習們有點不知所措，魚貫下樓，安靜地跟隨歌之掌到岸邊。歌之掌脫掉藤草鞋，走進海水裡。畢雅把斷腳的蜘蛛螺交給他，他雙手捧著，盡可能維持完整的形狀，直到海水暈染了裂紋，將貝殼帶走。

最後的歸宿。

碎片好小，孤孤單單地沉下去。畢雅不禁去想，已經散失的魔法是什麼，來自什麼人？它還沒重新活過來，就再次死去。

「魔法是有重量的。創造之前，先是埋葬，每一名織謠者都是這樣。」歌之掌面對大海說，「把故事傳下去。」

他們仿效，讓碎掉的貝殼回歸大海。接著歌之掌要他們去休息，一句責備的話也沒說。

≋

眾聆習回到大門前，遇見一名少女。她有張圓臉，圓鼻頭，還有雙靈巧的圓眼睛，皮膚曬得通紅，淡褐頭髮綁成一條辮子，隨意側放到左邊，她穿著輕巧短裙、防水綁褲，體態結實，隨手抹去額間汗水，有種粗野的活力。看見他們一群人過來，少女把手中的提籃晃了晃，叮噹作響。

有人對這張新面孔感到好奇：「妳是新來的拾貝人？」

「我叫若言，來自碎嶼。喔，其實原本要來的是我叔叔若木，高高瘦瘦，臉頰有痣的那一個，我替他送來。」

聽見碎嶼，畢雅心中浮現一片紅沙的畫面。碎嶼和目行嶼只隔一片海，遠遠就能望見碎嶼邊緣的黑石，還有乾荒似的土壤顏色，作物種不活，動物稀少，除了成為搬運人、拾貝人或製作工藝品和其他島嶼交換，那裡的居民沒有太多選擇。他們的手藝是還可以，但當地貝殼品質卻很普通，因此一聽到這名拾貝人來自碎嶼，大家都不抱期待。

「你們是織謠者嗎？」

沒有人直接回答這個問題。來自叢島的聆習訕笑說：「碎嶼離目行嶼很近啊，畢雅，妳認不認識？」

目行嶼十年也未必出一個織謠者，而碎嶼——假如出現織謠者，大概就是破天荒頭一遭了。就算兩座島嶼靠近，也隔著一片海，說得好像能直接走過去似的。畢雅惱怒地想，假裝沒聽出話裡的諷刺，「我不認識。但妳叔叔，我在歌舞制所看過他。」她轉向若言，刻意強調「歌舞制所」四個字。

「請進吧。」日耀率先往門邊走。如果只是要收取貝殼，由他們來接待也是可以的。

若言卻沒跟上，「不能就在這裡點嗎？」

眾人停下腳步，一臉奇怪地看她，日耀皺起眉。通常人們趕在這時候來，就是因為在秋祭典前夕，歌舞制所會大方提供占卜，作為酬謝的一部分。居民都眼巴巴想擠破大門，那怕多看一眼也好……當然，也不是沒見過緊張到不敢進門，深怕玷汙了「聖域」的人，因此有人立刻把若言當成那種沒見過世面的女孩：「屬於歌舞制所之物，不應離開它的眼睛。妳叔叔沒告訴妳嗎？」

若言聳肩，「我忘了。」

碎嶼幾乎沒有織謠者，她是不是過度崇敬魔法了？畢雅有些懷疑，卻又瞇起眼睛，發現對方的姿勢看起來一點也不緊張，甚至帶點隨意。這女孩有點不一樣。「還是請進吧。」這次她的語氣堅定許多，「來自碎嶼的若言，我是畢雅，歌舞制所竭誠歡迎妳。」

既然畢雅主動說要接待她，本來就興致缺缺的人們很快一哄而散。日耀猶豫了一下，也緩緩上樓去。

踏入大門的瞬間，若言感覺像有無數雙眼睛在盯著她。畢雅要她稍作等候，便收走了沉甸甸的提籃。

椅子很柔軟，若言卻忍不住站起來走動。出於拾貝人的習慣，她跑去看擺在大廳的雙層硬木架——厚重的貝殼收在底層，上排的小貝殼有尖刺狀、圓形、鐘塔型的，帶毒的紫螺很稀有！但是，架上殘留的粉末……若言伸手沾取，嗅了嗅，皺起臉。有燒焦的氣味，不是從這些貝殼上掉下來的。她撿拾過那麼多貝殼，卻從沒聞過那種味道，像草灰、木屑和泥巴的混合。

「妳喜歡嗎？」

畢雅的聲音從樓梯間傳來時，若言差點跳起來。

「抱歉。」畢雅微笑。

「這個——」若言指著硬木架底層，「這些是哪來的？」

「我也不曉得，已經存放一陣子了。這幾枚貝殼以前用來織謠過。」

裝過魔法！若言從架前退開一步，恍然大悟：原來是沾上了魔法的氣味。

「妳說妳是替若木來的，他怎麼了？」

「他——扭到了腳。」

「願他平安。」畢雅把一個袋子交到她手中。

若言揭開一角，看見裡面裝著三片珊瑚瓦，露出大大的笑容，「我會轉告，他很快會恢復的。」說著已經邁開一步。

「等等，妳的酬謝還包含占卜。」

若言來不及阻止，畢雅又跑上樓去，這讓她嘆了口氣。過了一會，較為年長的織謠者跟著畢雅下來，看起來是個不苟言笑的人。他們走向大廳正中央，擺放燭臺的矮几旁有張木桌子。

畢雅在桌上鋪一塊紅色方巾，又擺上拱型立架，取出紅繩，尾端繫住貝殼，將它懸掛在架上。年長織謠者雙手平放在桌面，做出一個邀請的動作。

「但……我的生活非常平凡，沒什麼值得魔法回答的。」

「再小的事都可以，魔法不拒絕人。」年長織謠者站得筆直，「秋祭典期間，凡為我們供應的人，歌舞制所必表達謝意。」

若言嚥嚥口水，感覺口乾舌燥。

畢雅誠摯地說：「比如問妳叔叔什麼時候康復？」

「不，他沒事。我是說，扭傷腳這種小事——」若言急忙問：「下次去拾貝，我應該往哪個方向？」

「妳只想問這個？」畢雅奇怪地看她，她以為拾貝人都有自己的固定路線。

「對。」若言滿意地宣布，「妳幫我占卜？」

畢雅眼睛一亮。

「但她還只是——」年長織謠者對上畢雅祈求的眼神，轉向若言：「妳確定？這孩子還很年輕。」

「沒關係。」

「好吧，聆聽詢問者的意願。我在旁邊看著。」

畢雅雙手有點抖，她觸碰占卜架，閉上眼睛，感覺到魔法流動。「怎麼決定往哪裡比較好？」

她刻意慢慢問，好讓聲調聽起來沉穩一點。年長織謠者站得更近，緊迫盯著她的每一個動作。

若言幾乎想笑，「取決於貝殼的品種。既然都離開碎嶼了，比起豐收，找到稀有的更重要。」

畢雅張開右手，示意若言把手放在她掌心，左手一邊輕點紅繩，唱起卜曲，祈求魔法回應。若言的思緒像潮汐，洶湧而來……貝殼順向旋轉一圈，停了下來。

畢雅附在年長織謠者耳邊悄聲確認，對方點頭，她便說出結果：「以這裡作為風的起點，順海流去到的第一座島嶼，就是指引的方向。」

「好。」若言輕快地說，「謝謝，那我走了。」

若言飛也似地出了大門，整個人放鬆下來：從這裡順著海流，去到的第一座島嶼是觀汐島。我本來就要去那裡，可見占卜根本沒什麼，說不定問接下來的天氣還比較有意義呢。事實上，她確實應該要問這個問題的，但此刻她一心只想著回家，三片珊瑚瓦！若言拎著袋子，蹦蹦跳跳地離開。

畢雅看著若言的背影，心中震盪，她眨眨眼睛穩住自己。

5

「魔法要嘛通向，要嘛繼續縮在殼裡，沒有任何技巧。」幾天前，歌之掌雷諾拋下這句話，決定在多數人都學會施放魔法以前，暫時不再教新東西。他坐在啟之間看他們練習，其他兩名執掌偶爾也來看顧。

接連五天，畢雅嘗試把織線勾出來，卻沒辦法好好掌控。織線經常在竄出時凌亂散落，從指間流走。更多時候，畢雅會一邊勾取，一邊謹慎地防止魔法大量溢出把貝殼撐破，兩股力量無法平衡，導致織線徒然晃動，接著平靜無波。

眾多聆習裡，已有七、八個人能做到順利施放。日耀是進度最快的，幾乎次次成功，只差在收束……畢雅忍不住因自己的落後而焦躁。

第六天下著大雨，聲音傳到樓上像在嗚咽，讓人頭腦昏沉。這天換占卜掌山靄坐在前面，石心來做她的例行工作，打開啟之間的櫃子，主動將貝殼發給每一個人，但占卜掌正忙著為一片木頭刻圖紋，根本沒空理會她的殷勤。她這是白費心機，畢雅心想。

石心故意把一枚大型貝殼塞給她，足有兩隻手掌大。畢雅接過不語。這幾天她一直擔心把貝殼弄壞，既然這枚是平時的兩倍，她索性不再小心翼翼，帶著賭氣成分，一口氣加大力道。

當魔法從開口漏出，順利滑入手心時，畢雅看見劇烈燃燒的火焰，完全吞沒周圍，她在火焰的中心……其他人詫異驚呼，占卜掌站了起來，但畢雅被煙霧包圍而看不清楚，熱氣讓人們的臉孔扭曲……熱烈狂喜……魔法帶來的強烈愉悅迴盪著，在畢雅耳邊劈啪作響，隱約聽見有人低聲說什麼。她很著迷，不想離開這陣幻覺……

「收回去。」日耀的聲音越過人群。

畢雅回神，急忙把剩餘的織線捲回去，有點凌亂，但勉強做到了。石心的表情活像被打了一巴掌。

「很好。一次成功不代表什麼，卻是必須的。」占卜掌說著，緩慢地坐下。

「我會繼續練習。」畢雅回答時，仍有點喘。看見石心轉身走掉，她不禁笑了，少見地扳回一程。

「改天吧，妳已經耗掉過多力氣了。來這裡幫忙我雕刻。」

占卜掌的桌前擺了許多木片，有的刻著植物的樣子，線條簡潔，只能從一些突出的特徵辨認出品種。他把植物的圖騰和空白木片推向畢雅：「照著刻，盡量別弄壞。」

畢雅照做。占卜掌面前只剩下一小撮木刻，他正專心地盯著它們。畢雅偷看了幾眼，隱約認出熟悉的形狀，「上面刻的是貝殼？」

「稀有貝殼的品種。每一年，我們得到的容器會稍有不同。」占卜掌皺眉想：稀有能盛裝強力的魔法，但珍品越來越難取得。

「那個記號——」畢雅發現有幾枚貝殼的木刻上，加了刀切般的線。

「不久前，你們不是才讓貝殼回歸大海？」占卜掌回應著，遁入自己的思緒：魔法出了什麼問題？我們失去的越來越多。我得親自掌握容器的數量，這是歌舞制所的根基。

那代表碎裂的貝殼。畢雅靜默了一下，剛好完成手邊的幾枚。「我能幫忙嗎？」

「這堆是我的工作。孩子，別走得那麼急，靠魔法太近對妳不是好事。」

「要成為織謠者，不就得掌握魔法嗎？」

「織謠者也不是只有魔法啊。」占卜掌在畢雅的眼睛裡看見迷惘，還有委屈，想起她是前任占卜掌石因帶進來的。不確定的力量必須好好導引，或者觀察——避免失去控制。「去年妳沒有上來。」

畢雅嚇了一跳，「對。」

「這讓妳焦躁？」

被戳穿的尷尬讓她沉默。

「哪些人在這裡盡到努力，妳覺得我們會看不出來嗎？」

畢雅再度默然。聽到她來自目行嶼，其他聆習都會露出排斥的表情，她一直下意識覺得，自己不被允許學習魔法是因為執掌們壓根忘了她的存在。

占卜掌理解地看著她：「孩子，聽好了，歌舞制所尋求秩序。妳可以為這裡做什麼？又能帶給島嶼什麼？多數人都沒想通這一點。只有想通這一點的人，才是真正的織謠者。」

在這之後，又有幾名聆習加入雕刻。日耀把織線收回去，乾淨俐落，然後他也來了。

畢雅回味著魔法流過指尖的感覺，一邊分神想著占卜掌的暗示，苦惱他不把話說清楚。她的手因為疲累而顫抖，一不小心就把木片刻壞了，占卜掌搖搖頭，又塞了一片新的給她。

歌之掌雷諾倚在樓梯的牆邊，雙手環抱。舞之掌石茉莉站在他下方數階，從她的位置，可以把窗外和啟之間的景象盡收眼底。他們聽見喧嘩，隨即看見石心氣沖沖地從啟之間下樓，前往儲藏室。

「真難得，你那群孩子好像終於有點長進。」

「妳竟然會這麼稱呼，這裡所有人都同屬歌舞制所。」

「聆習歸你管，」舞之掌淡淡地笑，「我去年就說了，照這種速度，他們還得磨好幾年。」

「幾年就幾年，過後就是一輩子，多數人都需要這麼久。」

「不包含我們，你和我都只花了三年。」

在他們下方，通往二樓的最低一階，階梯因迴旋而給人往內窄縮的錯覺。石心就坐在那裡，沒入陰影中，豎著耳朵。

「那時候，一有個什麼災害，人們就擔憂水鬼作祟，所以歌舞制所才會急著補進人手。雖然我能理解，妳那時因為突然被聖頌行使提拔而很高興，」歌之掌帶著嘲弄，「但現在不一樣，我們要維護既有的規則。」

聽見聖頌行使之名，石心微揚下巴，同時也把對舞之掌的嫉妒之情寫在臉上。

「你那時就沒放過嘲笑我的機會，現在也是。」舞之掌不快地說，「今天的平穩，是因為我們盡了一切努力……找到出色的人，還有防備不該有的狀況。」

「妳想說什麼？」

「出色的人，雷諾，要讓島嶼看見。」舞之掌頓了一下，「從不示人的魔法，難道不會失去它的力量？為了歌舞制所著想，你應該加快腳步教會他們更多東西。」

「我看不出需要這麼急迫的理由。」石心聽見歌之掌把手撐在窗臺的聲音，「妳跑來催我，是為了那個日家的孩子？」

「我幹嘛要費心去管這件事？說真的，聖頌行使要我們判斷他是否有潛力參與秋祭典的時候，我也很意外。但你這是嫉妒嗎？」

「嫉妒？」他冷哼，「妳要知道，這種突然掉下來的機會，也很可能毀了他。我們為什麼要拿一個孩子冒這種險？」

「撐得過，才算得上出色，過後就是一輩子。」

「真是嚴格。」

「沒你嚴格，那是你們家的作風。嚴謹很好，但不知變通是另一回事。」舞之掌笑說，「聖頌行使是所有織謠者的支柱，難道你懷疑他不懂得平衡？在發生那種事之後，歌舞制所差點毀滅，要不是他爭取島嶼的塔姆支持，人們至今還畏懼魔法，也是他擁有眼光，讓諸島嶼有天分的人都進到這裡。說到平衡，提攜一個孩子，至少不讓人忌憚，他知道怎麼培育歌舞制所需要的人。」

石心點頭，儘管沒人看得到她的動作。

勢力均衡確實是必要的。歌之掌不得不同意：讓不熟悉的人進來，一邊要平衡舊有的聲音，而如果他太久沒提拔同姓，則會引起不滿。然而他隨即想到這幾次的練習，在需要顧及新人的情況下，他不得不放慢步調，但那少年顯然跟不上，這實在讓他難有好臉色。「他的舞蹈也許還行，但歌唱——太草率，也太匆促了。」

「至少他施放魔法的能力比其他人出色，假如他值得栽培，這點考驗不算什麼。」舞之掌低聲說：「我相信聖頌行使，是因為他冒著巨大危險替我們阻擋黑暗，到現在也還是，不然你有辦法做到嗎？」

歌之掌沒接話。他心想：這句話比較接近嘲諷，還是懷疑？

石心聽見舞之掌的腳步聲變遠了，往上三階，應該是和歌之掌站在同一個高度。

「今年傳舞，我想要這些孩子跟著去。」

「讓聆習去傳舞？」

「只是讓他們跟在旁邊，為魔法增色。」

「妳不是要他們傳舞，而是派他們去施放魔法？」歌之掌難掩詫異，「他們學到的遠遠不夠，我們也從沒有一次派出過那麼多人。」

「凡事總有起頭啊。」

「妳是舞之掌，眼裡怎麼會只有魔法，沒有舞蹈？」歌之掌憤慨地說，「那種想法會害我們毀滅！」

「帶來毀滅的不是力量，而是未知。是因為疏忽，因為失去控制。我就說你很嚴格。」

腳步聲又靠近了，因為舞之掌正帶著怒氣往下走。石心不情願地起身，準備偷偷離開。

然而在舞之掌走了十步之後，歌之掌卻叫住她：「妳為什麼這麼急躁？還有那天故意提到受棄逐者，那不是該出現在啟之間的話題。」

石心僵了一下，他們私下談論這件事！她掐著自己的手指甲，因為在黑暗中，火紅色變得不明顯。

「我不是說了嗎，威脅一直都在。就算是初識魔法的人，也得準備好守護我們相信的一切。歌舞制所的根必得夠深，才能深入島嶼的根。」

「急躁不能解決問題。」

「至少比現在快。」舞之掌回身往上，越過歌之掌所在的那一階，「空洞的人變多了，雷諾，島嶼還沒忘記水鬼的傳聞。信念容易崩塌，除非人們知道歌舞制所能保護他們。你是不是忘記，以前他們是怎麼看我們的？」

「魔法被當成詛咒，那都多久前的事了。」

「黑暗每隔幾年就會壯大，衝撞魔法屏障，那麼多的災害——這並沒有過去很久。」

「我還以為妳相信聖頌行使的力量。」歌之掌說。

「他做到了，為我們阻擋，但我們不能永遠仰仗他。為了守護這一切，需要讓島嶼懷有信心，否則那早晚會再次擊垮我們，僭技——」

「別說了。」歌之掌倒抽一口氣，彷彿字詞本身帶著疼痛。

「你害怕嗎？就是因為連我們都害怕，才無法控制。歌舞制所的信念，就是魔法的意志。」舞之掌語帶悲傷：「超過百年的黑暗，到現在無法根絕。如果人們得知黑暗還流散在各地，歌舞制所又無法掌控它，該怎麼辦？」

歌之掌沉默了一下，他知道她在說什麼——那股強大危險的力量，他們曾積極搜索，卻始終無法找出全部。「我們一直都有準備，把力量聚集到眼前……這裡沒有不能掌控的。去年，不是還特地在秋祭典上傳揚豐收的故事？每一年流傳的歌舞，都經過仔細挑選。」

「但歌舞制所的眼睛總有遺漏。」

「留下平靜，隱去不該出現的，一直以來都是這樣。」

「不該出現的，就不讓它出現。這才是根本辦法。」

「要怎麼不讓它出現？」歌之掌質問，「過度依靠魔法，只會帶給恐懼力量。」

舞之掌瞪著他，還沒開口，突然被樓上的吵鬧聲打斷。石心忙溜進陰影裡，然後「砰」一聲用力打開儲藏室的門，從那裡，走向另一側迴旋梯，和剛下樓的人錯身而過——聆習正從啟之間魚貫而出，有些帶著興奮，有些則難掩失望，顯然又過了不順遂的一天。

「你們在聊什麼？」占卜掌山靄是最後一個出來的，拿著木片，上面黏著髒髒的碎屑。

歌之掌看著木片上的圖騰，聳聳肩，「還沒聊出結果。」他心想：她今天為什麼這麼用力說服我——她想要我改變立場，還是在懷疑我？

「聊他不該老是阻攔重要的事。」

「魔法在上啊，竟然從去年吵到現在。」

「不然你有更好的建議嗎？」舞之掌抬起一邊眉毛，「又不是占卜，只分回應與不回應。我也沒辦法像你一樣整天刻木頭，什麼也不管。」

「在需要的時候，魔法會指引我們。」占卜掌看著兩名同伴，輕易就發現他們僵硬的表情，和各自側向一邊的姿勢。吵得比去年更激烈，他心想，這種時候，我們還有力氣內鬨嗎，他們到底在想什麼？

「人心的變化，比魔法更快。黑暗跨出了一隻腳，準備越過我們築起的牆。」舞之掌說。

另外兩人沉默，沒人能否認這件事。忽然，歌之掌煩躁地看著後面：「妳也太勤快了。」

他們聞言轉身，看見石心抱著一堆貝殼準備進入啟之間。

「這是我該做的。」石心討好地說。

「真抱歉，我可能留下了一些木屑。」占卜掌喊道。
「我會清掃。」裡面傳來碰撞聲。
「輕點，別敲到貝殼。」歌之掌說。
「請放心。」
占卜掌的表情稍微舒展開來，「這批新人裡，有幾個稍具潛力。」
「那個男孩？」歌之掌冷哼。
「還不錯，他就和我想得一樣好，每步都很精準。但讓我驚訝的是目行嶼的女孩，她今天施放了大型貝殼裡的魔法。」
「大型？那需要訣竅，我甚至還沒教他們。她之前沒成功過，一次也沒有。」歌之掌心裡升起詭異的防備，「她怎麼會去拿那種魔法？」
「喔，這倒不能怪她，完全是意外。」占卜掌說著看向啟之間，石心在裡面。
「她是第一年進到啟之間，來自偏遠小島，沒聽過的姓氏。」這讓舞之掌焦躁，「去年我們還刻意不讓她參與。」
「而她把魔法施放出來了，那股熱烈的感染力，整個啟之間都像在燃燒。幾乎是憑本能做到的。沒有血脈的傳承，我們不確定力量為什麼自己出現在那種地方、為什麼出現，所以一直在觀察。不過，那孩子似乎因此挫敗急躁。」
「目行嶼去年已經出過一個織謠者，綠月，她的家人一心信賴歌舞制所。那種地方，短期內不會再有第二個。」歌之掌權衡著說，他總有不祥的預感：來源不明的力量，缺乏傳承也難以掌控。
「而且這個女孩還沒證明自己可信。」舞之掌接話。

「那好吧。發現遺漏的事，不就是我們的工作？」占卜掌晃動手中的木片。

「再過一陣子，等適合的時候，我會親自教他們織謠。」歌之掌嘆口氣，決定暫時讓步，平衡也是秩序的一部分。「能驅走黑暗的，只有光亮。」

二樓長廊的盡頭，聆習都在廚房忙碌著，處理剛被運送過來的新鮮食材。儘管疲倦，但在這種時候，他們可以隨意交談。畢雅剛切好菜，下一個人就拿去水盆邊清洗。

日耀把角瓜轉了一個角度，削掉稜角，瓜變成帶透明的淺綠。他隔著一張切菜備料的高几，對畢雅說：「妳今天很順利。」

「謝謝，但你做得更好。我是說，你每次都能成功。」

「我可沒試過大型。」他很想問她是怎麼做到的，但看到周圍這麼多人，便沒有問。他把角瓜平放，切成塊狀，「她一定沒想到是這種結果。」

「沒錯。」畢雅會意，想起石心的表情，沒忍住笑。她伸手到籃子裡，跟著拿出一條瓜，刨去粗糙的外皮。

「她拿給妳的時候，妳竟然什麼也沒說。」

「只是不想讓她覺得我在認輸。反正是她拿錯東西，我如果失敗也是她的錯。」她很想再為自己高興久一點，但占卜掌的提醒縈繞在耳際——為什麼要我別靠魔法太近？

「怎麼了？」

畢雅搖頭。

「她一定沒想到是這種結果。」日耀又說了一次，把碗遞給她。

畢雅裝了一碗清水，丟一撮鹽巴，把刨好切塊的瓜丟進去浸泡。燒焦味飄來，他們停下交談，跑去灶臺幫忙，畢雅眼明手快地把鍋蓋蓋上。大家都被煙霧嗆得直咳嗽，魚已經焦了。她想起露以前常說，煎魚這種事，不能有任何閃失。這倒是和魔法相去不遠。看著不留神的同伴把魚夾出來倒掉時，畢雅不免可惜，這種大小的魚足夠讓目行嶼的人高興很久，但在這裡每餐都吃得到。他們忙著搧風，讓煙霧散去，一邊喃喃抱怨。

畢雅又回去切菜，不經心地問：「你會想念島嶼嗎？」日耀沒回答，她才想起上次探視日他沒回去的事，只好自顧接話：「每次回去，我都感覺很奇怪，那邊的生活和這裡差別太大了。」

日耀遲疑地問：「妳喜歡嗎？」

「我覺得，自己已經不屬於那裡了，但——」畢雅苦澀地想：現在我也還不是織謠者。

「探視日妳都在做什麼？」

「被鄰居包圍，問一堆奇怪的問題。」

「被鄰居包圍？」

「落島的人不會這樣嗎，『你們每天在聖域做什麼？能不能變個魔法給我們看？』」畢雅模仿珠大嬸的語氣，隨意說了幾個惱人的問題，日耀笑出來，彷彿覺得新奇。「這絕對不有趣。」

他又笑了，「目行嶼的人聽起來很有活力。」

畢雅平時不喜歡聽到別人把她和故鄉聯想在一起，但日耀說起「目行嶼」的時候，竟讓她有點開心，因為不久前他還不記得她來自哪裡。「有時候我覺得，他們就是太有活力了。」

「島嶼如果沒有自己的習性，不就跟這裡一樣了？」

畢雅很意外，他似乎是真心的，其他人不會這麼看待那種小地方。「你這麼說，歌舞制所也是島嶼的一部分啊，還是整個風環帶的起點呢。」

「事實上，這裡是風環帶的全部。不管我們來自哪座島嶼，都沒有離開過它的眼睛。」

畢雅鼓起勇氣問：「既然我們都已經離開那麼久了，跟我說說落島的事？」看見日耀點頭，讓她鬆了口氣。

「但這裡不合適，」他看向周圍，「也許改天，換個地方？」

畢雅帶著試探說：「我記得你就有一個好地方。」

日耀會意笑了笑。幾個已經做完事的聆習擠在窗邊，大呼小叫，吸引了他們的注意力。兩人很有默契地對視一眼，湊了過去。「你們在吵什麼？」

「看外面的人啊。上次歌之掌要我們做的，到底怎麼觀察？」

畢雅看著外面，有個拾貝人送貝殼過來，抬頭挺胸地進了門。奉獻者都是這樣，他們想成為這裡的一部分，只有那個女孩不是。她想起若言，那女孩很有活力，卻讓她覺得不協調，為什麼呢？她看起來也不像是過分崇敬魔法的樣子。

「那個人是來占卜的對不對？」有人指著一個婦人說。她雙手在粗布裙子上抹，一直張望，侷促不安。

「也可能是來織謠的吧。」

「如果她是特地來把故事獻給歌舞制所的，哪會是這樣？」

「說不定她帶著悲傷而來，想尋求平靜。」日耀一針見血地說。

他們還是想不通。畢雅看著居民來去，一直分心想到若言：她真的很奇怪。話說回來，她在觀汐島有沒有找到稀有貝殼？

≋

島嶼邊緣，有大小不一的黑石。寄居蟹爬過來，若言把空殼放在黑沙上，看那皺巴巴的小東西鑽進去。浪拍上來，填滿石塊的縫隙，黑頭小魚在她腳邊游動，癢癢的。碎嶼的平坦，是一覽無遺的通紅，有人說像荒漠，但她覺得比較像流著膏油的蠟燭。

接近家的方向，她遠遠就看見若木裸著上身，把鑽子叼在嘴裡，擺一張凳子在做木工——他還在雕那隻跛腳的鳥！若言笑了，調整掛在胸前的布包，一路用跑的過去。

「就說吧，我一定比你快！」

「還真被妳說中了。」若木咬著鑽子，含糊不清地咕噥。

若言拆開布包，把三片珊瑚瓦交給叔叔。

「嘿，不枉我整整兩個月東奔西跑的。」若木高舉珊瑚瓦，正對著陽光欣賞，接著又回頭敲敲木雕：「欸，這到底怎麼了？我把兩隻腳削短，還把頭磨小了，還是站不穩。」

若言接過木雕擺飾，斜躺在地上。嬸嬸林芳出來，忍不住念道：「地上髒，幾歲的人了？」她毫不在意，又滾到旁邊，讓出位子讓嬸嬸也靠過來，一邊把鳥翻了角度，敲了半天，指出一個脆弱的位置給他們看。若木二話不說，把珊瑚瓦交給林芳，反手去抄鑽子。反倒是林芳奇怪地端詳著，搞不懂她到底是怎麼看出來的。

「不用檢查啦，妳姪女說的會不對嗎？」若木補了一句：「雖然我也搞不懂就是了。」

若言毫不掩飾得意之情。但她沒高興太久，叔叔就問起另一個問題：「見到織謠者了嗎？」

「有啊，但來招呼我的人好像還不是織謠者。」她故作遺憾地說。

「怎麼這樣？」林芳有點生氣。

「因為不是叔叔去吧。他們有問起你喔，我說你的腳扭傷，他們還祝福你快點好呢，一定是比較習慣你去啦。」

「那他們有給妳占卜當酬謝嗎？」

若言點頭，語氣刻意平淡。叔叔的臉卻亮了起來：「太好了。那妳問了什麼？」

「這哪能說，說出來就不準了。」

「也對，今晚必須慶祝。早上鄰居剛好送了一堆食物來。」林芳捧著珊瑚瓦，笑著進屋去。若言聽見釀酒罐被揭開的聲音。

當晚他們大肆慶祝。林芳把鮮魚丟進滾水，刨薑絲煮湯，又做了一道清甜的炒角瓜，若木也把鮮蝦和螃蟹拿去蒸煮。他們把釀好的仙人掌果酒倒進杯裡，色澤像紅蘋果，甜中帶酸，屋子裡飄散著暖融融的氣息。幾杯下肚以後，若木就開始滔滔不絕，一下子感嘆若言轉眼間大到可以繼承工作了，一下子又帶著驕傲說，關於拾貝，她要學得可還多著呢。

「當然多囉。」若言憋了一肚子話，忍不住發作：「我只會拾貝，你突然叫我過去，我根本不知道怎麼和他們打交道。」

若木「嘿嘿」兩聲，「長見識嘛。久了就知道訣竅，一開始難免緊張。」

「我才不緊張。」若言撇撇嘴，「總之，下次還是你去啦，我總不能跟他們說你的腳又扭傷吧。」

「他們都認識妳了，怕什麼？」若木挾起角瓜，連同薑絲吞下肚，「知道為什麼這次非要妳去嗎？所有為聖域工作的人，都要經過考驗。」

「除了被盯著看以外，我沒遇到任何考驗。」若言避開薑，跟著吃了一口。

「那就已經是了，他們會判斷妳是否美好善良，值得信任，只有這樣的人才有資格長期為他們送貨。既然織謠者願意為妳提供占卜，代表妳通過了！」若木笑得燦爛，一口喝乾杯底的酒。

「他們說的是秋祭典期間要表達謝意，又沒提到考驗。而且哪有這種考驗方式？」若言咕噥，很肯定這是叔叔自以為是的推測。

「當然不會說出來呀，妳不也是看幾眼，就知道問題在哪嗎？」若木看向擺在牆角的鳥形木雕，它現在站得穩穩的。「他們也是這樣，就算妳遇到的還不是織謠者，也都是從孩提時就住進去了，誰適合為他們工作，他們不會搞錯。」

「好了。」林芳拍開他又伸向酒罐的手，把最後一滴酒倒進若言的杯子，「反正以後就是你們兩個輪流去拾貝，誰送都一樣，重要的是收穫變多。」

「才不一樣。繼承古老的手藝，然後親手送去，這是種榮耀，妳懂不懂？」

「照你這麼說，整座碎嶼都是榮耀。」

「我們是啊。」若木聲如洪鐘，「哪座島嶼能像我們這樣？聖域歡迎所有人，但還是碎嶼跑得最勤快。」

歡迎所有人？那可不一定。想起織謠者聽到她來自碎嶼時那種調侃的眼神，若言在心裡嗤之以鼻。

林芳倒是替她說出了心裡話：「少來，我們是去交換的，又不是特地過去。」

「一樣啦。」若木坐姿放鬆，卻忽然嘆了口氣，「若言妳記得，要以拾貝為榮，尊敬但是——」

「別被魔法吸走。」又來了，叔叔又開始了。

「對。現在這項技藝傳到妳手上了。」若木對著空氣發愣，嬸嬸沒接話，他們各自感覺著不在場但確實存在的部分，彷彿飯廳多擺了一張空著的椅子。

若言知道讓他們傷感的對象是誰——她的父親若燃，也就是叔叔的兄長。按規矩，他們一代只能出一個拾貝人，本來要繼承這份工作的人是她父親而不是叔叔，所以打從一開始，叔叔嬸嬸就說好，就算他們有自己的孩子，也會由她來接手。

「這次拿到三片珊瑚瓦。」若言輕快地說。

「一片掛門口，一片拿去換，至於最後一片——」林芳笑了笑，「拿去壓妳床頭。」

「妳什麼時候這麼慷慨了？」

林芳給了若木一記肘擊，「拿回來的是你姪女，又不是你。」

「下次我會帶回更多，」若言鄭重地宣布，「我要去觀汐島。」

「喔，這季節去很適合，海流正往那個方向走，會把好貝殼也帶過去。記得我跟妳說的，別趕著上船，妳要像是一點也不著急，最好是船夫等得不耐煩了自己來問妳，然後妳反問他要去哪裡？假裝往哪都可以，讓他順道載妳一程。」

若言點頭：「假如這次不是你急著把我推過去，根本用不到半片珊瑚瓦。」

若木哈哈大笑，「所以妳可得再帶回來。」

「什麼時候？」林芳問。

「看什麼時候有船過來囉。」若言擺出一副討價還價的表情，「又不著急，等我想去再去。」

「聰明！」若木敲了一下空酒杯。

他們把菜餚全吃光，屋子很暖，食物的香氣還沒散，若言把三個人分量的空盤疊在一起收走，看著空了的椅子。她並不悲傷。

她沒把那片珊瑚瓦壓床底，而是吊在窗前。她曾用不成形的貝殼碎片做了一串風鈴，現在加上乾癟皺縮的珊瑚瓦，繫在尾端，風吹過時叮噹響。當晚，她卻在床上翻來翻去，頭昏腦脹，閉起眼睛就看見歌舞制所的大廳。她不喜歡那裡。

但若言喜歡拾貝。她認識的同齡人大多想過趁著成家的機會離開碎嶼，只有她不想——大島嶼的人成天在同一塊地上耕作，豈不無聊死了嗎？像這樣三天兩頭往外跑，順著海流穿梭在各島嶼之間，那才好玩，而且，那些貝殼好美喔。她總能一眼發現稀有的光澤，當拾貝人沒什麼好挑剔的，除了她一點也不想前往聖域——那是個褪了色的地方，像被陽光過度曝曬的植物，變得乾燥單薄。踏進那幢白石砌成的燈塔，讓她渾身發癢，更不要提看到一群衣著潔白的人，明明來自不同島嶼，在那裡待上幾年，就長得一模一樣，連說話方式都像，感覺像同一張嘴巴通過不同身體在說話。就連擺在木架上的貝殼，竟然也散發奇怪的氣味，沾過魔法的氣味……若言翻了個身，用被子裹緊自己。不管了，下次再說吧。她想，現在沒有任何事能吵我睡覺。

6

在圍牆側邊的大斜坡下，畢雅和日耀並肩坐在那裡，享受著燠熱過後的涼風。這是一處絕佳的隱蔽，從歌舞制所看過來，只有白牆延展，尤其人們的注意力通常集中在另一個方位，也就是通向之牆的位置。從他們這一面，反而看不到通向之牆，自從上次莫名出現幻覺後，畢雅便很高興能暫時忘記它的存在。夕陽落下時，自然光把牆面染成帶橘的金紅色，日耀正在向她描述落島的樣子。

「到處都有成片農田，到收成季節，菜葉從土壤露出頭，像開花一樣，爛熟的水果有時掉到地上，孩子們經過會順手撿來吃，不會有人計較。」

「豐饒之島，聽說那裡一片翠綠？」

「應該說鮮豔，顏色很飽滿。」

「我很意外，你會把那裡描述得……那麼漂亮。」

「有嗎？」日耀心想，如果距離家裡夠遠，走在路上不要遇到認識的人，我或許會覺得景色怡人。「那或許我應該多說說農田裡的蟲，成群鑽出來的樣子。」

畢雅笑了，「聽起來像春天。」

「妳說蟲子從土裡鑽出來？」看見她又笑了，日耀感覺到一股奇特的輕鬆感。

「包含大風季？」

「大風季的時候，收成當然比較少。不過還是有其他可以種的作物。」

畢雅眼中有嚮往：「好想去看看。」

日耀有些被她的表情打動，「謝謝妳上次在啟之間，嗯，想告訴我那些。」

她隔了一會，才反應過來他在指什麼。「那不是理所當然的嗎？他們既然在背地裡說那些話，就不該厚著臉皮向你問訣竅。」

「說到這個，我不知道這算不算厚臉皮──我很好奇妳上次怎麼做到的？」

他竟然會問這個問題！畢雅笑了，「其實我也不曉得。我只記得當時很投入、一口氣……魔法就自己滑出來了，感覺像舞之掌說的，你的身體是它的一部分。要不是你那時提醒我，我差點忘了自己在幹嘛。」

所以她不確定是怎麼做的，也沒有任何口訣？日耀詫異，真的有那種……奇怪的天分，會偶然出現在遙遠的地方。

「那你呢？你施放魔法一直都很穩定。」

觸探更深的地方，日耀心想，換了個說法：「魔法的洶湧在更深處，如果你感應到力量，就繼續往深處──」他隨手拿起地上一截枯枝，手比中央，然後做出往更下方抽取的手勢。

「跟歌之掌教的不一樣，」畢雅咀嚼他的說法，「他要我們緩慢一點。」

「因為像我們那麼做，收束時會更不容易。需要平衡。」

「你們？」

「魔法流傳久了，會有不同的做法。」日耀聳肩，把枯木遞給畢雅。

畢雅把那截枯枝放在手心，想像它是一枚貝殼。接著，張開右手掌，做出包覆它的動作，像是撫觸。「那時候，我在心裡想像它裝載的顏色、溫度、氣味，我感覺它是一個很劇烈的魔法，適合被那樣施放。不過，可能就只是運氣吧。」

「沒有人能憑運氣施放大型魔法。」

她微笑，把樹枝插回地面。他們不自覺挨近彼此，畢雅忍不住向他抱怨起占卜掌奇怪的勸告，「他叫我別太靠近魔法，我不知道那是什麼意思。」

日耀遲疑了一下，「也許他只是在勸妳別心急。」

「嗯。」畢雅的表情有些不服氣。隨即，她帶點試探地問：「我之前一直想問你，島嶼的塔姆看我們練習那次，聖頌行使要你去歌場，你為什麼答應？」

「不然呢？」

「我的意思是，除非很有把握，否則你只要推說自己沒準備好，他又不會怎樣。」

「老實說，我當時不覺得結果會好。但那是要求。」

畢雅遞給他一個奇怪的表情。聆習難免求好心切，卻也懂得與其留下表現不佳的印象，不如迴避的道理。「嗯，不過你做到了，那才重要。」她盡量不要流露欣羨的語氣，「表演練習都好嗎？」

「只是剛開始，我還沒有掌握太多。」

「你說的沒有掌握太多是指——」

「歌曲。」那麼多首組曲，他根本還來不及熟記完整的唱詞，參與祭典的都是老手，沒有人會願意停下來等。他不得不去詢問認識的人，但是動用這層關係，讓他焦躁至極。

「喔，」畢雅鼓勵他說：「你只是需要時間。既然你被選上，一定是執掌看出你的潛力。」

隨著練習時間拉長，啟之間的氣氛不再像之前那樣銳利。畢雅已經習慣了魔法的感覺，越來越專注。最近，歌之掌雷諾也對他們的學習更加看重。

畢雅的手微顫，把織線從中型帽螺裡勾出來。她又做到了，不僅沒把貝殼弄破，也未消耗多餘的力氣，日耀上次的示範確實帶給她不少啟發。多數人都已能輕鬆做到這件事，還做不到的人要嘛變得心浮氣躁，要嘛意興闌珊——或許這就是歌之掌故意不多說的原因，畢雅心知肚明，這是第一個考驗，而有些人已經放棄了。她的猜測在不久後得到證實。

隔天，聖頌行使日影突然進來，讓所有人眼睛一亮。然而，他先溫和地要求還無法掌控魔法的人離開，「這對你們來說太早了。」

有些人悻悻然出去，也有的忍不住央求，希望再多嘗試一段時間。試再久也一樣，畢雅有種悲哀的直覺，這不是討價還價能解決的。她不確定這些人明年會不會再上來。

「魔法會回應呼喚它的人。孩子，你要先用心呼喚它。」

啟之間剩下十多個人，都是有潛力的。當最後一個不甘心的人離開後，聖頌行使問：「你們近來都學了什麼？」

「施放魔法，勾出織線。」

他摸摸下巴，邊緣有些許不易發現的鬍渣，像埋在土壤下的新芽。「在這之前？」

「去年，我們聆聽您述說故事，學著觀察以及感受。」

「先是觀察，感受，再是魔法，為什麼？」聖頌行使日影沒有特意點人，卻筆直看向後方。

日耀直起身：「織謠者必須觀察，人們體內蘊藏哪些魔法，邀請他們織謠。織謠時，與他們同在，感受他們所感受的，為容器開啟一條通道，讓魔法進入。」

「嗯，歌之掌的問題，你也有答案了嗎，我們要怎麼判斷誰是來織謠的？」

「還沒有。」他窘迫地說。

畢雅看向周圍，敏銳地發現有些聆習露出幸災樂禍的表情。

「關於感受，我們永遠都在學習。」聖頌行使微笑，「此外呢，還學了什麼？來自最東邊島嶼的孩子，畢雅。」

畢雅回過神，相當意外。聖頌行使一向對所有人說話，假如他特地點人，通常也是挑他認為值得一問的對象。她整整衣擺：「我們學習埋葬碎裂的貝殼，也就是死去的魔法。還有，為木片雕刻，記下這一年的貝殼或花草。」

「魔法不會死去，只是有一些，來不及重新活過來。」聖頌行使惋惜地說。

畢雅想起在她手中破掉的貝殼，沉甸甸的。歌之掌說過，創造之前，先是埋葬，每一名織謠者都背負這種重量。如果沒有自覺，他們很可能會讓魔法永遠散佚。

「你們認為魔法是什麼？」

有人帶著遲疑猜測：「施放貝殼裡的力量……還有織謠？」

「只有這樣？」

「占卜也算觸及魔法。」又有人說。

「那你們平常做的事呢，聆聽故事、歌舞，還有木刻，這些不是魔法嗎？」這次，聖頌行使從前面走了下來，在桌椅之間游移，彷彿靠向一座座靜默島嶼。

木刻有明確用途，至於歌舞和那些故事——畢雅凝思：為什麼每一年，聖頌行使都要親口述說？儘管整個歌舞制所裡面，沒有人比他知道得更多、更完整，但他一直很忙碌，幾乎不見人影，從啟之間開放到現在，也只上來過兩次。他堅持親自去做的事，一定有某種意義。

「魔法由記憶而來，」日耀再次開口，所有人都轉向他。「所以歌舞制所了解島嶼的一切，述說每年的故事。一直以來都是這樣。」

畢雅想起〈魔法從哪裡來之歌〉，燒柴煮飯、收穫織布、歌唱舞蹈……生活的每一件事，都有魔法在其中。

「很好。」聖頌行使由衷的讚許，讓不少人又對日耀投以佩服欣羨的目光。「真正的魔法，從不只在魔法。既然你們都理解，而我又出現在這裡——這一年，我要說的是織謠者的故事。」

聖頌行使走回最前面，緩慢坐下，面對所有人，窗外陽光與絳紫簾幔落在他身後。

「最初，能掌控魔法的人非常稀少，源自特定的血脈。島嶼的人很難想像那是什麼——怎會有人能觸碰、牽引另一個人的心緒？一段埋藏的記憶，竟能通過另一人之手，化為真實？——當然了，現在我們知道，魔法所施放的並不是真實，只是記憶的一部分，但人們確實感覺到了風，樹木，甚至他們敬畏的海洋。這讓島嶼害怕起來，他們覺得，這些人一定是從他們體內奪取了什麼，才獲得那種力量，有人認為是詛咒。懂得魔法的人受盡排斥，在島嶼間逃散，或躲在各自的聚落……時間日久，第一批人集結了起來，離開出生地，選在一座空曠島嶼，建造了有魔法的燈塔。」

聖頌行使手指向窗外，暗示歌舞制所的寬廣。

「歌舞制所，你們知道它的名字。這些會魔法的人稱自己為織謠者，因為『記憶就像編織』。慢慢地，居民開始好奇，在漆黑的海上，那座突然冒出的燈塔是什麼地方？這些織謠者一邊鑽研魔法，精進技藝，一邊通過傳唱、舞蹈，試圖用人們熟悉的方式，向他們解釋這股力量並不可怕。但是，用島嶼的話說，『這難道有一袋穀子重要嗎？』比起去理解根本觸摸不到的東西，或搞清楚自己感受到了什麼，留意出海的天候是更重要的事。所以，占卜就是這樣來的，那是當時人們勉強能接受的方式。不過，多數織謠者心灰意冷，發誓再也不管島嶼的事，我們自己的信念不足，讓魔法跟著變得不穩固，直到——啊，大概在百餘年前吧，那個黑暗——島嶼從未發生過這麼嚴重的災害，許多人葬身大海。」

畢雅微微前傾，周圍氣氛變了，她發現日耀表情緊繃。

聖頌行使音節鏗鏘：「這時候，部分織謠者移動了腳步，越過海洋，把眼光投向島嶼。他們毫不畏懼，不惜為此犧牲——那是一大批最優秀的織謠者，歌舞制所因此差點毀滅——這讓我們明白，傳承的迫切。活下來的織謠者，為島嶼設下魔法屏障，保護人們不受黑暗侵擾，並且安撫人們——這是我們至今在做的事，把平靜帶給他們，也要求自己保持平靜。我們常說：『魔法是為了通向』，島嶼需要的，織謠者須為他們提供，為此歌舞制所需要更多腳步跟隨。」

他們都聆聽著，專注靜默。這是織謠者的故事，沒有編入歌唱，只在歌舞制所流傳。

畢雅震動不已，感覺自己也被包含在這個故事之中。她立刻聯想到自己受排斥的過去，與前人的傷痛呼應。那個她不曾經歷的過去，完整地接納了她……她想要跟上他們的腳步，成為其中之一。

陽光透了進來，照著聖頌行使宛如樺樹的身影。「我想你們都準備好了。」

下一刻，歌之掌的聲音從外面傳來：「到大廳去，魔法正等待你們。」

終於要學織謠了？畢雅驚喜極了。

聆習爭先恐後地出去，唯恐落在最後。畢雅經過聖頌行使身邊時，自覺地放慢腳步。他突然開口問：「在這裡一切都好嗎？」

畢雅沒預料到聖頌行使會對她說話，「很好。謝謝您允許我到啟之間。」

「歌舞制所在尋找適合留下的人，我能做的只是把門打開，能走得多遠，取決於你們自己。走慢點，孩子，保持織謠者風範。」

畢雅點頭，順著廊柱折射的光芒通往下一階，心裡相當激動。

「對於有能力對它敞開的人，魔法從不拒絕。」

她想答話，但聖頌行使已經離去，像一陣無從捕捉的風。

≋

若言把水、乾糧、撬開岩縫間貝殼的工具，以及一片珊瑚瓦裝在大布包裡。布包鬆垮垮，讓她看起來就像真的是心血來潮，突然決定出海似的。

風偏大，太陽熾烈，空氣帶著鹹味。一切就緒，只等船隻經過。

這一等就是一上午，若言吃了一塊麵粉烤炙的圓餅，乾巴巴的。日頭移動，她換了位置，坐在一塊較大的黑石背面，免得被烤成乾。就在快睡著之際，終於聽見船隻破浪的聲音，而且不只一艘……

六艘大目船！船身漆著紅、黃、綠色，像張開大嘴。若言盯著船頭和船身的綠眼睛，感覺綠眼睛也在回望她。有兩艘比較快，其他四艘則集結成船隊，整齊地在後面……船頭用白顏料畫出尖拱，代表燈塔的圖騰。

是從聖域過來的！

船尾高高翹起，像鳥展翅，但那四艘船上的船夫卻慢悠悠的，似乎不想造成太大的晃動。等船更靠近，若言看得更清楚——上面果然載著織謠者！夏至到了，來傳舞的？她驟然想起，這下倒好，等他們踏上岸，一待就會是三天，到時我哪裡也不用去了！若言氣急，用力朝前面的船揮手。

船還沒完全靠岸，若言就急著跳上去，把叔叔的話完全拋在腦後。船上有一胖一瘦兩名船夫，她大聲對他們說：「觀汐島。」

「急什麼，有段距離哪！」胖船夫抱怨，右手夾櫓，左手拭去額上的汗，「如果妳好心招待我喝杯茶，待個幾天，那時海流會更順。」

瘦削的船夫補充說：「反正我們要往落島走，可以順道載妳去——」

「你們出發到這裡不過兩天吧？」若言打量這艘船，看見船裡塞著木材，是叢島特有的樹種。「到下一座無人島再休息。」

在他們抗議之前，若言平穩地說：「一片珊瑚瓦。到觀汐島把我放下來，然後你們繼續去落島，在那裡待一天，回頭載我去聖域。」

胖船夫明顯心動了：「我要去落島交換。那種大島嶼，不待三天哪說得過去？」

「最多兩天。」若言說，「少一點喝茶時間吧，兩天很夠了。」

瘦船夫沒再抗議。胖船夫吹了聲口哨：「一片珊瑚瓦。能幹的女孩，上船吧。」

大目船順流而下，遠離碎嶼。航行一小段以後，若言回頭看見織謠者慢悠悠地下了船。

「妳沒看見，每年一堆船從聖域出發，那畫面可壯觀了。」由於風大，胖船夫省卻不少力氣，聊天的興致高昂，瘦船夫則是安靜地坐著休息。「這四艘跟在隊伍最後面，現在才到這裡，織謠者肯定都坐得不耐煩了，哈哈。」

「他們是不是一口氣派船往各個島嶼，那樣的話，幾座大島嶼已經傳舞結束了？」若言盤算著，等她到觀汐島的時候，那邊的織謠者應該已經離開。見胖船夫理所當然地點頭，她不放心接著問：「你確定嗎？」

「什麼話！就算沒有親眼見到，哪些船經過哪些地方，我們這些跑船的會不知道嗎？」

若言鬆了口氣，胖船夫又嘀咕起來：「欸，要知道我們可是特地載妳的。我本來還想，都這時節了，剛好順海流到碎嶼看看今年的傳舞，想說停個幾天，看完再去落島。他們一年好不容易來一趟，妳急著走幹什麼？」

「沒辦法呀，討生活的人，等不了三天後。」若言模仿叔叔的語氣。

「真可惜，也許明年還有機會。」

「來年的事，來年再說囉。」

接著幾天，風忽大忽小，不好控船，兩名船夫邊咒罵邊搖櫓。若言靠著挺拔的船身，乘風看海，浪一陣陣拍上來。登上觀汐島的時候，她神采煥發，揮手向他們作別：「記得，只能待兩天——」

「知道啦，知道啦。」

為了避開陡峭的黑石群，船隻會從觀汐島東邊靠岸，第一眼就會望見西側壯麗的柱狀岩石，石面被切割成方塊，島中央隆起一座小山。若言脫掉鞋子，踩在金黃沙灘上，偶爾被不成形的碎珊瑚刺痛，她沒有立刻開始工作，反而繞過叢生的耐旱植物，一路往島嶼中央走去。

若言站在迎風面，頭髮被吹得亂飛，稀薄的綠地點綴著細小的黃花，夾雜蒲公英的白，她吹了一朵又一朵，看棉絮在風中飛揚。如果叔叔看到她這樣偷懶，一定會碎念個不停。但她今天偷溜出來了！光是想到這點就讓若言笑出來。玩累了，她倒在草地上休息，想睡個午覺。

突然間，風向變了，天空傳來詭異的回音。遠處，有個婦人從屋裡鑽出來，把晾在外面的衣服收進去。

雷聲隆隆而下。

若言笑不出來了，咒罵著跑起來。四周一片平坦，沒有遮陰，再往前只有山坡地。豆大雨點掉在若言的鼻頭，她衣服半溼，和汗水混在一起，不得不狼狽地去向剛才收衣服的居民求助。

暴雨一下就是兩天。

雨一停，若言便往東岸跑。幾天前玩耍的地方，新生的蒲公英都已冒出頭，長到了腳踝的位置，她頗有成就感地想：要不是這場雨，還真沒機會看到這畫面！但也因為這樣，她和船夫約定的時間理所當然被延後了，海水正在退去。

若言抓緊最後的機會拾貝，多一枚是一枚。砂礫和雜質被海浪一起沖上來，晶亮細碎之物遺留在灘上，只露出一角。她把一小把微微發亮、奇異的螺旋貝放進袋子裡，繼續挖掘。一、二、三、……數到第七顆時，她本能地把手縮回去，彷彿被火舌舔舐。

這顆貝殼更為冶豔，紫光流轉，帶著海中泥沙的氣息。這很稀有，我幹嘛要害怕？若言心想，隨手拔了幾片苧麻葉，覆蓋住貝殼，又用一莖苧麻桿捆緊，把它裝進袋裡。

***

這個時節，漆金的門一直是敞開的，外面的風混雜著粉塵，吹進歌舞制所，天氣竟然微冷。

聆習排成一列，神情透露失望。歌之掌雷諾說魔法正等待他們，結果到了大廳，卻發現今天要帶領他們的人是占卜掌山靄。「為居民占卜。」他指著排成一列的方桌，「今天，你們要獨自完成。」

歌唱、舞蹈、占卜，都是為了帶給人們平靜。畢雅想起聖頌行使在啟之間說的話，魔法取自人們的記憶，這也算是歌舞制所和他們的交換。她發現大廳裡有許多織謠者在走動，包含對她偷偷眨眼的綠月，代表他們正在暗中觀察聆習。

畢雅轉身跨出門外。大門是敞開的，居民明明可以直接走進去，但他們有的在外面徘徊，要嘛顯得畏縮。幾個眼尖的聆習看見這一幕，連忙跟出來，殷勤地為人們帶路。

但畢雅沒有這麼做。她只是去和人們說話，臉上帶著織謠者的慣常笑容，溫和，但不過分熱絡。聖頌行使的聲音縈繞在耳際，畢雅確信，他一定會說要竭誠歡迎，但不能失去風範。

不遠處，有一名婦人遲疑著，像是不敢進去。她穿著黑色粗布裙，雙手因勞作而粗糙，腹部有鬆垮贅肉。

代表她曾經生育過，畢雅在心裡判斷。

婦人一下抬頭看白燈塔有多高聳，一下偷瞄大廳的占卜架，顯得非常緊張。畢雅耐心等待，直到對方走向她，顫巍巍地說：「我想要占卜。」

「我是畢雅，歌舞制所竭誠歡迎妳。」她轉身進去，沒刻意回頭。但她聽得清楚，婦人的腳步緊緊跟隨，和她只隔一小步。

畢雅在占卜架前對她微笑，用平常的語氣說：「妳有兒女對嗎？」面對遲疑的人，一句問候往往可以起到作用——簡單、深入肯綮，帶給人們無所不知的印象，她希望自己的眼光沒出錯。

「有，我就是為她來的，我家女兒。」婦人緊繃的表情鬆動了，「她準備成家了。」

「祝福她。」畢雅露出微笑，這次沒有太多保留。她想起豆姨說起自己女兒的神情。

「能得到織謠者的祝福，真的太好了。」

這稱呼令畢雅飄飄然。她示意婦人把手交給她，婦人照做，對著紅線懸掛的貝殼，喃喃訴說：「她和她的男人想去其他島嶼重新開始，但我希望他們留下。在叢島一切都好，我不認為其他地方會更——」

「妳想問的是這個？」畢雅微微皺眉，「可是，這不是應該交由風，交由海，以及要成家的兩個人來決定嗎？」

「我只是希望她過得好。」婦人瑟縮了一下，「所以來問問魔法的旨意，如果魔法也這麼覺得，那麼我當然祝福。」

這名母親的神情令畢雅動容，因此，她還是開始占卜。然而結果一如預期，貝殼先是順向旋轉，又改為逆向，最後停在原點。畢雅沉默半晌，評估是否該老實說出魔法不願回應。但她隨即改口問：「妳知道她為什麼想離開嗎？」

「他們想順著風走，換個地方開始，她說這樣除了我們島嶼，也能得到其他島嶼的祝福。這我當然也知道，可是萬一去了其他地方，日子過得辛苦，我又不在她身邊，那——」

「妳的孩子清楚自己想要什麼。」畢雅直視婦人，想說的話脫口而出：「與其詢問魔法，對她來說，得到母親的祝福更加重要。妳願意這麼做嗎？」

婦人眼眶含淚，手靠向胸口，對著畢雅，又對占卜架上的貝殼表達敬意，默不作聲地出去了。

直到她的身影完全消失，畢雅才深吁一口氣，感覺心裡很滿。

她接引的第二個居民是名船夫，因為長年搖櫓，雙手結滿粗糙厚繭，手臂粗壯，腰背結實，臉和脖子因承受日曬，黑中帶紅，皮膚多處脫皮，嘴唇乾裂。他隨身掛著一瓶水，找到機會就喝幾口，即便在歌舞制所的大廳也不例外。

「在風與海之上生活的人，你想占卜什麼？」

船夫爽朗地笑開來，「是討生活。也不過就是順著風，順著海而已。」隨即，他搔搔頭，帶點侷促說：「那個，我認識了一個人。」

畢雅靜靜聆聽，不明白他怎麼突然變了語氣。

「唉，我是順路來的，一會還得跑下一趟。做我們這行就是這樣，都不在岸上，所以我本來也沒想到……會有人在岸上等我，怎麼想都怪。」

「你認識的是一個女孩？」畢雅眼睛微微睜大。

「女人。她早就到可以成家的年紀了，我就想，讓她這麼等下去可不對。」船夫一會摸摸下巴，一會去抓手上脫皮的痂，彷彿身上有蟲子在爬。「我是想問她成家的事，但我這人嘛，每天都是這樣，就算順著風，又不會在哪座島上停下來。」

這次，魔法給予正面回應。船夫喜孜孜地出去了，臨走前又灌下一大口水。

這些就是屬於島嶼的煩惱，畢雅心想。那樣平淡、真實，愛戀一個人，成家，為兒女煩憂，被風帶來帶去……在他們看來是想都不用想的事。

畢雅有點累了，卻沒空休息，第三位訪客是個嚴肅的父親，一見到她就滔滔不絕：「我是林麥子，來自落島。我兒子五歲了，聰明伶俐，還動不動往海邊跑，看到貝殼就要撿，我在想——也許他有可能成為織謠者？」

畢雅正用紅線重新繫緊貝殼，聽見問題，把手抽離占卜架。能否成為操控魔法的人，就和擁有魔法一樣，從不是靠占卜決定的，何況——五歲？畢雅抑制著不悅，淡淡地問：「他有展現出任何天賦嗎？」

林麥子微弱地說：「他很聰明，我們那裡出過很多織謠者，他應該——我希望他屬於這裡。」

但從落島來的織謠者，大多不是日姓就是石姓。畢雅心想，忍不住偷瞄日耀。他正在和一位老婦人說話，神情堅定，接著快步帶她去找歌之掌。那個人是來尋求織謠的！畢雅反應過來，睜大眼睛，想起歌之掌之前問他們的問題——他怎麼看出來的，是她主動提到這件事嗎？

「織謠者，妳覺得呢？」

畢雅回神。她應該告訴林麥子實話，勸他回家，別拿這種事來煩擾歌舞制所。但他此刻手掌交握，身體前傾，提到孩子的時候，眼神露出光彩……畢雅嘆口氣，唱起卜曲。

如她所料，貝殼懸掛在半空，左搖右擺。這是個無法回答的問題。

他需要的答案不是這個。島嶼需要的，織謠者須為他們提供。畢雅出於直覺地回應：「繼續崇敬與奉獻，你的孩子必與魔法有緣分。」

「您是說他會——他有機會？」

「成為織謠者，或來到這裡奉獻體內的魔法，都是延續的方式。魔法時時都在，不應拘泥形式。」

林麥子表情複雜，接著，他以崇敬的語氣向她道謝。這讓畢雅產生小小的虛榮，她的一句話，可以影響一個人看待魔法的方式，篤定他的信念。這是她能為歌舞制所做的貢獻。

最後一名占卜的居民離開後，歌之掌把聆習們召集過去，指向椅子。

剛才那名老婦人還坐在那裡等待。她握著自己的雙手，試圖從椅子上起來，但身體搖搖晃晃，最後又坐了回去。畢雅張望，就只有她一個人來，沒人陪伴，她的眼睛看起來很……悲傷。她有股衝動，很想走近一點，更靠近那名老婦人。

「觀察到了嗎？你們在這裡看著，保持安靜。」

歌之掌走向老婦，然後，在她面前蹲下，宛如和順的後輩。距離有點遠，聆習們屏息，眼睛一瞬不瞬的，不想遺漏任何細節。

「來自遠方的人，什麼原因使妳前來？」他的聲音幾乎帶著旋律，但放慢許多。

沉默蔓延，歌之掌只是等待。就在他們以為老婦人呼吸暫停時，她顫抖著說：「船觸礁了。」只有這樣一句話。他們離得這麼遠都感覺到了，一股強烈的悲傷進到這個空間裡。像一面鏡子，悲傷投射在歌之掌的面容上。他沒有催促，終於，老婦人顫巍巍地說起自己兒子的故事：他冒著惡劣天候出海，最後被海水帶回來的，是他冷去的身體……

歌之掌把一隻手放在她右手心，老婦人緊閉的面容鬆弛了，劇烈顫抖。他開始編織，用簡單的旋律，將這個故事又唱一遍：

順風遠颺，遠颺到另一個地方，
島嶼有那樣的地方？
勇敢的青年不停下，
那樣年輕的身影，乘風破浪。

順風遠颺，遠颺到另一個地方，
風裡有那樣的地方？
船身劃滿一條條刻痕，
那樣年輕的身影，不會停下。

順風遠颺，遠颺到另一個地方，
海底有那樣的地方？
追隨魚群游過的蹤跡，
那樣年輕的身影，踏遍巨浪。

順風遠颺，遠颺到另一個地方，
世間有那樣的地方？
那樣一趟壯闊的出航，
永遠年輕的身影，不畏風浪。

畢雅清楚地看見，一條透明的紡線連結著兩人。紡線運轉，抽動，狂湧的魔法迴盪，纏繞在歌之掌手心……直到最後一個音結束。

「這是〈勇敢的青年之歌〉，魔法獻給歌舞制所，而榮耀，屬於它的主人。」

老婦人聽到這句話，再次啜泣，哭聲較先前緩和許多，像是找到了慰藉。歌之掌將紡線旋緊，透明的線段便離開她身體，凌亂地纏到他的手心。老婦人怔怔地，力氣頓失，神情已變得平靜，有人來攙扶並送她出去。

歌之掌從籃子裡，拿出一枚棘刺狀的大貝殼，模樣看了就叫人心碎。她很激動，畢雅心想，這魔法的分量很滿。貝殼靠近的瞬間，纏在歌之掌手中的魔法忽然找到了去處，「嗖」一聲鑽進開口。最後一段線頭離開，織謠儀式告成。

有一瞬間，歌之掌的臉上也出現迷茫，好像想起了什麼，又像遺忘了什麼。許久，他才回過神，轉過來面對他們。

「一個月內，你們要完成織謠。去找出體內有強烈魔法的人，用這個大小——」歌之掌高舉另一枚中型貝殼，「僅有一枚，不能毀壞。能夠織謠的人，才有資格稱為織謠者，魔法不待人。」

7

從三樓走廊的窗戶，可以俯瞰這一帶。畢雅之前沒有留心，原來在歌舞制所周圍，有這麼多硓咕石造的矮房，沒有特殊才華的織謠者一旦老得無法工作時，就會遷到那裡去；能永遠留在燈塔裡的，只有極少數人。那個「怪婆婆」出來了，就坐在草地上。與此同時，許多聆習還在門口徘徊，積極尋找適合織謠的居民。

畢雅趴在窗臺邊，不想去和其他人湊熱鬧，眼神掠過通向之牆，今天，那個位置被悠悠的海水藍色填滿。曾出現過的幻覺還是讓她在意，那些黑色觸手，像水鬼的利爪……然而遠方海面平靜，只是輕輕皺著。她眺望風環帶諸嶼的方向，看不見目行嶼——實在太遠了。

一個人輕手輕腳地繞到她身後，想出其不意。但畢雅先回過頭，拉住對方纖細的手臂。

「妳怎麼知道是我？」綠月瞪大眼睛。

「會突然出現的，只有妳，和一隻老鼠。」

「妳說的是——」

「老鼠通常躲在儲藏室。」畢雅聳肩。

「真壞心。」綠月笑出聲，「上次那塊織布做完沒？」

「就快了。」這陣子都在練習魔法，石心沒來催促他們，讓畢雅差點忘了這件事。「不過妳今天竟然有空。」

綠月微微抱怨：「前幾天下雨，我本來以為能稍微休息一下，結果根本沒有。這陣子不是待在舞地，就是在敞間練習、練習……」

「或是裁新衣服、編頭髮。」畢雅幫她接話，綠月因而笑了。「撐到秋祭典過後，換下這一身，妳會輕鬆很多。剛晉升嘛，總有比較多儀式。」

「妳這麼一說，我又有點捨不得了。」綠月拉起裙襬，端詳上面的綴花。

「真是奢侈的煩惱。」

「我有個主意，」綠月愉快地說：「等到妳晉升時，一定要讓我幫妳繡衣服，這樣我就好像經歷兩次。」

「那妳有得等了，因為我才剛開始。」畢雅訕訕地說。

「可是妳最近狀況很好呀。」

「妳又知道了？」

「我聽見有人在說，妳可以直接驅動大型貝殼裡的魔法了，大型耶！聆習一般都做不到，那天占卜妳也做得很好啊。」

「妳還聽說什麼？」畢雅故作不經意地問，想起其他人在得知日耀能參與秋祭典時，背地裡談論他的語氣——聆習之間是競爭關係，看見別人有好表現時，絕不會只有讚美。

「我有點忘了，好像有人羨慕妳有這個機會吧。是歌之掌拿大型貝殼給妳的嗎，是不是因為看好妳？」

畢雅很肯定，「羨慕」絕對是客氣的說法，那指的是嫉妒，還有別的什麼。他們竟然能把石心的刁難，說成刻意安排的機會？畢雅氣惱地想，說得好像任何人只要拿到它，都能輕易施展魔法。

「有時候，我竟然會覺得像珠大嬸、俊叔他們那樣很好。」

「我還以為妳討厭他們。」綠月偏頭看她。

「他們的生活實在太簡單了，簡單到不用去想這些。」畢雅想起那天占卜遇到的人們，「妳有沒有想過，如果一直留在島嶼會是什麼樣子？」

「我嗎？也許找個人成家，一輩子不離開目行嶼，然後——差不多就是那樣了吧。」

畢雅完全可以想像那畫面：作為島上最美麗的女孩，會有一堆少年圍繞著綠月打轉，像蜜蜂本能地靠近花蜜。然後綠月會選擇其中一個，和他一起待下來，繼續受到疼愛。她將無法體會魔法的絢麗，卻也不用承受孤獨和閒言碎語，不用擔憂自己會變成不上不下的織謠者，在日後某一天，因年邁而不得不離開歌舞制所，住進平房孤單地老去。綠月很討人喜愛，畢雅心想：也許留在島嶼，反而更適合她。

「妳這樣問，是因為那些居民嗎？占卜的時候，我看到妳很投入。」

「可能吧，妳說得對，我是不喜歡——以前我只覺得珠大嬸他們很煩人，但他們很簡單。」

「雅雅，妳不應該想這些。」綠月拉著她的手，「妳剛跨出了很大一步，學會施放魔法，現在是織謠。」

「然後是永遠留下來。」畢雅在心裡回味著魔法的觸感，飽滿地縈繞在指尖。那確實很美好，不管其他人有多討厭，她還是想待在屬於魔法的世界。「妳說得對，我不應該分心。」

「這才像妳嘛。」綠月對她微笑，「害我擔心了一下。」

「其實，聖頌行使那天對我說話了。」畢雅壓低聲音，「在啟之間，他要我回應他的提問，還關心我在這裡是不是一切都好。」

「太好了。」綠月滿臉欣喜，「他注意到妳了！也許是覺得妳有天分，因為妳施放了大型魔法？」

「不過是一次成功，那種小事哪會傳到他耳朵裡。」

「可是執掌們都有在觀察啊。」

「所有人都在被觀察。」畢雅說忍不住說，想起占卜掌之前奇怪的提醒，覺得莫名其妙。「說到織謠，那是什麼感覺？」

綠月回憶著，突然有一剎那的茫然，像獨自去了很遠的地方，同樣的反應也在歌之掌雷諾臉上出現過。

「綠姐姐？」

「我形容不出來，事後就忘了。不過，那大概是世界上最美好，又最痛的感覺。」

「痛？」畢雅很驚訝。這和她想的完全不一樣，她以為編織魔法，將會是世界上最美好的體驗。只有美好。

綠月把食指比在嘴邊，低聲說：「我也不知道為什麼，把魔法從一個人身體裡抽出來，就像把一株植物連根拔起，裝進另一個容器裡。我知道這樣聽起來很怪，畢竟我們是在幫助那個人，帶給他平靜，但感覺就是那樣。魔法很美，不過那種感覺——我也不曉得是為什麼。」

有人在呼喚綠月的名字，聲音從樓上傳來。

「我得回敞間了。」綠月帶著遺憾說，「繼續練習、練習。」

綠月走後，畢雅打算和其他人一樣到大門前觀察，但她剛轉身，就遇到上來的日耀。她提醒：「今天啟之間的門關著。」

「我知道啊。」

畢雅又看了一次窗外，等在門口的聆習還是很多，殷勤地和居民說話。她猜想他是為了避開人潮才上來的，或者是因為知道她在這裡？「所以你迷路了？」

日耀笑了笑，「在這裡，我閉著眼睛都認得路。」

「那你一定知道走哪條路最安靜。」

「再清楚不過了。」

「那天占卜，我遇到一個落島人耶。他說你們那裡出了很多織謠者，想問問他兒子是否有機會。」畢雅仔細觀察日耀的表情，「但他兒子才五歲。」

「一聽就是不了解歌舞制所的人，」他嗤之以鼻，「他如果真的為孩子著想，就不該急著把他送走。」

「這年紀是小了點，至少要到七、八歲才會展露天分。」畢雅思索著他的話，「有這種想法的人，在落島很常見嗎？」

「沒有人不想把孩子送來。我聽說其他島上的孩子，從小會幫忙農事或其他什麼，但在我們那裡，要等到孩子超過十歲，父母才會徹底死心，讓他們去種田或做別的。」

畢雅想起年幼時，坐在船上，跟隨大人出海，夜晚被漁火照亮的畫面。「我們那邊相反。人們尊敬織謠者，但魔法對他們來說，是遙遠到根本無法想像的東西。不過你真的認為待在島嶼，比來到這裡更好？」

「我不知道怎樣是比較好的。每座島嶼有自己的生活方式，在落島就是那樣，所以——」日耀聳肩，「畢竟我們現在都在這裡了。」

聽見他說「我們」，畢雅有種特別的感覺。「那如果生在其他地方，你就不想成為織謠者嗎？」

或許是她的問法太過直接，日耀想了一下。「我沒想過。從我有記憶以來，那好像就是唯一的選擇。」

換作是在不久前，畢雅會很羨慕他能理所當然地說出這種話，但此刻她只是點點頭。沉默了一下，她說：「那天聖頌行使說的故事，我還是第一次聽到。」

「由他說出來，確實有種感染力。」

日耀顯然不是第一次聽到這個故事，這證實了畢雅的猜測。「最早那批創建歌舞制所的人，來自四個家族？」

「不知道是誰最先提議。落島這邊，因為生活無虞，人們覺得魔法毫無必要。所以一開始，織謠者其實是被脅迫，不得不把有這種力量的人送到另一個地方去，避免自己被趕出去，或者連根拔起。」

畢雅呆默半晌，聖頌行使把這段說的雲淡風輕。但這確實很有可能發生。「好可怕，那後來那個黑暗——」她注意到他眉頭皺了一下，「為什麼你看起來很緊張？聖頌行使說到這段的時候，你也是這反應。」

「有嗎？」

「還有那個黑暗到底是什麼？我小時候聽過水鬼抓人的傳聞，聽起來很像——」

「這不能談論。」日耀急忙阻止她，他也不知道自己為什麼反應那麼大，只是本能地想起，其他人會小心翼翼避開這個話題。他有種不祥的直覺：黑暗，這一年竟然在歌舞制所聽到兩次了，這代表什麼嗎？

畢雅有些尷尬，「那後面那段，織謠者走出歌舞制所的故事，你知道嗎？」

「不很清楚。雖然那是流傳在我們家的故事，他們其實很少講後面那段。」

她驚訝：「當初那批守護島嶼的織謠者，是你們家的？」

「我叔公的祖父輩，還有一些人……反正都過去很久了，現在就真的是故事而已，還很不完整。」

從一出生，就被包含在這麼偉大的故事裡，會是怎樣的感覺？畢雅不由自主地想，她真的好羨慕他。不為什麼，就只因為他能擁有那些故事。

「妳知道嗎，這不是什麼值得驕傲的事。」像是看穿她的想法，日耀說：「假如別人看著你的時候，看見的並不是你，是那些和你無關的部分，還有他們希望你變得像某個，或某些你根本不認識的人一樣——」

「那一定很不快樂，而且你們失去了很多人。」畢雅歉疚地說，「我只想到多數人會不惜付出一切，去交換那個故事。」

「是我們歸故事所有。」日耀心想：這個故事活在他們心裡。當死去的人在故事裡活過來，也把活著的人變得跟死人一樣，只能活成那種樣子。

「是不是因為這樣，現在落島的人才這麼崇拜魔法？」

「可能吧。」

「所以你是在氣這個？」畢雅知道自己不該往下深究，卻還是忍不住問。「我是說，探視日的時候你不想回去，是因為這些？」

日耀微愣，「有很多理由。」

畢雅不知該說什麼，便跟他並肩站著，一起看向窗外。他們放任沉默多停留了一會。

「我以前一直很氣，目行嶼沒什麼值得驕傲的。」畢雅苦笑，「因為我喜歡那些故事，還有魔法。」

「看得出來。我是說真的，我沒看過別人像妳那樣——那麼流暢，像是憑直覺。」知道竅門的人，通常會追求精準。日耀同情地想，但這件事發生在她身上，反而更強調出她的不同……而這裡要的是秩序。「妳知道嗎，妳是真正的織謠者。」

畢雅鼻子一酸，微微側身：「我又還不是。」

「很接近了。」

「歌之掌要我們尋找適合織謠的人，你想好要怎麼找了嗎？」她轉移了話題，看見日耀聳肩。

「他給我們的時間不長，貝殼只有一枚。」

「妳想為怎樣的人織謠？」

「我也不確定，也許找一個情緒豐沛的。」

「最好是讓妳感覺自在的。」日耀看著畢雅，「我猜比較適合妳。」

「你不著急嗎？」

「著急的事太多了，我都不知道——」日耀苦澀地說，「織謠時，要與對方同在，感受對方的感受。這件事說得容易，我不知道該怎麼找到這樣的人。」

「如果我們之間也能互相織謠就好了。」畢雅真誠地說，「我好想知道，那到底是什麼感覺。」

日耀被她的異想天開嚇了一跳。他認真看著她，退離窗臺邊，兩個人靠得很近。風掃過畢雅的髮梢，又吹向他，她轉頭去看他側臉時，心跳得好快。他觸碰她的手，像是不小心擦過，帶有一點不確定的試探。畢雅感覺身體發熱，伸出一隻指頭勾了他的手指。

許久以後，日耀嘆口氣鬆開：「我得去歌場練習了。」

「嗯，那你——我們——」畢雅想不到應該說什麼。

「改天見。」日耀看著她，聽起來像某種回應。

往歌場的那條路，不會太安靜。畢雅心想。直到日耀離開，她還站在原地，感覺像是經歷了一場夢，她很確定剛才在他臉上看見笑意。

畢雅花了一些時間，讓自己靜下來，然後才到大門前尋找適合織謠的人。她看見那個圓臉、圓眼睛的拾貝人又來了——她渾身凌亂，短裙上甚至黏著一些鬼針草，正和石心大眼瞪小眼。畢雅朝她走過去。

「妳認識這個人？」石心皺眉，彷彿畢雅和這名少女都是海上漂來的雜質。

「她是碎嶼人，拾貝人若木的姪女。」

「若言。」她扠著手。

「上次她來過，是我接待的。」畢雅解釋，壓抑著想避開石心的衝動。

「哦，原來是妳接待的。」石心冷聲說。

畢雅煩躁地忽略她話裡的暗示，「不是我一個人接待的，其他人也都在場。」

「不管怎樣，都不應該——」石心帶著高傲的表情，把若言從頭到腳打量了一番，「這樣進到歌舞制所，會把風沙帶進去的。」

畢雅看著若言，她的褐髮凌亂垂散，外裙髒兮兮，腳上黏滿沙子，防水綁褲的下緣還在滴水。一定是拾貝完就直接過來了，很符合這女孩的個性。畢雅忍不住想，這樣是很不得體沒錯。

「不進去也可以啊。」若言晃了晃手裡的袋子，「前陣子下雨，收穫就這麼一點，你們直接在這裡點就可以了。」

石心瞠目結舌：「妳說什麼？」

畢雅真想轉身離開，繼續聽石心這樣扯著尖嗓子說話，她會瘋掉。她忍不住帶著譴責問：「妳叔叔的腳還沒好嗎？」

「好了，但他來不來和我來不來沒有關係。我已經繼承這份工作，這些是我撿到的。」若言刻意鬆開右手，讓袋子半敞——確實只有幾枚，但貝殼閃著燦亮的光。

這些是在觀汐島撿到的嗎，順著占卜的結果？畢雅眼神放光，很想立刻邀她進去，但石心擺出一副母雞捍衛雞蛋的架式，絕不會退讓。她只好壓低聲音說：「妳要不要先回去換件衣服？」

若言癟嘴，退開幾步。就在畢雅以為她被說服而鬆一口氣時，她卻大聲說：「坐船出海是玩樂嗎？待在裡面，是不是不知道風雨有多大？我冒著危險，去了又來，帶回珍貴之物，在你們眼中卻只看到一件衣服！」她漲紅了臉，「這不是奉獻，是我的工作！上次我來的時候，不是說歡迎所有人嗎？」

大門邊的居民聽見這番話，不約而同地轉頭。畢雅被這些螫人的目光釘在原地，她已經不記得上次被人當面痛斥是什麼時候了，何況還是被一個普通居民！

但她眨眨眼，確定自己沒看錯……有很洶湧的東西在若言身體裡湧動，呼之欲出。上次占卜時她就感覺到了。

居民們交頭接耳，詢問究竟發生了什麼事。畢雅還沒想好該怎麼辦，石心已經氣得渾身顫抖，用更大的音量，一個字、一個字回敬：「平凡的人，妳膽敢在歌舞制所的門前——」

一聲咳嗽打斷石心的咆哮。

占卜掌山靄突然出現，理了一下輕袍上的摺痕，彷彿只是剛好經過。他慢條斯理地說：「我需要有人協助整理擺架。」

「昨天才整理過。」石心的語氣帶著困惑。

「那啟之間呢？這幾天沒人進去，正好可以再整理一次。」

石心終於聽出他是在趕人了。她氣忿忿地，踱著鈍重的腳步離去。畢雅心裡感到痛快。

占卜掌對若言做出邀請的手勢，「遠方的拾貝人，謝謝妳的慷慨。歌舞制所竭誠歡迎妳。」說完親自為她引路。

圍觀的人群都安靜下來了。若言遲疑地跟上，畢雅走在他們身後。

在畢雅的印象裡，占卜掌一直是三位執掌中最不引人注目的，總默默刻著木片，沉浸在自己專注的事物上。但他只用短短幾句話，就把局面拉了回來。他不常表現得熱絡親切，卻也一點都不高傲。

若言跨過大門，看著前面帶路的人輕袍晃動，從腳心發麻到頭皮：我一定是瘋了才會挑釁他們，天知道這些嬌生慣養的人在想什麼，萬一他們想報復我呢？但她轉念一想：哼，會魔法又怎樣？要是沒有拾貝人替他們帶來珍貴收藏，他們的魔法早就枯竭了。我沒必要害怕。這麼想著，便把頭昂得高高的，毫不理會周圍的視線。

「畢雅，妳想再次接待她對吧？」占卜掌微微點頭，對畢雅表達認同，轉頭又對若言說：「放輕鬆。」他說完便離開了，彷彿什麼都沒有發生。

若言揭開袋子，交給畢雅。看著畢雅快步上樓，她把手放在防水綁褲右側的暗袋上，掐緊苧麻葉。

被包在葉片下的紫貝是這次最稀有的收穫，應該一併交給聖域，但她實在太氣了。這枚紫貝彷彿有生命，也察覺到她的憤懣不安……若言聽見細碎低語，越過大廳擺架，從另一端傳來，像爬蟲用尾巴摩娑過粗糙沙地。*是什麼東西在那裡？*她雙眼發直，走到旋轉階梯前，探頭往上，四根高聳巨柱湧現金光，讓人暈眩，向下則是一條幽暗之路。

「妳怎麼跑到這裡？」畢雅從樓上出現。

若言慌忙把手從暗袋抽出。

「這個階梯不對外開放，妳要在大廳等待。」畢雅忽然感覺暈眩，很不對勁。

若言察覺她臉色怪怪的，「妳怎麼了？」

「沒事。」畢雅把袋子還給她，裡面裝了珊瑚瓦。「這是妳的酬謝。」

在若言伸手去接的那一瞬間，畢雅非常確定，這雙溫暖粗糙的手裡有魔法。豐沛的生命力。

「等等。」

若言停下腳步，不耐地說：「我真的沒什麼好占卜的。」

「我是想邀請妳，願意奉獻魔法嗎？」

若言愣住，第一次有人對她提出這種鄭重的邀請。這個叫畢雅的——她看起來也不過是個少女，個子比她矮一點，比她淺一階的黃褐膚色，一雙大眼睛，表情認真得不像話。若言嘖嘖口水，身體緊繃，不知道該怎麼拒絕——她的目光太誠摯了，讓她幾乎忘記剛才的不愉快。

「我說的是織謠，」畢雅吐出這個詞語，感覺魔法的力量就在自己手中。「不會有任何損失，只需要告訴我一部分關於妳的故事，說妳願意訴說的部分就可以了。歌舞制所會以珍貴的貝殼收藏它，為妳編織的歌唱會流傳，魔法永遠在架上發光。」

「可是我——沒什麼值得說的。」若言抓緊裝著酬謝的袋子，沒有點算，飛也似地跑出去。

8

這個季節，門一直是開著的。但那不代表你真的走得進去。日耀看著大門燙手的金色，心裡這麼想著。

又是不順遂的一天。在其他聆習興沖沖投入織謠的時候，他卻轉向歌舞之地——那裡才是一切的基礎，先於魔法。他比誰都要清楚，試煉的目的從不是為了讓人通過，而是刷除不合格的，像瀝去水中雜質。

在歌舞制所裡或許不會有感覺，天空飄著微雨，灰沉沉的，包含他在內的二十個人像一排樹站在歌場，蔓草刺得他小腿發癢。歌之掌雷諾按照每一個人的能力，為他們排定獨唱的部分，唯有他被排除在外。今天依然如此。

其他織謠者都不是第一次表演了，他跟不上，只能負責合聲。儘管如此，歌之掌的聽力好得近乎刁鑽，他幾乎要懷疑他長了第三隻耳朵。

「前排聲音不流暢。」

「左邊的，誰聲音那麼尖？合音要像海浪，不是暴風。」

「剛才那幾句，尾音要上揚，接下來是——」歌之掌抓著頸子，力道大得不在意會抓破皮。

「你到底在做什麼，想毀了秋祭典嗎？」

所有人都停下來，看向日耀。他緊繃地沉默半晌，僵硬地說：「抱歉。」

「今天就到這裡。」歌之掌頭也不回地離開，彷彿表達他再也無法忍受。平時他儘管嚴格，卻依然保持耐心，不曉得近日為什麼變得焦躁。也許是被氣氛給震懾的緣故，眾人都沒有細究。

歌之掌一表態，他身旁的人就酸溜溜地說：「我真不懂，聖頌行使怎麼硬把一個人塞進來？」

「這也沒辦法，我們都參加不只一年了，秋祭典講究的是經驗。所以我一開始就說，就算在聆習當中表現出色，也還是太早了。」

日耀沒去追究聲音來源。這些都是正式的織謠者，歌舞制所的前輩，他沒必要得罪他們。

「欸，時間不多了，你練得起來嗎？」

日耀沉著臉，點點頭。

「如果不行，趁現在告訴歌之掌還來得及喔。」對方沒把話說完，但大家都知道是什麼意思。

他轉頭，說話的人是雷雨，最後一個被歌之掌點名來表演的人。除了他，這裡就屬雷雨年紀最輕。

「給他點時間吧，第一次表演嘛。」一個甜甜的聲音說。

日耀的臉色更沉了。

「妳怎麼這麼有耐心？」

「我之前也這樣啊。是因為你們很照顧我，我才跟上的嘛。」

年長一點的織謠者聽她這麼說，頓時心花怒放。「那是因為妳有天分，明年歌唱搞不好還是有妳。」

「我也想試試舞蹈。」雷雨嚮往地說，「這邊好嚴格，我們到現在還沒在歌唱時施放魔法。如果能跟舞之掌一起表演一定很好，聽說他們每次練舞，都會嘗試不同的魔法。」

「舞之掌對妳印象不錯吧？我記得有一次她說妳跳得還可以。」

「如果她真的覺得還可以，早就找我了。」雷雨語帶遺憾。斗大的雨掉下來，落在她鼻尖。

「走吧，雨變大了，回去休息啦。」

「我再待一下。」日耀說。

「你好好練習，需要幫忙再說。」前輩們留下幾句言不由衷的話，便急著離開了。

在陰黑的天色下，日耀一個人繼續練，直到雷聲大作，他不得不回到歌舞制所，進門後還在渾身滴水。他的臉色很差，剛上迴旋階梯，一個人影驟然出現，讓他一時忘了動作。

「聖頌行使。」

聖頌行使沒看他，又往上走幾步，停在階梯旁的窗前。「我一直在這裡看，從這裡，可以看得一清二楚，就連大海也是。只要退後得夠遠，你會發現，再遼闊的地方，都不會超出一扇窗。我還在你這年紀的時候，就很喜歡站在歌舞制所的窗邊。」

日耀一開始不懂他要表達什麼，所以沒回應，直到聖頌行使逕自把話接下去：「你不太順利。我一直相信自己的眼光，儘管我已忘記上次破例讓聆習參與祭典是什麼時候了。」

聽見這句話，日耀宛如遭到雷擊，他身體發冷，等聖頌行使繼續說下去。不出所料，他接著說：「我在想，我是不是把太多——不屬於你的負擔強壓到你身上了？」

日耀的臉色更加蒼白，聖頌行使覺得他做不到。他的意思是要把我撤換掉，或者希望由我自己提出來？可是，這一切本就不是他要求的，他只是遵照安排。話說回來，儘管聖頌行使給人的感覺高深莫測，卻一向慈藹，唯有對他不苟言笑。也許是失望太久，終於無法忍受了吧？日耀感覺無數打量的眼光，沉沉地壓在自己肩上，他不敢去想其他人如果知道，會露出什麼表情？除了畢雅，她或許會理解，但……日耀深吸一口氣，抑制著激動說：「請給我時間。」
「秋祭典就在不久後，你知道這件事有多被看重。我只是擔心，如果真的不合適，對你反而是種傷害。」
「我知道現在還不理想——」
「說實話，孩子，你有把握嗎？」
日耀靜默。聖頌行使要求他給予承諾，否則退出。就現在的狀況而言，也許放棄是比較明智的選擇——他是被破格安排的，就算這次退出，不代表日後沒機會。硬是去做自己做不來的事，只會留下糟糕的印象，反而不利晉升。但他只想了一瞬，就做出反應：「我會做好的。」
「我很期待。」聖頌行使給他一個寬容的微笑，或許帶有信任。「對了，最近我聽說你和某個女孩走得很近。」
日耀嚇了一跳，語氣生硬：「我不曉得是誰說這種話。歌舞制所不該妄傳他人私事，我們的心思——」
「只在於歌舞。孩子，你沒問那個被謠傳的女孩是誰。」他又是淺淺一笑，「別擔心，我們不會干涉這些，尤其像你這麼年輕。只是稍微提醒，別忘了重要的事，我看過太多有天分的人，最後只差那麼一點點……你知道那是怎麼回事。」
我當然知道。日耀沉默，但是聖頌行使幹嘛要擔心他？
「我屬於歌舞制所，不會特別照顧誰。不過，找出有天分的織謠者，保護他們，傳承——是聖頌行使最重要的職責。」
聖頌行使一步步走下階梯。直到他的身影再度隱沒，日耀才意識到自己的拳頭緊握，指甲把手掌掐出痕跡。閃電一明一滅，他沒回二樓房間，反而轉身又走出大門。

「練習還是改天吧，為了織謠者的安全，這種天氣並不適合。」石心撐傘追出來，擋住他的去路。「你沒聽見嗎？」

「妳為什麼要擔心？」日耀停下腳步，「難道我有什麼值得留意的嗎？」

「太多了，」石心仰起臉看他，他不確定那個表情比較接近高傲、警告還是討好。「我一直在留心這裡大大小小的事，包含每個織謠者的安全。」

「織謠者？」日耀冷哼，「我還不是織謠者，也不是儲藏室的器物。」

有一瞬間，石心被他鐵青的臉和語氣嚇到，她知道有些人看不起她，卻沒有人敢這麼直接地對她說話。但不論日耀有多出色，畢竟未獲晉升，她在身分上還是高他一籌，因此她立刻不悅地說：「歌舞制所保存器物，也是為了保護人們。」

「這裡還有那麼多人，妳該多關心他們。就不用管我什麼時候出去，或我一天出去幾次了。」

聽出話裡的諷刺，石心微愣，正要還擊，但日耀已經迎著雨疾跑出去。

他繞過歌場和舞地，越過通向之牆，又往布滿危險礁石的海岸而去，像把傾瀉的雨甩在身後。從天候看起來，短期內應該都不會放晴。

⁂

若言一路喘著氣，到家門前，終於鬆懈下來。林芳一如預期地碎念她不該穿得這麼邋遢就去聖域。

「這次換的可能不多。」若言把酬謝交給嬸嬸，打算回房呼呼大睡。在那之前，確實得脫下髒衣服。

進到房裡，若言隨便換了件布裙，取出原本放在防水綁褲暗袋裡的貝殼，把包覆著它的苧麻葉拉開一角，凝視著美麗的紫色。剛撿到的時候明明是淡紫，才過幾天就變暗了，像星河夜沉的那種色澤……這比她撿過的所有貝殼都要稀有，要是讓若木知道她沒拿去交換，非得氣死不可。

那個嚴肅的女孩想要我的——魔法？若言不可置信地回想，把所謂魔法從我身上取出來，讓他們使用？但是她說那些話的時候，表情好認真，幾乎讓人動容。這樣不留情面地拒絕，讓她懷著些許罪惡感，碎嶼的人有自己的生活方式，他們從不會這樣回應真誠。但是，不然能怎樣呢？他們是另一個地方的人，那種奇怪的地方——又不是我的錯，我才不要跟那些人有牽扯！

「若言啊。」

看見叔叔推門進來，若言揉揉疼痛的額頭，她剛才感覺好糟糕。

「妳做得很好。」若木咧開大大的笑容，「去交換一次，是湊巧。兩次，代表可以獨當一面了。」

那是你沒看到我被擋在門外。若言氣惱地想，把凌亂的苧麻葉片和紫貝隨手塞到右邊口袋。

「叔叔，你熟悉織謠者嗎？」

「要說熟悉，怎麼可能。」若木搔搔臉上那顆痣。

「在那邊的生活是什麼樣子？」

「不清楚，他們又不會說。每個離開的織謠者，都會失去在那裡的記憶。反正他們從小住進去，然後就不算是島嶼的人了。」

「孤單嗎？」

「嗯？」若木抓了抓臉，好像沒想過這個問題，「小時候會吧，但住在那裡應該還是有朋友，和同樣是織謠者的人。」

若言回想起第一次遇見那個嚴肅女孩時，其他織謠者嘲笑她說目行嶼和碎嶼離得很近，她不覺得真正的朋友會用那樣的方式調侃彼此。還有那個把她擋在門外的長臉織謠者，顯然也跟她不和。

「和織謠者打交道，只需要一點技巧就夠了。」若木不安地提醒，「妳要記得，太靠近他們對我們沒好處。」

叔姪兩人靜默片刻。平時，話題會在這裡結束，但在這個當下，若言忽然感覺某個被忽略已久的傷口，忽然間疼痛起來。

「我媽媽她——」她也不知道該問什麼。

若木「唔」了一聲，拉了張椅子坐下，「妳爸不喜歡別人談到她以前的事。」

所以他們通常不談。即便過了這麼多年，若燃早就不在了也一樣——繼續遵守他遺留的生活習慣，是叔叔懷念他的方式。此外他們過得很好，日子如常。若言忽然心一橫，決定把那道傷口揭開：「但爸爸自己就對魔法很著迷。」

若木愣在原地，「豈止著迷，像被吸走一樣。」他忽然用力捶了桌子，「所以我一開始就說他不該靠近那個女人！」

若言嚇了一跳，叔叔平時不會反應這麼大。「但你也只是反對。」話說出口，她才意識到自己原來藏有怨氣。

「不然我還能怎樣？」

「你一次也沒試過去找她。」

「妳想念她嗎？那個我哥哥剛死就急著離開、一聲不響把自己孩子拋下的女人？我敢說，所有島嶼人都沒她那麼狠心！」

「憑什麼讓她一走了之！不管她去了哪裡，你應該告訴其他人她做過什麼！」若言大聲說。

「我不知道妳是這樣想的。」若木呆愣許久，「那是她的權力，去別的島嶼重新開始。就算她想去無人島過一生又怎樣呢？說真的，反正跟我們沒關係了。」

「你也想重新開始。」若言哀傷地說，這才是真正的理由。

「我們都需要，妳懂嗎，日子還是要過啊，我們三個忘掉這一切比較好。」

「可是——」

「當初妳爸出事的時候，我覺得一定是水鬼拐走了他。」若木沉沉吐出一口氣，表情呆滯。

水鬼會附在人身上，讓一個人做出可怕的事。當水鬼飢餓時，會自己上岸抓人，然後吞吃溺死的靈魂。祂是受詛咒、漂浮的惡鬼……只要看見有人沉沒，祂的痛苦便得以減輕。

「否則他怎麼可能在大風季擅自出海？划走別人的船欸，任何拾貝人都不會那麼做！那個時候，我整天找他，做些亂七八糟的事，直到島嶼的塔姆阻止我，要我去聖域，那是我唯一一次尋求他們幫助——」他越說聲音越小，到後來微微發抖，「他們把平靜帶給我了，平靜很好。日子還是要過。」

「叔叔？」

「欠風搧的！妳為什麼要提起，這整件事——」若木咒罵著出去了，留下一張被拉出來，空蕩蕩的椅子。

若言把椅子靠攏，心想：我為什麼這樣逼問他？那又不是他的錯。她從沒看過叔叔這樣。

接著，林芳進來了。「妳叔叔怎麼了？他剛才說話好大聲。」若言沒反應，林芳舉著她拿回來的袋子問：「妳有算過酬謝嗎？」

「怎麼了？」

「妳不是說這次不多？裡面有三片珊瑚瓦耶。」

「三片？」這份酬謝和上次一樣豐厚，但她交出去的貝殼卻只有寥寥幾枚，沒珍貴到那種程度。

「怎麼可以沒算呢？」林芳表情嚴肅。

「沒算就沒算，是他們的錯。」想起那穿得紅通通的長臉織謠者把她擋在門外，若言忽然好生氣，「織謠者的生活都是島嶼提供的，那裡唯一能回饋給我們的就是珊瑚瓦，我敢說他們才不在意多一片少一片！」若言簡直氣壞了：憑什麼，他們憑什麼以為所有人都願意受這種氣——竟然還想要她主動奉獻故事，把那說成是榮耀？叔叔接受過織謠，他看起來也沒有得到平靜啊！魔法會欺騙。沾上魔法總沒好事。

「我們不能白拿——」

「我才不要沒事再靠近那裡！」

林芳火也上來了：「拿回去還給他們。」

突然間，兩人同時感覺到劇烈晃動。若言腳步不穩，去扶牆壁，然而就在她觸摸到的地方，黑白石縫和紅磚瓦像蛛網一樣裂開來。桌上的東西都翻倒了，裝在杯裡的茶水溢出，浸溼她的腳，貝殼碎片和珊瑚瓦串成的風鈴也應聲落地。林芳尖叫，往床邊退，一不小心卻跌坐在地上。若言搖搖晃晃要去扶嬸嬸，但裂痕又從腳邊地面爬上來，黑沉沉的東西像蛇湧出，往她手心、腹間、腰側鑽去，若言放聲大叫。

若木「砰」一聲摔門進來：「幹嘛叫成那樣？」

若言渾身打顫，林芳呆坐在地上，兩眼發直。若木像完全沒感覺到剛才的動靜，去扶林芳。

「有沒有摔到哪裡？」

林芳搖搖頭，表情一片空白。「剛剛——那是蛇嗎？」

「蛇？」爬蟲和蛇可嚇不倒島嶼的人。「妳們發現一整窩蛇嗎？」

「大地在動。」若言瑟縮。

這讓若木更加困惑。房間內，地面乾乾爽爽，所有東西仍在原處，絲毫沒有被破壞的跡象，風鈴穩穩掛著，發出叮咚響。若言還是覺得好冷，好冷，她覺得自己剛剛泡在海裡，有一整窩蛇纏繞著她的腰……若言下意識伸手去按右邊腰際，摸到尖硬涼冷的觸感。

那枚紫貝。

她剛意識到不對，緊接又是一陣天搖地動。這次，海水漫淹過來，將三個人滅頂。若言感覺死亡迫近，那一刻，她想著從沒見過的父親，還有那個女人……她覺得又冷，又空洞，在不見光的海底，無數暗影撲向她，想拖著她一起下沉。叔叔大吼，卻只發出咕嚕嚕的氣泡聲。他不顧一切，想拍開纏上若言的觸手。她感覺到了，水流是從貝殼裡湧出來的……

若言拔腿往外跑，不敢回頭。在那之後，屋裡的兩個人才從震驚中回過神，看著完好如初的房間，微風從窗外吹進來。若木大喊姪女的名字，但若言已經不見人影了。他搥打著窗框，簡直要瘋了——那是詛咒嗎，會附到人身上的詛咒？

「沒事，她要去聖域，不是我們的東西我們不拿。」林芳急忙把窗關上，渾身顫抖，想起漆黑的大海：「突然好冷，海蛇——剛才那只是海蛇，牠們不該爬到陸地上來。」

⸙

畢雅呆坐在房間窗前，看著歌場舞地被夜幕覆蓋，依然想不通若言到底怎麼回事。聽到自己體內有魔法，還被如此看重，怎麼會拒絕？只需要奉獻出一點點，就一點點，就能成為不朽的一部分。她難道在氣我沒有好好接待她——但占卜掌都親自出來了，這樣不夠嗎？還是，因為知道我沒獲得晉升，那女孩不信任我？

在若言離開後，畢雅花了好幾天觀察形形色色的人們，卻沒找到下一個合適的對象。她沒感覺到他們體內有什麼洶湧的東西。

空曠的舞地上，有個人就像在夜色之中潛伏。她看著那個人影，忍不住嘆氣。

「第三次。」綠月端起金色托盤，上頭盛滿瓶瓶罐罐。「我想不到有什麼事值得妳一直嘆氣？」

「這次不算，又沒發出聲音。我才想不到妳拿這一堆東西進我房間幹嘛。」

綠月把托盤放在桌上，跟著望向窗外：「那是誰？」

「日耀。妳認識嗎？」

「這次參與秋祭典的那個新人，就是他？」綠月瞇起漂亮的眼睛，「每天都這樣嗎，晚上了還在舞地？」

畢雅聳聳肩，「差不多吧。」

「跳得很好耶。從妳這邊，真的可以看得很清楚。」

「我記得妳第一次來的時候就說過了，從我房間可以把歌場、舞地，還有圍牆看得一清二楚。」

「代表從那些地方，也同樣看得到妳。」綠月微笑，「『臨海的人比較快捕到大魚』，這是好兆頭。」

「那日耀的房間一定看得更清楚。」畢雅說完，感覺這句話酸溜溜的，又不夠莊重，尷尬起來。

「妳是因為他嘆氣？」綠月欲言又止，「雅雅，妳是不是——」

畢雅臉色漲紅，「妳在想什麼啊？」

「我又還沒說。是也不會怎樣啊。」

綠月說得沒錯。歌舞制所的人即便互有好感，也就是那樣而已，多數人過陣子就會自己膩煩了。除非他們想要回島嶼成家，過一般人的生活，自願放棄這個身分，但那樣也太不明智了。

畢雅看著綠月，狐疑地說：「所以妳有——」

「我比妳早來五年哪。」綠月調皮地笑笑。

「誰？妳從沒跟我說過耶！」

綠月附在她耳邊說出幾個人名，「就只是好奇，來往過一陣子，其他人都會睜隻眼閉隻眼的。反正，織謠者之間也就是那樣。」

「那沒有不好啊。又不一定非要像目行嶼的人那樣，開口閉口都是成家、成家，好像那是唯一的目標。」

「不然，人們在一起是為了什麼？」

「為了理解啊，不然我們幹嘛要成為織謠者。」畢雅理所當然地說。

綠月有點被她的話給震動，「那妳為什麼還要嘆氣？」

「我在煩織謠的事啦。」

「妳只是需要時間嘛。」綠月重展笑顏，把托盤上的瓶罐拿下來，在桌上逐一擺好，每個罐子裡都沉澱著不同的顏料。「看過別人抹顏色吧？」

畢雅立刻聯想到石心火紅刺目的指甲。她差點忘了，綠月現在也是正式的織謠者，有權要求一些裝飾自己的用品。「要我幫妳嗎？」

綠月甜甜地笑，把手掌攤開，擺在桌子上，「妳幫我挑。」

畢雅避開刺目的紅顏料，拿起一罐紫金色的，搖晃幾下罐裡的油質液體，讓它和粗糙沙礫均勻混合，塗在她的月牙指甲上。剛塗上去時，是豔麗的紫，不一會閃著細金銀光，與彩度融合。「這個發亮的是什麼？」

「貝殼磨成的粉末。」

「我們的生活真的離不開貝殼耶。」畢雅盯著那罐紫色油質，「歌之掌給了我們機會織謠，我卻找不到人。」

「不是每天都有人來嗎？」

「只能用一枚，我不想搞砸。如果想編織出強烈的魔法，就得找一個豐沛、有生命力的人。」

「不用那麼緊張，」綠月用還沒塗到的那隻手拍她，「找個看上去善良，值得信任的人就好了。」

「妳上次說幫別人織謠時既美好又痛苦，我一直在想那到底是什麼意思？」

「說真的，如果不是妳問，我很少去回想。」綠月抿著唇，帶著不安，只有一下子。隨即她又露出畢雅熟悉的笑顏，「我比較常想到魔法湧上來的感覺。」

「魔法真的很好。」

綠月「咦」了一聲，動動手指，湊向畢雅，「乾了。」一層細光覆蓋，底部的紫色看起來不那麼鮮豔了。綠月用右手，接著為自己的左手指甲上色，一邊開口清唱，讓歌聲繚繞這個夜晚。

畢雅聽著綠月甜美的歌聲，走向窗邊，兩手扶著窗框，日耀還像著魔似地跳下去。他已經跳得很好了，實在沒必要練得這麼勤快。這麼想的同時，他的腳步晃了一下，跌在地上。畢雅掐緊窗緣，看到一個婦人快步走向他。

那是誰？她忍不住好奇，但距離太遠，只看到兩團模糊的影子，聽不清楚他們在說什麼。

***

婦人的裙間繡著花草裝飾，腰布厚厚纏緊，胸前墜著一條項鍊，氣度雍容，乍看和織謠者有點相像。她的臉容也依然明亮，只有眉宇間的滄桑和嚴厲，透露出歲月的痕跡。

「怎麼來了？」日耀的眼睛盯著地面。

「這季節誰都能來，何況我有個在歌舞制所的兒子。」婦人把他拉近端詳。

日耀回望她的灰眸，感覺母親像在評估農舍裡的雞鴨是否值得繼續餵養。她沒問他為什麼這麼晚還在舞地——她知道我會在秋祭典上表演嗎？當然，她一定已經聽說了。日耀緊繃地想，如果是那樣，她一定也會知道我表現得還不夠好。

「秋祭典前，你要把該做的事做好。」

日耀退開一步，「我一直都在這麼做啊。」

「我知道，你進到裡面來了。這樣很好。」

「只是要進來，沒那麼困難。」

母親和他一樣，看向歌舞制所的大門，即便在夜裡也因魔法的覆蓋而金光燦爛，就連門把也是，裡面點著通宵不熄滅的燭火。「但想一直待在裡面，需要長久的決心。」她的語氣竟有一點悲傷。

日耀不習慣她這樣。母親一直是嚴厲的，不知道在對什麼發脾氣，也許是對不告而別的父親，也許是氣他的出生害得她只能放棄當織謠者，回到島嶼。

「我聽說你們今年終於學習織謠了。你做好了嗎？」

聽說，日耀不快地想，還有什麼是她沒聽說的？「歌之掌不久前才交代我們。」

母親皺眉，「不久前是多久？」

「十天前吧。」

「你太疏忽了，動作要更快。表現好的人只需花上幾天，就能完成這件事。」

「我還有其他——」

「那就加快腳步。結果只是最基本的，執掌們觀察的是潛力。給他們留下越深的印象，就可能更快晉升，大家都在看——這裡面也有你的家人。」

「到這裡就不算親戚。」日耀反感地說。離開的織謠者會被洗去這段期間的相關記憶，即便是這樣，他母親依然不放過機會向回家探視的織謠者探問，想方設法地打聽歌舞制所的一切，像是從沒離開過。

「你不夠投入。」母親打量他，一針見血地說：「你還沒有試過讓自己融入到這裡面。」

日耀發怒：「我一直都在——」

「你叔公、伯父他們不是早就教過你嗎？成為織謠者以前，先用織謠者的身分思考；魔法是基石，但要怎麼把魔法握在手裡，才是歌舞制所的深意。你還在抗拒，而這裡只會接受全心全意的人。」

「顯然妳從不質疑任何安排。」他語帶諷刺。

「我不記得了。」母親冷冷地說，「但我一定沒有全心全意，否則就會留下來。在你眼前，我是個活生生的例子。」

日耀沉默，她的話像一把刀子。

「血緣永遠都在。所有人都在等你被正式留下來的那一天，別讓我們失望。既然拿到第一個考驗了，做好你該做的事。」

不只一個，他心想，從來不只。

日耀坐在圍牆側邊，斜坡下的那塊空地，背對歌舞制所。他靜靜待了很久，直到畢雅過來，往下跳，落在他旁邊。

「妳怎麼知道我在這？」

聽到他充滿防備的語氣，畢雅有點不知所措。「我房間剛好看得到舞地，剛才看見你摔倒，腳沒事吧？」

日耀搖頭。畢雅拉緊身上的披肩：「剛才那個人是誰？」

「我母親。」

畢雅很詫異，本想繼續問，但看到他的表情，又岔開了話題：「你怎麼晚上了還跳個不停？」她在他身邊坐下，隔著一小步微妙的距離。兩人的背影剛好被巨大的斜坡擋住。「路都看不清楚，很危險，工作一整天之後也不適合繼續練習，你的舞蹈已經夠好了。」

日耀沉默，隔了一會才說：「我應該去準備歌唱，而不是舞蹈。」他雙頰熱燙，「妳說得對，我不該上場的。」

「什麼？喔，你是說——我那樣說明明不是那個意思。」畢雅會意過來，小聲問：「很不順利？」

「其他織謠者早都練完了，而且他們都不是第一年參與。」

「不能拜託歌之掌教你嗎？」

「他只要我別毀了秋祭典。」

歌之掌拒絕幫助他？畢雅瞪大眼睛。在她印象中，歌之掌雖然嚴格，卻都是出於原則。「但這也太不公平了吧。」

「他沒理由關照我。把一個聆習派上去，簡直像在侮辱歌舞有多容易。」

「又不是你要求的。」

日耀盯著她生氣的臉龐，表情稍微緩和。

「可是參與的人那麼多，總有一個可以幫忙吧？我是說，畢竟秋祭典需要大家一起完成，歌之掌也不會希望表演出現失誤。」

但可以換人。日耀心想，沒有說出來。

「聖頌行使知道嗎？」

「他才剛提醒過我，要盡快跟上。」日耀不耐地說，隨即想起石心，感覺她一直在背後盯著。

他還是不懂，她為什麼要特地向聖頌行使報告這種無聊小事，說得像是他完全沒用心在表演上——難道她在等待理由，找機會把我撤換下來？日耀思緒紛亂：有人要求她那麼做嗎，那會不會連帶影響到畢雅？歌舞制所本就排斥非三大島嶼的人，就各種情況來說，她都處在更不利的位置。

「怎麼了？」

「也許只是我不夠全心全意。」他諷刺地說。

「可是，如果他們都不幫忙——我是說，這樣太不公平了吧。」

「不公平的事本來就很多，其他人總要想辦法讓自己感覺公平一點。」

畢雅聽著他冷漠的語調，不知道該說什麼，突然發現自己一點也不了解他。

看見她近似受傷的表情，日耀懊惱起來：那句話又不是在攻擊她。他嘆口氣，「抱歉。」

「這種時候，誰都會焦急。我能幫上什麼嗎？」

他別開眼神：「聊聊妳的事吧。妳最近呢？」

「前幾天，我本來找到一個合適的人，就是上次那個拾貝人。」

「妳想幫拾貝人織謠？」日耀略感意外。

「很奇怪嗎？」

「我只是沒想過要找拾貝人，因為他們太常出現了。妳的想法很特別。」

「但她不同意。」畢雅無奈地說。

「再找下一個吧，反正還會有很多人。」

「但是——」她已經觀察了這麼多天，總覺得失落。風變更大了，把她的頭髮吹得亂七八糟。她發現日耀因為練舞的關係，穿得有點單薄。「嗯，我會再想想。你今天別再練習了。」

「我先回去。」日耀面色凝重地起身，「畢雅，最近謹慎一點。」

「要謹慎什麼？」

「石心，別讓她有機會找妳麻煩。」

畢雅點頭：「她最近怎麼了嗎？」日耀沒回答，她擔憂地看著他把自己撐上斜坡，落地時腳步不太穩。畢雅心情複雜，總覺得他今天充滿防備，令她困惑。她又在原地待了一陣子，遠遠地，有個人影從海岸方向過來，一路用跑的，她從身形認出那個人是誰。

9

「妳大晚上來做什麼？」畢雅拉緊身上的披肩。

若言氣喘吁吁的，穿著隨便的布裙，連腰帶都沒繫，裙襬被風灌入而鼓起，細髮散亂地垂在肩頭，看起來很冷。她上氣不接下氣，調整了幾次呼吸，扯開袋子，拿出好幾天前畢雅給的三枚珊瑚瓦：「不應該這麼多，妳給錯了。」

「妳專程跑過來一趟，就為了這個？」

「不是，我——」若言嘴唇顫抖，「我遇到一些怪事。」

「什麼事？」畢雅認真了起來，這女孩不是會被輕易嚇到的類型。

「妳先重算一下。」若言擦擦眼角，還是一副拾貝人的模樣。

畢雅又好氣又好笑，想起目行嶼的人們，她知道碎嶼的生活不會比較容易。「東西一旦離開歌舞制所，就不必收回，所以妳拿著也沒關係。」

「為什麼？」

「會沾染外面的紛擾。」

「外面的紛擾？」若言真心感到困惑，「可是你們的生活所需不也是從外面送來的嗎？」

畢雅一時語塞。「總之，我希望妳收下。到底怎麼了，妳為什麼急著過來？」

若言愣愣地說：「如果我告訴妳，妳可以不跟別人說嗎？」

「歌舞制所沒有什麼隱瞞的。」看著若言一副快哭出來的表情，畢雅退讓：「但如果妳希望，也許——」她不知道自己可以保證什麼。

「至少別說出我的名字。」

看見畢雅迅速點頭，若言從裙襬口袋拿出一個鼓鼓的東西，動作很小心，彷彿它沉重又易碎。那東西被好幾層苧麻葉牢牢裹著，還以苧麻桿和藤草捆緊，畢雅剛碰觸到，耳邊就響起噪音。

「這是貝殼。」

「貝殼？」畢雅瞪大眼睛。她每天接觸大量裝有魔法的貝殼，卻從沒有哪一枚給她這種不舒服的感覺。

「紫色的，原本是很亮的紫色，現在變暗沉了。我不知道這是什麼品種，但它很稀有，在觀汐島撿到的。那時候連續下了幾天大雨，可能是被浪沖上來的。」

「那妳上次怎麼沒拿出來？」

「那時候我很生氣。」

真是直率。畢雅心想，伸手要揭開苧麻葉片，若言卻尖聲制止：「不要拆！」她嚇得抽回手。

「剛撿到的時候，我就是這樣用葉子包著它。回到家以後，把葉子拆開，然後就變得怪怪的，不只是我，叔叔嬸嬸也都這樣。」

苧麻、藤草都是光明的植物，畢雅心想，這點她倒是誤打誤撞地做對了。「發生了什麼？」

「好像也沒發生什麼，但我一下生氣，一下焦急，很煩亂，還亂想一些平時不會深入的事。我叔叔也是，他好暴躁，突然變得一點也不——」

「平靜？」

「對。」若言點頭如搗蒜，「他那時剛好提到過去的事，但那件事——他曾經來這裡尋求幫助，所以那段記憶應該很平靜，結果卻沒有。然後我感覺地面搖晃，海水淹上來。」

「地面搖晃、海水淹上來？」畢雅皺眉。如果有哪裡發生這種怪事，早就傳開來了，這聽起來像胡說八道。

「不是真的，可是我們三個人都感覺到了。」若言漲紅了臉，比手畫腳地解釋，「四周變得陰沉，好像有一整窩蛇鑽出來，或是像海草一樣，有一些黑色觸手，就是——」

若言說得顛三倒四，畢雅卻起了雞皮疙瘩，「是不是像一團凌亂的線，突然冒出來？」

「對，就是那樣！周圍都是海水，它像怪物鑽出來纏著我，想要爬到我們身上——」若言呆呆地，一股直覺竄上她心頭：「水鬼！水鬼附在這裡面！」

畢雅急忙阻止她說下去：「別亂說，沒有那種東西。」

「但是——」

「島嶼沒有那種東西。」畢雅又強調了一次。那枚貝殼是在暴雨後，被浪沖上來的。她立刻聯想到那個故事，不受魔法祝福的靈魂將永遠漂流，無法受到接引，只能徘徊在縫隙間，被海與岸棄逐，她也曾看到過類似的幻影……「我會把這個交給聖頌行使。」她說著解下自己腰間藤帶，在葉片外又厚厚纏了一層，把它包得密不透風。

「別說是我撿到的！」

「放心。」

若言像是失去力氣，不顧滿地沙子，盤腿坐下。畢雅懷疑假如不是她在旁邊，她會直接攤倒在地上。儘管很想立刻飛奔去找聖頌行使，她還是沒忘記安撫居民的職責，「妳還好嗎？」

「好一點。」若言第一次發自內心感激歌舞制所的人，「我本來，我真的不知道該怎麼辦。」

「如果妳很害怕，我可以協助。」若言睜大圓圓的眼睛看她，讓畢雅尷尬起來：「這不是邀請，我知道妳不願意。我只是說，如果妳需要的話。」

「妳為什麼想幫我織謠？」

「這不是——」

「我是說之前。妳為什麼會想找一個拾貝人？」

畢雅跟著她坐下，「因為妳體內有魔法，我看得出來。以前有人這樣告訴過妳嗎？」

若言搖頭，藏不住排斥的表情。「我以為魔法是跟隨織謠者的東西。」

「我們懂得提取和使用，但魔法來自每一個人身上，在你們的生活裡。我可以感覺到，妳體內的魔法非常珍貴，比其他人還豐沛。」

「就因為這樣？」若言挑起一邊眉毛，「既然每個人體內都有魔法，來這裡的人這麼多，你們不會缺魔法吧。」

畢雅心裡閃過好幾種托詞，但她最後深吸一口氣說：「其實我——還不是正式的織謠者，我是聆習，意思是島嶼派向魔法的使徒、嫻習歌舞的人，在這個階段，聆聽比起述說更重要。」我跟不懂的人解釋這麼多幹嘛？畢雅微弱地想，「所以，嗯，會有個測試。我們要用一枚中型貝殼完成織謠，不容失敗。」

出乎意料地，若言「哦」了一聲，表情恍然大悟：「完成這個，妳就是織謠者了？」

「還不是。」

「那什麼時候才是？」若言皺眉。

畢雅微微被刺痛，「要等待機會，後續還會有很多測試。不過這是重要的第一步。」

「妳知道嗎，我剛開始的第一趟出海也很緊張。不過，之後就很順利了，要挖到貝殼不是什麼難事。」

這個剛剛還在發抖的女孩在鼓勵她嗎？畢雅感覺莫名其妙，卻又有點溫暖，從沒有居民這樣跟她說話，還是一個差不多年紀的人。

「那妳現在還想這麼做嗎？」

畢雅的眼睛亮了起來，卻又小心翼翼地問：「我當然想，但妳不是很抗拒？」

「妳幫了我，還有這個。」若言拍拍袋裡的珊瑚瓦，「就算妳不在意，我們不喜歡平白收下東西。」

「妳確定？」

「趁我還沒改變心意。」

「到門口去，我去找合適的容器。」畢雅快速地說，抓起那枚危險的貝殼，走向大廳，克制著用跑的衝動。

她看起來好快樂。若言看著畢雅的背影，儘管餘悸猶存，但對方不那麼嚴肅的樣子讓她安心了一點。好奇怪，這種時候，我竟然很高興有織謠者陪在身邊。若言不自覺笑了，心想：不對，她不是織謠者。

不一會，畢雅拿著一小筐貝殼出來。即便移動到了大門口，若言依然沒站起來，彷彿堅持要與沙地融為一體。畢雅看著地面髒兮兮的塵土說：「我們不能在歌舞制所視線以外的地方。」

「你們歌唱跳舞就在外面啊。」若言回嘴，指著空曠的歌場與舞地。但在畢雅糾正她之前，她已經準備好要起身。

「那就在這裡吧。」畢雅對她說，「不用擔心，魔法不會枯竭。只要妳繼續生活，繼續感受，妳的身體還會製造新的魔法。」

我才不在意這個呢，若言好笑地想。「所以要怎麼做？」

「述說的必須真實，在魔法面前，這是唯一的要求。說妳願意說的，保留想保留的，說一個對妳而言強烈的故事，那樣就夠了。」

強烈？比如第一次出海、第一次撿拾到貝殼、和叔叔去其他島嶼……若言心中想起很多很多，但突然間，一個她從沒說出口的故事閃過腦海。她深吸一口氣，把手交給畢雅。

「我爸爸若燃也是拾貝人。」這是她的第一句話。

在第一句，到下一句話之間，停頓悠長。畢雅等待著，不催促。

「別人說他的個性有點那個什麼，不安分，他一心想找更稀有的貝殼。」畢雅感覺到了，青綠色的光在她體內纏繞，繞成一綑線。「我叔叔常說，他是被魔法吸走了。」

難怪她身為拾貝人，卻抗拒進入歌舞制所，畢雅忽然能夠理解。

「有一次他自己出海，就再也沒回來。」

畢雅抓準時機，拽住那捆線。若言眨了下眼睛，彷彿肚腹裡卡著根魚鉤，被扯了一下，話語自動溜出唇邊：「那很不對勁，他划走了別人的船，在不對的天氣。碎嶼的海流不穩，往東的話，巨浪會把你推得越來越遠，有人說他被浪捲走，離開了風環帶諸嶼。」

若言能感覺到畢雅的動作頓了一下，像在回應她的敘述。「但他一向為自己的工作驕傲，我們不覺得他會明知故犯，打破這行的禁忌。我叔叔不相信他死了，每天出海找他，找了很久。」

不自覺地，她的眼淚滴了下來。那種感覺就像一口乾涸的井，在多年後被雨水滋潤，新的水在井底蓄積，她邊說邊抹眼淚。

畢雅勾起一段隱形的線，纏繞在手心，這分量足夠完成織謠了。她的魔法好強……畢雅太過投入，忍不住把線往外又抽出一點。

若言原本已經停下了，因為畢雅的牽引，眼淚又溢出眼眶：「我媽媽後來就——可能是她不想再等我爸了，就去了其他——」她愣住了，沒再說下去，呆呆看著畢雅。

畢雅抽著氣，眼淚不由自主落下，想起許久沒感受到的孤單。在她小時候，一個人來到歌舞制所，把故鄉拋在身後時，也有過這種感覺嗎？這裡的人總是自然地說起三大島嶼的事，一邊嘲笑她來自魔法稀薄之地，用那種帶著鄙夷的詭異眼光看她，她其實知道自己不可能徹底融入……當她感覺到成為織謠者像一場遙不可及的夢，而她根本搞不清楚規則的時候……畢雅覺得心裡像被挖空了一大塊，熱辣辣的。若言的情緒越豐沛，越讓她意識到自己有多空洞。

魔法還沒收束，凌亂崩彈。畢雅回過神，慌忙歌唱，聲音顫抖，描述若言的父親出海尋找貝殼想做出奉獻，最後迷失在大海的故事，但略去了他可能被巨浪捲走、推離風環帶諸嶼的揣測。

「這是〈失蹤的父親之歌〉，魔法獻給歌舞制所，而榮耀屬於它的主人。」畢雅唱完，拿出一枚淺褐色貝殼，底部渾圓，尖端帶著微刺。

魔法的紡線鑽了進去，畢雅拿捏得不夠好，導致分量太厚重，最後一大段線是勉強塞進去的。貝殼流轉光澤，逐漸平息。

若言也平靜下來了，舔舔乾燥的嘴唇，拍拍屁股起身。

「若言，」畢雅自然地叫喚。她知道自己不該提問，成熟的織謠者不會這麼做，就像他們不會過問編織完成的魔法會作何種用途、故事會不會被編入年度傳唱一樣，卻還是忍不住問了。這個故事的重量，對她而言已超越魔法。「人們猜他被沖離島嶼，代表你們沒有找到他的——」

「沒有，海流沒把他的屍體帶回來。」

畢雅看著夜色，像重重迷霧。魔法屏障整個風環帶諸嶼，不論生死，人們都不可能離開島嶼四周，除非——若燃是受魔法驅逐的人？但這樣一個成天想蒐集貝殼前來奉獻的人，怎麼會對魔法不敬？

現在有更重要的事要做。畢雅提醒自己，一手拿著剛完成的魔法，一手握緊那被苧麻葉裹住的危險貝殼，走進大門。她手心出汗，層層疊疊的葉片也蓋不住那種不祥的感覺。盯著它的時候，彷彿看到一片漆黑幽暗的沼澤，持續擴散。

從二樓階梯往上看，歷經了一整天，廊柱本就略顯暗沉，此刻更是褪下光澤。然而，各樓層仍舊燭火通明。畢雅呆立在柱前，看著柱上聖頌行使日影的畫像，不知該如何找到他，噪音一陣陣傳來。

「孩子，妳怎麼了？」

聽見聖頌行使的聲音，畢雅驚喜地抬頭，看見他站在更高處的階梯，窗旁的位置。

⁂

為了避免驚擾夜晚的寧靜，聖頌行使破例推開敞開的門。

聖頌行使的手掌大而瘦，指節突出，那枚貝殼在他手中顯得好小，幾乎不足為懼。然後，他揭開覆於其上的葉片。

聽起來像有數十個，甚至數百人輪番發出高亢的尖叫，夾雜指甲刮石牆般的詭異聲響。畢雅摀住耳朵，腳下有一片如沼的暗影，想要把她拖進去……她想大叫，卻動彈不得，那陣噪音足以令人發瘋。

聖頌行使用三隻指頭夾住葉片，蓋了回去。他的動作流暢，彷彿任何黑暗都無法侵擾他。

畢雅抖得牙齒格格作響，良久才說得出話：「聖頌行使。」

聖頌行使驚訝地看著畢雅，好像這時才意識到她還在：「妳還好嗎，孩子？也許妳需要一點——」他轉身，暫時離開。

畢雅感覺很冷，光明像是跟著他一起離開了。等待的時間裡，她搖搖晃晃地搬來兩張椅子。過了一會，聖頌行使回來了，把一杯熱茶遞給畢雅，自己陷入寬大柔軟的椅墊裡。

畢雅雙手接過，握著灰樸的陶杯，茶葉緩慢在杯裡舒展開來，蒸騰的熱氣讓她舒服一些。「怎麼會……有那種東西？」

聖頌行使嘆了口氣，他自己手裡也有一杯熱茶，只用一隻手拿著。「那是禁忌的魔法——」他靜默地喝了一口，「僭技。那個字眼我們已經很久沒提起了。」

頭一次在聖頌行使臉上看見焦躁，讓畢雅更加不安。她想問，卻不敢貿然開口。

聖頌行使似乎在評估。過了一會，他低沉地說道：「這個晚上過後，我希望妳能忘記這件事，因為那會動搖織謠者的信念。織謠者從人們身上提取魔法，過去，我們認識的全是光明，直到有一天，這東西出現了。」熱氣在他臉上繚繞，「喝點吧，孩子，別太大口。」

畢雅低頭，沒注意到握杯的手已經傾斜，茶水隨時會翻倒。她笨手笨腳地拿好，啜了一小口，怕被燙到舌頭。

「那是不該出現在世上的東西。這股黑暗會占據人們的心，讓他們變得空洞，最後整個人被它吞沒。」
「為什麼會有那種——」
「黑暗就是黑暗，為了破壞而存在。即便我們用盡一切努力，也只能暫時阻擋它。」聖頌行使答非所問：「這些年我反覆在想，是不是島嶼變得脆弱，或我們不夠堅定？歌舞制所對人們敞開，就是為了成為人們脆弱時的依靠。」
「每一個來到這裡的人，都應受到竭誠歡迎。」畢雅心想，原來他說這番話時，有這樣的深意。她猶豫著，小心看著聖頌行使，「人們知道它的存在嗎？」
「孩子，妳很敏銳。」聖頌行使一眼洞悉她的疑惑，「它是島嶼的恐懼，是我們禁止的故事。時日太久，真實隔上了一層想像，恐懼會賦予黑暗更強大的力量。這些年來，我們到處尋找它的蹤影，將之銷毀。但黑暗一旦出現，就無法根絕，所以故事必須要由歌舞制所來述說，光明的故事——我很遺憾，有時坦率會引來更多猜疑，我們必須帶給生者平靜。」
怪物一直盤踞著，卻不能讓島嶼知曉。水鬼之說，那誇誕的傳聞果然有部分是真的。畢雅從沒聽說過這種事。「但如果黑暗還在外面流散，我是說——沒被徹底根絕，不就會發生類似的事情？」
聖頌行使默然片刻，「如果一個人懷有信念，就不會被輕易占據。信念很重要，這可以避免人們被它纏上，並產生巨大的魔法。源源不絕的魔法，是維持這裡，還有屏障的來源。」
不知為何，畢雅有種詭異的直覺。她脫口而出：「可是它正在靠近歌舞制所。」
聖頌行使全身僵直，空了的茶杯差點從手中落下。「妳怎麼會這樣想？」
畢雅從沒聽過聖頌行使語氣這麼嚴肅，她嚥了嚥口水：「之前島嶼的塔姆來看我們練習那次，在通向之牆，我看見黑影竄出，把整片牆染黑。」她很不安，說出自己看到過這個幻影，就像在承認信念不夠堅定，因為通向之牆讓人們看見內心所想……在那個時候，她就聯想到抓孩子的水鬼。

「發現這枚貝殼的居民也看到了類似的東西，她覺得黑暗想要抓走她。我只是在想，僭技——」

聖頌行使的臉頰抽動了一下，畢雅急忙繞過這個詞，「它在挑戰光明的力量，而歌舞制所就是魔法。」

「我絕不允許這裡受到汙染！」聖頌行使斬釘截鐵，「我早就該想到了，那股力量持續侵擾島嶼……」他嘆口氣，語氣稍微緩和，「這次發現的居民呢？他一定嚇壞了。」

畢雅搖頭，「她是嚇到了，但不想被關注。」

「那他看起來怎樣？」

「她沒事。我想，沒有被黑暗占據。」*好險直接接觸的時間不長，那片苧麻葉救了她自己一命。*畢雅心想。

「我想妳安撫了那個人，做得很好。」

「謝謝您。」畢雅嘴唇微顫，「那這個——」

聖頌行使欲言又止，「我會找機會，在外面把它銷毀。一般來說，我不會讓那種東西進到歌舞制所。」

「我很抱歉，」畢雅意識到自己做了什麼，感覺頭皮發麻，「我把它拿進來了，會對這裡有影響嗎？」

聖頌行使沉默半晌，「這不是妳的錯，也不是任何人的錯。」她注意到他避開了這個問題。

「這件事我會查清楚，這是我的職責。孩子，知道為什麼告訴妳這麼多嗎？」

「因為我不夠小心？」畢雅囁嚅。

聖頌行使搖了搖頭，神情溫和，「因為妳有天分。如果日後妳感覺到了什麼，一定要告訴我。不要透過別人，親自告訴我。」

「好。」畢雅交疊雙手行禮。她心事重重，有太多事情需要消化。

當她走到門邊時，聖頌行使卻敏銳地叫住她：「妳還有放不下的煩惱。」

「算不上煩惱，只是——」

「說吧，妳今天嚇壞了。織謠者必須先保持平靜，才能把平靜帶給人們。」

在他溫和的鼓勵下，畢雅慢慢地開口：「我替一位居民織謠時，覺得她的故事很奇怪。」

「歌之掌賦予的任務？讓我看看，」聖頌行使恢復了慣常的微笑，「我可以感覺到，妳手邊還有另一個魔法，屬於光明。」

畢雅拿出為若言編織的魔法，交給聖頌行使。「唔，分量很沉重。」他說著，從貝殼中抽取，輕輕點亮魔法：灰陰天色、狂風巨浪、船被覆蓋過的聲音……淡淡的憂傷掃過，畢雅又回憶起織謠時的感覺。他只燃燒一小搓線頭，便又將織線收攏起來。

像日耀說得一樣，聖頌行使在施放時，也是從感應到力量的位置往下抽取，非常深入。畢雅從沒看過有人能把魔法控制得這麼精準、流暢，甚於歌之掌示範那次。

「這故事是什麼？」他帶著敬意詢問。

「〈失蹤的父親之歌〉。」

「失蹤？」

「因為她說——有沒有可能，有人被浪帶離開島嶼？」

「離開風環帶諸嶼？」聖頌行使失笑，「絕不可能，別忘了我們剛才還說到魔法屏障。」

「這個人說，她父親一心想找稀有貝殼，奉獻給歌舞制所。後來他沒再回來，其他人猜想，他是被碎嶼以東的巨浪捲走，但他的屍體也沒被沖回來。」

「一般人對魔法不了解，才會忘記島嶼受屏障庇護。但妳說的這件事情，我有一點印象。」

畢雅瞪大眼睛，儘管聖頌行使日影是記得最多島嶼故事的人，這種記憶力還是太令人驚嘆。

「這枚魔法的主人，是個女孩對嗎？我記得，她當時才剛出生，她父親也還年輕。就因為沒有找到屍體，他的兄弟不肯相信，成天出海找他，這件事傳遍了島嶼。那陣子，島上的人對於魔法，甚至對海都很懼怕。」聖頌行使搖了搖頭，「傳聞的力量。人們沒有親身經歷百餘年前的災難，但那種恐懼卻在後人記憶裡流傳。我請島嶼的塔姆代為轉達，邀請那名年輕人的兄弟過來這裡，把平靜帶給他。」

「他會願意嗎？」畢雅實在難以想像，這樣的人會願意就此放手，轉而追求平靜。

「我請她轉達的話是這樣：『我替他失去的親人難過，也請他看著，還在世的親人。』半個月後，他終於前來。」

畢雅心中沉甸甸的，感覺到這番話的力量。她好希望自己也可以做到這樣，言行充滿睿智。

「那您覺得，她父親是怎麼回事？」

「沒被浪帶回的人，只有一種可能。」

被魔法屏障驅逐。畢雅悚然：「可是，他一心想要奉獻。」

「也許正是妄想接近魔法，違背了不該跨越的界線。魔法會以它自己的意志做出評判。」

「但那女孩說——」

「孩子，妳相信她嗎？」

我相信她嗎？畢雅一愣，想起若言圓溜溜的眼睛。她那樣率真，看起來不像是會說謊的人。但我不了解她，就像她不了解織謠者。畢雅同時也意識到，即便通過織謠，令她們感覺靠近，若言畢竟只是陌生人，自己對她所知甚少。

「我們聆聽居民的故事，和他們站在同一邊，這種感覺有時會造成混淆。」聖頌行使凝思：「當事情過於巧合的時候，織謠者應保持警覺。那枚貝殼是經由那個女孩，被帶進歌舞制所的對嗎？接著，她接受了妳的織謠，告訴妳自己父親的事。這件事已經沉寂了十多年，為什麼偏偏是現在，在僭技出現的同時，就連織謠者也變得不堅定？妳剛才所懷疑的，是魔法的意志啊。」

「我──」畢雅語塞，「您覺得她是故意的？」

「不，我相信島嶼的居民多屬良善。但黑暗的本質，就是會鑽入人心的縫隙，誘惑人們做出行動。出於愛也一樣。」聖頌行使帶著悲傷的理解，「有時候，除非親眼所見，否則我們認識一個人，經常是從他人口中拼湊出來的樣子。身為織謠者，我們不能隨之動搖。」

畢雅感到深深的悲哀，為自己的輕信，更為若言感到悲傷。

「妳已帶給了她平靜。如今，這故事又回到歌舞制所，接下來就由我們述說了。」

「但受棄逐者不配擁有自己的旋律，她說的也可能不是真的。」

「也許在這之後，歌之掌會選擇適合的部分，將歌謠重新編織，融入這一年的傳唱。」

畢雅忽然意識到，假如這個故事不是真的，會不會影響到歌之掌對她的評價？

「貝殼裡有豐沛的魔法，那是真實的，沒人會懷疑妳織謠的能力。」聖頌行使一語道破她的想法，這份寬容讓她羞愧。「要知道，只要是人們相信的事，就會一直存活下去。」

離開後，畢雅整晚沒睡，那些話迴盪在她腦海。即便有聖頌行使鎮守歌舞制所，怪物潛伏的感覺還是令人不安。還有哪些黑暗流散在外？僭技散發的陰暗感，讓畢雅感到噁心，而若言——她忍不住想到，黑暗會不會趁隙鑽進她心裡？她的父親究竟做了什麼，才會被魔法驅逐？

10

距離秋祭典更近了，舞地的草皮重新修剪過幾次，嫩芽初生，像動物新長的皮毛。織謠者不使用舞地的時候，便輪到聆習在這裡學習。

舞之掌石茉莉穿著曳地長裙，跳舞時她會把藤編腰帶束緊，讓裙襬微微往上收。夏至傳舞已結束，她正在教導聆習今年這些動作的由來——去年強調收成，這一年則多半是播種的動作。石心一直在舞地外緣徘徊，撿拾雜草和碎屑，畢雅只覺得干擾。舞之掌示範完便四處走動，巡視他們的練習。

舞之掌走向一個姿勢緊繃的少年，他的動作因為緊張更加不自然。「播種，不是撒鹽。」她淡淡地說。石心似乎冷笑了一下。

可惜的是，場上實在沒幾個人令她滿意，「進展太慢了，你們應該更加努力。」*就是因為這樣，聆習才不能傳舞，他們能做到施放魔法就已經是萬幸了。*舞之掌心想，眼神飄向日耀那邊。他是唯一一個立刻學起來的人。她嘴角勾起漂亮的弧線，「不論魔法，或者舞蹈，都是一樣的道理。」

舞之掌走過來的時候，畢雅還停在上一個動作，沒有跟上。論起舞蹈，她實在不在行，身體總有點僵硬。

「但顯然魔法與舞蹈之間，還是有點區別。」舞之掌說。

畢雅確定自己看到了，石心咧開一個諷刺的笑容。她自以為可以窺視他們嗎？

「去拿魔法過來。」舞之掌頭也沒回。

石心聞言立刻過去，過了一會，她雙手捧著滿滿貝殼回來，發給聆習，又繼續像遊魂一樣，彎身撿拾被風掃過來的碎屑。

「今年的傳舞，我們是在這裡——和這裡——兩個動作之間施放魔法的。」舞之掌再跳一次，同時輕巧地把魔法從貝殼裡勾取出來，「施放的方法，你們應該都已經會了。」她沒有再像一開始那樣細細雕琢他們的每一個動作。

歌之掌雷諾和占卜掌山靄正好經過，停在草皮邊緣看他們練習，剛好看到這一幕。

說起來，幾位執掌的作風還真是不同。畢雅記得日耀提過，舞之掌去年就抱怨過他們的學習進展太過緩慢，歌之掌有時卻連一件最基礎的事都堅持要他們反覆練習，至於占卜掌，好像不太關注聆習，但他既博學又溫和，幾乎不會抬高音量。畢雅輕易地把織線勾了出來，偷偷瞄向執掌們——就在剛才，歌之掌已經離開了，只有占卜掌還在一旁觀看。

「休息吧。」舞之掌說著走向占卜掌，他們並肩往大門而去。

「歌之掌呢？」畢雅奇怪地問。

「不知道，他看起來不太愉快。妳要趁現在練舞嗎？」旁邊的女孩回答。顯然剛才舞之掌對畢雅的批評，讓她的同伴久違地感到平衡。「喂，妳要去哪裡？」

畢雅下定決心，來到兩位執掌面前。他們停下交談。她交疊雙手行禮時，舞之掌不感興趣地說：「舞蹈的事，該教的我都教了。妳欠缺的不是詢問，而是練習。」

「我要問的不是舞蹈。」畢雅紅著臉回答。

「不然是什麼？」占卜掌看起來有點興致。

「之前，在我們第一次到啟之間的時候，聽到的故事。魔法屏障著島嶼，但離開島嶼的人，一定是受到驅逐嗎？」

舞之掌美麗的微笑僵止。占卜掌也瞬間嚴肅起來問她：「不然呢？」

「比如，一個人乘著船遇到暴風，被大浪捲走？」

「單靠一艘船離開嗎？我們所有的技藝，包含造船，都是魔法的智慧，再快的船也無法違背魔法的意志，風浪也是。」占卜掌說。

「那有沒有可能——」

「這不是妳可以談論的！」舞之掌打斷她，「妳難道忘了，受棄逐者不配擁有自己的旋律，島嶼也不准談論。妳在光明之中，怎麼能輕率提及黑暗？」

畢雅被罵得一愣，連聲抱歉。我在做什麼？她暗罵自己，怎麼就這樣跌入黑暗布置的陷阱，不假思索。

「妳為什麼要問這問題？」占卜掌放緩了語調。

「我——」畢雅確定，他們還不曉得昨天發生的事。在聖頌行使親自向執掌們述說以前，她不能提前洩露。「沒什麼。」

「把心思放在光明的部分吧。我是說魔法，至少在這方面妳做得還可以。」舞之掌皺眉說，這句話已經算是很高的讚美。

畢雅道謝，跑回門前，撞見匆匆離去的石心。她果然在偷聽！畢雅燃起憤怒，其實她不該去管石心在幹嘛的，聖頌行使和執掌都說她有天分，這是莫大的榮耀，她應該開心。也許只是因為若言的悲傷打動了她。但假如詢問歌舞制所裡最博學、知曉最多故事的幾個人，都得不到答案，她也就不必浪費力氣再問下去了。畢雅深呼吸，說服自己應該到此為止。

周圍的人都在看另一邊，畢雅抬頭望見聖頌行使。他一如往常溫煦，從歌舞制所裡面出來，帶著關切，筆直走向她：「孩子，但願妳有好好休息。」

「我有試過，但發生這種事，實在很難。」畢雅坦承，不只是因為黑暗，織謠過後，她就覺得自己像個空殼，感覺糟透了。

「這可不行，」聖頌行使輕聲譴責，「織謠者要寶愛自己的身體，才能成為人們的依靠。」

「我會的。」

「專注於魔法吧，讓我們回大廳去。」

人潮進進出出的，有拾貝人帶著收穫前來，一個搬運人剛把一大箱東西搬上樓去。還沒完成織謠的聆習都瞪大眼睛，在居民間穿梭，找尋合適的對象。

包含畢雅在內，共有六名聆習已經完成考驗，他們無所事事地站在占卜架前。畢雅開始明白，歌之掌雷諾要他們反覆觀察的意義何在——要能一眼看穿哪些人擁有魔法，卸下他們的心防，這是最關鍵的部分，因為只要稍微說錯了一句話，人們便會抗拒。「魔法不待人」，他當時是這麼說的。

「今年來的人太少了。」舞之掌石茉莉說。

「這樣算少嗎？」畢雅感到意外，光是此刻，就有十多個居民圍在大廳裡，還不包含來送貨的。

「和前幾年相比，差遠了。織謠者已經去島嶼傳過舞，人數卻只有這樣。」占卜掌山靄說。

有個搬運人從樓上下來，往門口去。轉眼間，又一名聆習完成了，她拿著渾圓的中型貝殼，朝兩位執掌這邊過來。

畢雅看向同伴織謠的對象，是一個年輕女孩，坐在椅子上，臉上還掛著笑，隨即自己起身，平靜地離開。畢雅猜想，這枚魔法大概屬於陽光下青草的觸感、雲雀的叫聲，或者風的氣味。

「妳是第七個完成的。」占卜掌不經意說，「你們有誰能回答歌之掌一開始的問題——來這裡尋求占卜和織謠的人，有什麼不一樣？」

剛完成織謠的聆習不假思索地答：「尋求占卜的人想接近魔法，而來織謠的人，是帶著魔法前來。」

「不是體內有魔法的人都會主動奉獻，他的本意也可能是來接受占卜的。」畢雅說。

同伴瞪了她一眼，頗不服氣：「所以我們才要協助他們。體內帶著洶湧魔法的，往往不平靜，需要協助。」

畢雅還沒反駁，舞之掌倒是說出了她想說的話：「照妳這麼說，來尋求占卜的人都很平靜？」

「來占卜的人，也可能具備魔法，只是他們自己不知道。」占卜掌體貼地補充，安撫驕傲的女孩：「我們都看過了，去把妳的貝殼交給歌之掌吧。織謠過後會有些不適，最好多休息。」

她訕訕地拿著貝殼上樓去，走的時候，刻意晃動手裡的貝殼，讓光澤流動。畢雅靜默地感受，當同伴的身影消失在階梯前，那一陣陣力量也不見了。

「不是我們協助他們，而是魔法呼喚織謠者。」

占卜掌看向畢雅，舞之掌也抬起眼皮。

「這只是我的感覺。」畢雅不知道該怎麼解釋，最初想替若言織謠，就是因為感受到她體內湧動著強烈的力量，是她所沒有的。織謠完成後，有某個片刻，畢雅彷彿與若言成為一體，用她的方式去看、去聽、去感受，她一度回想起久遠以前，自己曾有過這種感覺。等到若言平靜下來，那股力量就像退潮一樣，快速消褪，湧入貝殼之中……畢雅很失落，因為魔法只是經過，卻不屬於她。既甜美又痛苦。

「說得沒錯，我們受到魔法呼喚。」聖頌行使走了過來，卻瞇著眼睛在看另一邊，「人們需要平靜，魔法才會呼喚織謠者。」

畢雅順著他的視線看去，日耀還站在門邊。剛才那名搬運人又一次跨進了大門。

那個搬運人膚色蠟黃，體格壯實，有雙細長的三角眼，因為疲累，眼袋鬆垮，雙眼布滿血絲。他把一大袋物品扛在肩上，又一次上樓梯，途中不看任何人，像在迴避所有眼神接觸。日耀一直在看他，他今天臉色格外蒼白。隔了一會，男人下來了，日耀筆直地過去和他攀談。

「我是願意奉獻，但像我這樣的人——」搬運人結結巴巴地說，忍不住盯著他蒼白的臉龐，好像更加不確定。

他選擇為一名搬運人織謠。畢雅不禁微笑，覺得這像是某種奇怪的呼應。占卜掌和舞之掌顯得詫異，聖頌行使則是饒富興味地看著。

「我是日耀，你叫什麼名字？」

「李默，來自叢島。」男人侷促，「您確定嗎，我真的有魔法？」

「千真萬確。放鬆點，說你願意說的。」

日耀把手搭在李默肩頭時，他看起來相當恍惚，彷彿不敢置信。

「我是個不起眼的人，唯一深刻的就是——」李默舔舔嘴唇，「她是單純的女人，很漂亮，我，我們成了家。然後，自從我們選在觀汐島上定居，就開始吵，大多是因為我——我常在外面，喝個爛醉，一出去就是好幾天。」

畢雅跟著屏息。李默停頓，按了按眼角，雙肩上下聳動。「她懷孕了。生孩子那天我人在外面，三天後才回來，她已經……孩子也沒有了……在那之後，我一個人回到叢島。」他沒再說下去。

這個人身上的魔法源自罪疚，沉澱了十年之久，此刻卻像剛發生時那樣新鮮熱辣。他就在大廳裡，在他們身邊進進出出的，但畢雅剛才完全沒有發現。

日耀選了一枚捲管螺，看起來就像蜷縮的身體。他把魔法織線抽長，錯綜纏結，隨即用平實的節拍，刪去李默對自己的譴責，把故事重新唱一遍。

這是很好的做法，畢雅想，*適合他，也適合這個人*。但聲音不對，聽起來乾澀緊繃。她的眼神移回日耀身上。

他忽然倒下，出於本能地背朝下撞到地面，把貝殼護在胸前。織謠沒被完成，魔法「嗖」地竄回去。李默整個人像被重擊了一下，看著地上蒼白昏迷的織謠者，驚嚇至極。

大廳裡所有人都站了起來。在兩名執掌動作以前，聖頌行使最先來到日耀身邊，憂慮地查探他的脈搏。

≋

舞之掌和占卜掌回到敞間，各自拉了一張椅子坐下。歌之掌淡然地坐在裡面，像是已經等得不耐煩。

「樓下這麼大的動靜，你竟然還可以穩穩坐著。」舞之掌譴責。

歌之掌聳肩：「我早就警告過了，把太多責任壓在還沒準備好的人身上，只會毀了他。比起那個可憐的孩子，怎麼樣，妳今天在舞地發現誰有魔法的潛力？」

舞之掌忽略他話裡的諷刺，「潛力人人都有，儘管我負責的是舞蹈，也知道一個好的織謠者要看的是整體。歌舞是根本，但一個人不懂魔法，最終能成為織謠者嗎？既然如此，何必浪費時間。」

「即便一個人最後沒能成為織謠者，歌舞所帶來的影響，也會伴隨他回到島嶼。」

「你是認真的嗎，雷諾，我們花多年栽培是為了把他們送回島嶼？如果你還希望歌舞制所發揮應有的影響力，就應該往對的方向考慮事情。」

占卜掌咳嗽幾聲：「在你們繼續做無謂的爭執以前，要不要聽聽我的觀察？」

兩個人果然都暫停了爭端，看向他。

「最早完成織謠的七個人裡面，只有目行嶼的女孩回答出你一開始的問題。她很敏銳，如果不是一直把這件事放在心裡，應該沒辦法那麼快得到答案。」

歌之掌沉思，「她編織魔法也很細緻，但過分投入，成熟的織謠者不會這樣。太過相信一件事，有時會害自己看不清全局。」

「難得我們意見一致，」舞之掌說，「目行嶼的女孩對舞蹈不在行，我更擔心的是，她有太多不該有的好奇心。」

「我們可以再花幾年觀察她。」

「謹慎地觀察，」歌之掌說，「雖然她最近狀態不錯，你上次說過她會因為挫敗而急躁。我們必須確定，她在任何狀態下都不會失序——如果相反，就不該讓她離魔法太近。」
他們都知道歌之掌指的是什麼，占卜掌突然嘆了口氣：「可惜了，我以為日家的孩子可以成長得更快。」
「各方面來說，他都是這一批新人裡最適合栽培的。」
「假如你們沒有急著把他壓垮的話。」歌之掌轉向他們，「我想知道，妳剛剛說畢雅有什麼不該有的好奇心？」

畢雅瞪著窗子，彷彿可以直接穿透它，看到外面的世界。她已經這樣傻愣愣地呆坐好一陣子了。
綠月端詳著畢雅在幾天前剛完成的織布。受到若言的故事啟發，她用海浪的圖紋取代了那道缺失的花紋。「妳今天一定嚇壞了。」
畢雅撫摸著代表海浪的線，「像今天那樣，織謠突然中斷，那個搬運人會怎樣？」
「很糟糕。不僅沒有平靜，還會更糟，他會一直想起過去的事。」綠月憂慮地說，「所以織謠才不容許出錯。」
畢雅想起李默發抖的身影，「那怎麼就這樣讓他回去了，聖頌行使和執掌們都在，不是應該再做一次嗎？」
「他現在不一定會願意，需要花點時間讓他冷靜下來。我想再過幾天，聖頌行使一定會派人去安撫他。」

「那日耀呢，他怎麼辦？」

「妳在擔心他？」綠月欲言又止。

「有一點。」

「我記得歌之掌只給你們一枚貝殼，所以這代表——代表——」綠月再次欲言又止，「但還是有機會補救的。也許再過一年之後，他會做得比較好。」

他沒通過織謠的測試。能夠織謠的人，才有資格稱為織謠者。畢雅想起日耀認真的側臉，任誰像他這樣不分晝夜地練習歌舞，還繼續編織魔法，最後都會體力不支。「這會影響到他參與秋祭典嗎？」

綠月沒有回答她的問題，畢雅嘆了口氣。如果他連最不合理的要求都不懂得拒絕，要怎麼面對這樣的結果？

「妳想聽歌嗎？」

畢雅想也沒想，「好啊。」

島嶼周圍是海，
海的遠方是天空，
天空再過去是什麼呢？
沒有盡頭——

只有風，只有風

只有風
風在這停留，離去
又吹向島嶼

跟隨綠月甜美的歌聲，畢雅的心思飄到了很遠的地方。「越過風環帶諸嶼，海的另一邊會是什麼？魔法屏障著島嶼，在那之外呢，一定有個地方在吧？」除了歌舞制所和目行嶼之外，畢雅從沒跨足過其他島嶼，畢竟她很小就來到這裡了。

綠月回到她床邊坐下：「說不定就只是海。想那麼多做什麼？」

畢雅看著綠月指甲上的紫金光澤。即便有辛苦的地方，歌舞制所代表的是所有美好平靜。她無法想像，此刻僭技依然在侵擾人心，黑暗已經伸出觸手，伺機越過歌舞制所的牆邊。

「雅雅，妳怎麼了？」

畢雅好討厭這種感覺，什麼也不能和綠月說。她輕描淡寫：「可能是織謠過後，我變得有點敏感。」

綠月「喔」了一聲，起身在她房間櫃子裡翻找起來。

「妳在做什麼？」

「找一點——嗯，舒緩的東西，我記得有罐薄荷放妳這裡。」

「太誇張了啦，」畢雅一隻手把她拉回來，「我休息一下就好。」

「聽到妳這麼逞強，我就放心了，妳可得照顧好自己。」

「像妳這樣？」畢雅敲敲她的指甲。

綠月笑了，「找些小事讓自己開心，日子會輕鬆點。」

「能一直輕鬆下去就好了。妳認識過這裡以外的人嗎？」

「妳呀。」

「除了我，我也是歌舞制所的人。」

「珠大嬸、珊石婆婆？」

「也對。」畢雅笑了，「島嶼的人看起來總是很輕鬆。」

「但他們的生活也不只有輕鬆，他們所有感受都比我們強烈，痛苦也是，這是孕育魔法的代價。」

「但我們才是能編織魔法，並且操控它們的人。」畢雅說，她完全可以想像，島嶼的居民正理所當然地過日子，他們以為日子會一直平靜下去，渾然不知就連風環帶的起點，歌舞制所，也在遭受威脅。他們明知黑暗流落在外，卻毫無辦法……而她只能假裝一切都沒事。

「還能給人們帶來平靜，我想不出有其他生活方式會比在這裡更好。好啦，織謠過後需要多睡覺，不吵妳了。」綠月硬是把畢雅塞回被子裡。離開前，她把房間燭臺的多數蠟燭吹滅，只留下一盞微弱燭光，剛要推門出去，又折返回來。「雅雅，妳別再想這些有的沒的，那樣不好。」

畢雅敷衍地「嗯」了一聲，「但我不是一直都這樣嗎？」

綠月遲疑著說：「今天發生這種事，大廳一團亂，人手不夠，我只好去幫忙石心把一些東西拿上樓——妳知道這不太愉快——經過敞間的時候，聽到三位執掌在談論你們。」

「什麼？」畢雅鑽出被子。

「他們有提到妳，說妳很優秀，不過——」

「我的舞蹈不夠好？魔法不夠細緻？」

綠月搖搖頭，「歌之掌在說妳有不該有的好奇心，我沒聽完整，因為後來聖頌行使就上來了，我只好趕快把東西放了就走。」

「妳說歌之掌啊。」畢雅煩悶起來，他是主導聆習測試的人，而她沒獲得他的肯定。說到這個，日耀也抱怨過歌之掌不願意給他任何幫助，畢雅原以為他是公正的人。

「總之妳還是謹慎一點比較好。」

「知道了。」畢雅想起不久前，日耀也這麼提醒過她。

「晚安。」

綠月離開後，畢雅再也無法假裝沒事地縮在被窩裡，一股腦地滾坐起來，悄悄推門出去。

≋

在高燒了一整天之後，日耀迷迷糊糊地醒來，感覺頭痛欲裂。他先聞到陌生的霉味，還有花草燃燒過的香氣，發現自己處在一個狹仄空間，除了床鋪和一張高腳桌外，幾乎什麼也沒有。

他警覺地坐起來，確認自己被送到走道中間的空房，作為短暫的恢復之所。這地方的格局就像小一號的儲藏室，只差沒有雜物，在確認身體安然無恙以前，他都不能回到自己房裡。入夜，桌邊只有一盞搖曳的燭火，日耀熄滅火焰，讓漆黑完全覆蓋下來，他靠在床緣，牆壁很冰冷。

有腳步聲靠近，輕盈小心，像風一樣捎進來。他不想去管是誰，就算那個人手裡拿著刀子也一樣。

不一會，燭光再次明亮，伴隨樹酯的氣息。「歌舞制所恆久明亮。」那個人用氣音說。

日耀仰起頭，愣愣看著闖進房裡的人：「畢雅？」

「你還好嗎？」

「不好。」訝異過後，他很乾脆地倒回床上，聲音乾燥虛弱，「糟透了，妳在做什麼？」

「探病？」

「大半夜的跑來這裡？」恢復之所不能隨便進出，而且她在大晚上跑來，這種事竟然會發生在歌舞制所……日耀閉上眼睛，幾乎要懷疑自己出現幻覺。

畢雅被他說得臉色通紅，幸好在微弱的火光下，什麼也看不清楚。「我只是很擔心你。」

日耀沉默，「我不值得妳浪費時間，也不值得妳冒這個險。」

「為什麼要這樣說？」畢雅帶著怒氣，走近一步，因為空間實在太窄，撞到了桌緣。她彎腰，感覺荒唐。「我不覺得是浪費，至於要不要冒險，那由我自己決定。」

日耀別開眼神，一手蓋住額頭。畢雅摸了一下，觸手滾燙。他撥開她的手，感覺更冷。「別管我。」

「你想要一個人安靜？」

畢雅的聲音聽起來很受傷。「我沒把握住機會。」日耀壓抑著語氣裡的顫抖，「如果妳還想留下，就不要管。為妳自己努力就好。」

畢雅沒接話。她在評估，最終會想通其間的利害關係。日耀心想，她又不笨，要是生在對的地方，會比我出色。

她再次開口，卻說了不相干的話題：「那個搬運人每天進進出出的，我看過他好幾次了，卻都沒注意到。」

日耀根本不想去回憶這件事，不懂畢雅為什麼還要提起。過了一會，他才不帶感情地說：「他充滿罪惡感。」

「我是在說，你有這個能力，到現在依然有。」畢雅把一隻手放在他額間，疊在他手上。「你不是做不到，只是太累了。」

她的手好冷。日耀想不起來，上一次有人這麼對他是什麼時候？像有暖流流過，慢慢的，畢雅的手和他一樣熱燙。她笨拙地說：「你是能編織魔法的人，如果不是你，不會有人發現李默身上有魔法。」

日耀把手放下，微微側身。畢雅只好跟著收回手。

「把魔法抽出本應在的地方，假裝它屬於我們，有沒有發現又有什麼差別？」

這番話像高燒中的囈語，畢雅聽了只覺氣惱：「因為一次失誤就停下來，還這樣胡說八道，根本不像你。」

日耀依然側躺著，背對畢雅。光線昏暗，她看不到他的表情。

「李默同意接受織謠，他相信你，想要平靜，結果你就這樣讓他懷著罪惡感離開，如果這樣也無所謂——」

「『能夠織謠的人，才有資格稱為織謠者』，歌之掌說得還不夠清楚嗎？妳到底還要我怎麼樣？」日耀終於忍不住爆發。

「如果你不打算為相信你的人負責，那才不夠格稱為織謠者！把他找回來，把那個洞補好，不管別人接不接受。你都努力了那麼久，我以為我們的追求是一樣的。」

日耀沒回應。他要的不是空泛的安慰，我還能做什麼？畢雅一陣難過，想起日耀在倒下以前，還把貝殼護在胸前，不讓它被撞破。她在床邊坐下，感覺到他的體溫。她想也不想，牽起他的手。

他很不想打破這片寂靜。許久以後，他閉上眼睛說：「回去吧。妳完成織謠了，既然都努力了這麼久，不要浪費機會。」

他的話勾起畢雅的哀傷，「在這裡，有誰是不能被浪費的嗎？那些規則……我比你更搞不懂是怎麼回事。總是這樣，我們做得永遠不夠。」

日耀心裡完全認同，他深呼吸好幾次。

「秩序，」過了一會，他開口說。「畢雅，那是妳欠缺的東西。想通這件事，妳就會成為織謠者。」

畢雅還在目行嶼的時候，就常被罵不守規矩，來到歌舞制所以後，她自認已經竭盡所能遵循要求。她委屈地說：「可是我明明就——」

「不是那樣，妳沒想清楚他們要的是什麼。」

畢雅壓下想繼續深究這個話題的衝動，現在不是爭論的時候。「好，我會想清楚。那你呢？」

「我也沒想清楚，至少不久前，還想得不夠清楚。所以就這樣了。」

「但是，你一開始也做得很好啊，歌之掌也許會破例——」畢雅看著日耀疲倦的表情，停頓下來。「歌之掌是說貝殼只有一枚，不能毀壞。既然你的還在，為什麼不再試一次？」

日耀張大眼睛，愣愣地看她。畢雅這時已經起身，「我們都不要浪費機會。記得我說的，把那個洞補好。等你也完成，要第一個讓我知道。」

日耀再次被留下，畢雅的話讓他手臂起了微微的顫慄。她果然弄不清楚重點在哪，她只按照自己的想法行事。日耀忍不住想，但她的話確實鼓舞了他。許久以後，他哼起一段旋律，輕輕的，像腳步在黑暗中刮擦的聲音。

11

間隔十天，若言才勉強把對水鬼的恐懼拋到一邊，再次前往聖域。那種東西並不存在，她在心裡說服自己：而且我沒空管這些，有很多務實的事要做！她決定把那種詭異的東西，交給織謠者去煩惱。

這次，若言撿拾的是叢島之貝，她在途中遇到一個也正要前往聖域的人，便和他一起搭船。那男人很奇怪，身強體壯的，卻一直縮在船尾，像隻可憐的小動物一樣侷促。

若言坐在船中央，看著前方海浪，把貝殼袋子敞開，讓直射在海面的陽光把它們曬乾。航行的時間裡，男人都很沉默，看見她在晾貝殼才開口：「妳是拾貝人，那是在我們島上撿的？」

「不是每一枚都珍貴。」言下之意，若言在抱怨叢島沒有好的收穫，牛羊之島，她在心裡咕噥，果然不該去那裡的。「那你呢，去聖域幹嘛？」

「我是搬運人。」

若言揚起眉毛，因為他現在顯然沒帶任何東西。

「我這次去不是為了送東西，妳——奉獻過魔法嗎？」看見若言點頭，搬運人激動地靠近：「把記憶交給他們以後，就不會再感覺到了嗎？他們能夠改變你的想法？」

「記憶不會被帶走，你還是會記得，但感覺不像原本那樣。最強烈的部分消失了，其實滿怪的。」她不知道該怎麼描述，「所以你是被邀請去的？」

搬運人點點頭，似乎勉強寬心一點。「我沒想過，像我這樣的人也有魔法。」

「據他們說，我們身上都有魔法。但好像也不是隨時都有，大概就像稀有貝殼吧。」若言一手支著頭，靠在船舷邊。畢雅說過，只要她繼續感受，就還會有源源不絕的魔法，那為什麼織謠者能操控，自己卻不擁有呢？

船一靠岸，搬運人便把全副注意力擺在高聳的燈塔，不安地確認：「妳也要過去吧？」

「當然。」若言對他的小心翼翼感到不耐，率先跨出步伐。

他們抵達歌舞制所的門前，有個少年已經在那裡等待，白衣寬褲，黑髮，側臉尖削，皮膚瓷白，眼珠漆黑，手裡拿著一枚捲管螺。若言認得這個人——她第一次來的時候，他說過要接待她，但印象中他好像更高傲一點。

「您身體好點了嗎？」搬運人瑟縮了一下，彷彿感覺疼痛，「對不起，我沒奉獻過，上次是不是因為我——」

「上次的事，我很抱歉。」少年用身體擋住那枚貝殼，誠懇地說。這點倒是和若言印象中的大為不同。「你願意再次接受我為你織謠嗎？」他略帶遲疑，頓了一下又說：「如果你會擔心，歌舞制所裡也有其他織謠者。」

「好。我是說，像我這樣的人，沒資格挑選。」搬運人深吸一口氣：「很謝謝您願意協助。」

少年似乎鬆了一口氣，「那就讓我們把上次的儀式完成吧。」

若言覺得奇怪，這個人沒有像畢雅那樣，句句強調奉獻、提出他的故事會被歌頌那類的話，只是反覆確認對方仍有意願。然後，他們進到大門裡面。

畢雅也在大廳裡，假裝剛好經過。日耀對她點點頭，繼續做該做的事。他先讓李默坐下，把手搭在他肩頭。因為上次的糟糕經驗，李默一點也無法放鬆，反覆變換坐姿，焦躁地扭動。

畢雅站在一旁，想像著如果是自己，會說些什麼來緩和對方的緊張？她靜靜觀望，注意到日耀放在李默肩上的手，沉穩平和，帶著一點點力道，他的呼吸也變得深沉。慢慢地，李默跟著他，經過幾次的深呼吸。

「上次你提到，你很思念她。」

「我很——」李默的聲音哽住，「如果沒遇到我，她會過得好很多。」

日耀雙手在空中做出紡線的動作，牽引魔法。這次，他謹慎地感覺話語裡的波動，當李默停頓時，他的動作跟著慢下來，配合他的步調，看起來就像李默才是那個編織魔法的人。

「她總是要我別再出去喝了，一次又一次。到後來，她不再那樣說，只是要我——回來得早一點。有好幾次，我真的想聽她的，尤其是隔天早上，看到她哭腫雙眼，坐在我床邊，那時候我就想，這是最後一次。」李默的神情柔和了些，帶著痛苦。「但是到了晚上，一晃眼我人又在外面了。」

畢雅觀察到一些規律。當李默談起罪咎的部分時，雙眼會空洞地張大，像是凝視某個不在場的人，這時候，日耀會深深地呼吸，既是等待，也是理解。她覺得那停頓充滿力量。

「讓你無法面對的是什麼？」

畢雅詫異於他的問題，*無法面對，而不是沉迷——為什麼他會這樣想？*

「我——」李默雙唇顫抖，幾次張嘴，卻又說不下去，「她是一個很單純的人，她對我一直有期待，但是我、我做不到——」

只是很普通的期待，對他而言卻太過深沉，最終將他壓垮。

「我總是跟她說，搬運人的生活就是這樣的，要到處跑，又不是我能決定的。後來她肚子一天天大了起來，我就想，不能再這樣下去，然後，然後——」李默再也說不下去。

畢雅忽然深刻理解到，「能夠織謠的人，才有資格稱為織謠者」那句話真正的意思，並不是威脅。為人們織謠，是一件莊嚴肅穆的事，確實不容任何閃失。而召喚著織謠者的魔法，必然與他們自身有某一種連結——歌之掌雷諾像一面明鏡，映照出對方的心緒，讓故事清晰起來，如果不是在織謠完成的瞬間，他流露出同樣的悲傷，畢雅幾乎難以想像他也有這樣的一面。她自己織謠的那次，則是忍不住完全投入其中，沉浸在若言的心緒，還有隨之而來的那種親密感裡。至於日耀，她不知道他經歷過什麼，但他似乎很能理解——李默也是懷著愧疚，讓這份愧疚在他身體裡滋長，沉寂了十年之久。這點他們兩人其實很像。

織就的絲線在發光，又隨故事黯淡下來。日耀歌唱，捲動軸線，裝進那枚捲管螺，「這是〈對妻子的歉疚之歌〉，魔法獻給歌舞制所，」他的動作莊嚴，卻面無血色，表情像被人揍了一拳，深呼吸幾次以後才說：「而榮耀，屬於它的主人。」不知道為什麼，他最後的語氣很不確定。

李默還在位子上，一愣一愣的，觸摸心口，像是不敢相信它忽然減輕了重量，隨即搖搖晃晃地起身。

直到整個儀式完成，畢雅才敢走近，低聲問他：「你還好嗎？」

「從沒這麼平靜過，整整十年，我——」李默低語，「謝謝，謝謝您們。」

目送李默離開後，畢雅過去，與日耀並肩而立：「你做到了。」

「把沒做完的事情做完，像妳說的那樣。」

「他心裡的洞補好了。」

那枚貝殼仍蜷縮著，光澤流轉，像令人心碎的晚霞。「但會不會接受是另一回事。」

畢雅看了一眼說：「我想不到不接受的理由。歌之掌很嚴格，但他不會刻意漏掉有天分的人。還有那天你昏倒的時候，聖頌行使看起來非常憂慮。」

「是嗎？」

「我很少看見他憂慮的表情。你做的，他都看在眼裡。」

「他把每件事都看在眼裡，但我不知道他是怎麼想的。」日耀神情複雜。

畢雅做了一個噤聲的手勢，認真地說：「你總是想得太多了，我相信聖頌行使選人的眼光。我們晚點再聊。」

「好。」日耀看上去有點恍惚，托著貝殼走上迴旋階梯。

等到他的腳步遠離，畢雅便轉向大門外的人影：「歡迎妳。」她刻意想讓語氣輕鬆點，但是說真的，她一方面很高興能再見到若言，另一方面，腦海裡卻有各種揣測。

若言的表情也是尷尬和喜悅參半，沒預期這麼快就再次遇到她。彷彿看見一個熟悉的朋友，卻又因為自己之前透露了太多事，一時間有點不知該說什麼。於是她靜靜鬆開袋子的束口，交給畢雅。

畢雅掂了掂重量，「妳什麼時候開始對我們做的事感興趣了？」

若言一臉被揭穿的表情：「我只是剛好和那個人一起搭船來。」她吐舌，心想自己也沒偷聽到多少。

畢雅數算著貝殼，不經意地問：「上次回去後還好嗎？」

「老實說滿奇怪的。我一直想自己到底在幹嘛？說那麼多，那些話連對我叔叔嬸嬸都沒提起過。」

「除此之外呢，有任何不舒服嗎？」

「會不舒服嗎？」若言反問，看見畢雅搖頭，表情欲言又止，她才意識到她問的不是奉獻魔法。「喔，妳是說——沒有，沒有。」她不禁打了個寒顫，想甩開那恐怖的事。事實上，在那之後她做了惡夢，叔叔嬸嬸也是，有幾次他們輪流尖叫著醒來，但最近次數減少了，所以她不打算告訴畢雅，免得聖域小題大作地派人過來關切。

畢雅還是不知道該怎麼開口，問她帶著那枚貝殼，然後湊巧說出她父親失蹤的事情，是不是別有目的？這麼問毫無意義。如果是黑暗誘惑她這麼做的，本人也未必知情。一陣略大的風吹進歌舞制所，畢雅看著外面藍藍的天色，忽然有感而發：「這種天氣搭船過來，一定很舒服。」

若言本來想答，如果不是和這些魔法靠得太近，會更舒服，想了想又把話嚥回去。「妳一年搭船幾次？」

「兩次，探視日的時候。」

若言遺憾地看著她，「你們沒有其他機會搭船了嗎？比如——」她想了好久，「傳舞的時候？」

「以後或許有機會吧。」畢雅避重就輕地說，「但我上次搭船，暈了一整路。那麼多天，很不舒服。」

若言的表情更加遺憾了，像在同情一個無法赤腳走在陽光下草皮的人。看見她的反應，畢雅這才放鬆地笑了：「我去拿珊瑚瓦，然後送妳回岸邊搭船。」

日耀爬上迴旋樓梯，發現歌之掌不在敞之間，於是又走上四樓，敲了敲門。

敞間裡，三名執掌圍坐成圈，但姿勢緊繃。舞之掌石茉莉手肘撐著矮几，乾瞪前方，歌之掌雷諾也是，占卜掌山靄面前則擺放著一些散亂的木片，不知道剛才在討論什麼，氣氛凝肅。

「怎麼了？」占卜掌打破沉默問他。

日耀尷尬地過去，讓他們看見手裡的捲管螺：「我想把這個交給歌之掌。」

歌之掌沒抬頭，一手揉按著太陽穴。「魔法不待人，我當時應該說得很清楚。」

「同一枚貝殼，沒有毀壞，用在同一人身上。我承認織謠時並不順利，所以——」日耀喉嚨乾燥，「我試圖做出彌補。」

「你邀請他再次前來？」歌之掌看著他，觀察他細微的表情變化。

「聖頌行使派其他織謠者前去叢島安撫時，我請求他們，邀請李默再到這裡一次。」由於歌之掌沒有出聲打斷，日耀緩緩地，把李默的故事歌唱一遍，然後將貝殼輕放到矮几上，「魔法在裡面。」

舞之掌伸手觸碰了一下，占卜掌觀察著貝殼上的花紋，以及閃動的光澤。歌之掌無視這些，只問他：「你說第一次織謠時不順利，原因是什麼？」

日耀面紅耳赤，低下頭。他們一定知道真正的原因，辯解毫無意義。

「一個善於歌舞的人，必然對自己的身體有所掌控。去休息吧，為了趕上這次秋祭典，對你來說還是太過勉強了。」歌之掌說著，看向舞之掌。她略顯遲疑，但沒干涉他的決定。

日耀抿著唇，向他們行禮時，感覺全身血液都冷了下來。不管做什麼掙扎，結果都一樣。他並不意外，這種狀況只會自取其辱，他早就知道了。

就在他觸摸到嵌著貝殼的冰冷門把時，歌之掌卻拋來這樣一句話：「就織謠來說，沒有人會懷疑你的能力。」

他詫異地回頭，三名執掌卻像說好了一樣，沒有太大的反應。

直到日耀離開，占卜掌才開口：「有時候，你不得不佩服聖頌行使看人的眼光。」

「還有做事的方式。雷諾一直擔心會把他逼到極限，但顯然聖頌行使比我們更了解該怎麼做。讓聆習同時參與祭典歌舞，這種超出能力太多的事，一開始我也很懷疑。」舞之掌微笑。

「何況他看起來只是在遵守命令，還帶著憤怒，」占卜掌也輕鬆起來，「真是年輕。」

「看見他的神態嗎？完全不一樣了。」舞之掌雙手支頷，「有些時候，人就是得經歷差點失去，才懂得珍惜。」

「但這還是在冒險，看他會振作，或者被摧毀。在結果到來以前，很多事都難說得準。」

「你還是那麼堅持。」舞之掌挑眉，「但是雷諾，你剛才要他去休息，那句話不是認真的吧？」

「這是正確的判斷，他需要休息。」

「即便是聖頌行使親自指派他去秋祭典？」

「再說吧，如果聖頌行使看人的眼光真的沒錯，他就不會因為這樣而改變態度。如果他能做到這一點，才算是值得栽培。」歌之掌將捲管螺放到擺架上，「爭執先放一邊吧。剛才說到哪了？」

「這下子，可不能再怪我整天刻這些東西。」占卜掌埋首，從散亂的木片中抽出其中幾枚，「你們看，這些是今年貝殼不慎被毀壞的數量，比往年多很多。即便是我們，在施放魔法的時候都把貝殼弄壞過好幾次。」

「要不是我們的技藝出了問題，就代表人心變得更脆弱。」舞之掌說。

「會不會真的是技藝問題？」占卜掌思考，「聖頌行使就沒發生這種狀況。」

歌之掌一臉嚴肅：「他對魔法掌控精妙，但我不認為是我們不夠純熟。」

「我不想往那邊想，但妳從去年開始一直提到的事，」占卜掌的話只說了一半，「當黑暗變得強大，會反過來壓制光明。」

「你也覺得是因為那樣，讓光明變得脆弱？」

「一切還不確定。至少目前，魔法屏障沒有發生問題。」歌之掌阻止他們。

「等到發現魔法屏障鬆動，就來不及了。要不是雷諾反對，上次我就建議過讓聆習跟去傳舞，一齊施放魔法，至少能夠穩住人心。」

「妳又來了，我說過那樣不對，而且我們又不確定那是不是能有效遏阻——」歌之掌深吸一口氣，「僭技，我們不了解它的本質。」

「我們總是被動等待。發現黑暗的蹤跡，再仰賴聖頌行使的力量銷毀它。你就沒想過，應該更積極解決問題？」

「無法解決，所以才不得不讓聖頌行使替我們承擔風險。」歌之掌冷冷地說，「僭技摧毀了那麼多人，即使是最出色的織謠者，和這種黑暗硬碰硬，不是被毀滅，就是變成瘋子。」語畢，他注意到占卜掌的表情抽動了一下。

「只知恐懼，跟妄傳水鬼的人有什麼不同？」舞之掌質問。

「我們有到諸島嶼巡視，確保人們還在光明裡。現在，已經沒有人妄傳水鬼的事了。」歌之掌篤定地說。
占卜掌看了他一眼，沒說話，但意思很明顯：水鬼之說沒有消停，只是不像以前那樣旺盛。但那種東西——恐懼的記憶一旦被人們記得，就勢必以某種形式延續下去，你有辦法除盡路邊的蔓草嗎？
「實際上我們做的，就是每年待在安全的地方，看黑暗會不會自己削弱。你們不覺得這樣很荒唐嗎？」
占卜掌難得說話了：「在這種時候，確實該想辦法應對。」
「我們已經在應對。」
歌之掌相當堅持，這讓占卜掌再次奇怪地看向他。他是怎麼了？山靄心想，去年也吵得厲害，但雷諾不是會在大事上放任不管的人，這麼冷淡……像是變了一個人。
舞之掌幾乎不敢置信：「在我們說話的同時，僭技就流散在外。今年來到這裡的居民變少了，我們面臨威脅，人們又不夠相信歌舞制所，還有什麼比這更危險的？而你竟然不打算做任何事？」
她說著起身。
「妳要去哪？」歌之掌問。
「去確認魔法屏障無恙，你不會連這也有意見吧？畢竟，我們能做的也只有這樣。」
舞之掌出去了，兩名執掌都沒說話。好一會，占卜掌開口：「雷諾，你怎麼回事？我之前覺得是石茉莉小題大作，但現在，你聽起來就像真的在阻攔。」
「阻攔歌舞制所？但歌舞制所是什麼——魔法的意志，還是我們自己的意志？」
「現在不是談論這個的時候，我們需要專心一致，而且，你什麼時候變這麼悲觀了？」
「我在想一些事情，還沒理出頭緒。」歌之掌說，「抱歉，剛才不該提到僭技會讓人發瘋的。」

占卜掌的眉心又抽動一下，在他聽來，他就像是故意再次提起的一樣。「嗯，盡快想清楚吧，現在我們可不能分心。」他憂心忡忡地想：僭技的可怕之處，它會阻斷通向……比起發瘋，或反過來受它驅使，毀滅倒還比較仁慈。

在歌舞制所裡，只感覺到一點風，外面卻是風聲大響。畢雅和若言沿著海岸散步，清淺的藍，沒有界線，遠處才有一線較幽深的色澤，若言踢了踢，把沙揚起。

「這幾天我一直在想，妳還會不會再來。我擔心妳被嚇到。」

若言癟嘴：「島嶼的人才沒那麼脆弱。」她沒問他們後來怎麼處理那詭異的貝殼，在她心裡深處，忍不住認定那就是水鬼，或者類似的詛咒：在海上漂流的黑暗，不能與它對視，否則會被附身……她在心裡甩開那種不舒服的念頭。

「嗯，已經沒事了。聖頌行使已經出面處理，他會銷毀它。」

「謝謝妳。我不知道妳會在意耶。」

畢雅皺眉，「為什麼妳覺得我不會在意？」

「你們經常面無表情啊，好像島嶼發生的所有事情都和你們沒有關係。」

畢雅很意外，她沒想過人們竟然是這樣看待他們的。「我們當然在意島嶼。織謠者盡可能保持平靜，是為了把平靜帶給別人。」

聽起來很無聊，若言為她感到遺憾，心裡浮現她應該要到海邊去，看螃蟹鑽出石縫的畫面：整天待在這裡，她錯過了多少好玩的事啊。

「不過，其實是我要謝謝妳，妳的魔法很豐沛，所以織謠時才會順利。」

「意思是妳通過了？」

「還不是最終判定，但這次的測試——對，我想是通過了。」

若言的臉龐明亮起來：「恭喜妳。」

「謝謝。」這個女孩是真心祝福她，不帶嫉妒或評判，只是純粹的祝福。畢雅心中震盪，有那樣一雙澄澈眼睛的人，怎麼可能別有用心？

她們剛好經過了通向之牆。畢雅指著牆根的位置，假裝隨口提問：「妳看到了什麼？」

「哦，這個啊，你們對這面牆很自豪吧？每次看都不一樣，」若言還記得第一次過來時，叔叔對著這面牆，指手畫腳解釋了大半天。「今天嘛，我看到綠色，好多好多的爬藤。」

畢雅點頭，這女孩的回答很正常。她自己看到的是一片帶淺灰的白，接近牆面原本的模樣。

「妳在這裡過得好嗎？」若言突然問。

「怎麼這麼問？」畢雅詫異於有人會用這種關心的語氣跟她說話，而不是出於羨慕或好奇。

「因為上次，妳幫我織謠時還哭了。」事實上，這幾天若言也常想到畢雅，不明白為什麼在織謠時，她會為與自己不相干的故事流下眼淚？

「喔，那個，我也不曉得，那感覺很像——妳讓我想起遺忘很久的事，但我也不記得那是什麼。這可能是抽取魔法的一點代價吧。」

「織謠者的生活是什麼樣子？」

「有些辛苦的地方，嗯，非常多，我常常覺得像是沒有盡頭，不過——」畢雅緩緩地說：「我還是覺得，待在這裡是美好的事。」

「真的嗎？」若言看著大海，「那假如有人放棄這個身分，或是什麼原因沒通過測試，不就很痛苦？」

畢雅想都不敢想，「我們不會跟人們談論這個。」

「這樣啊。」若言忽然有點心不在焉，沒再提問。

畢雅和她一樣，靜靜看著海浪，有一艘大目船正從遠方海面上露出頭。想到再過一會若言就要回去了，她還是忍不住問出口：「上次聽完妳的故事，我才知道妳為什麼這麼抗拒魔法。妳家人也這樣嗎？」

「我叔叔以拾貝人為榮，也很尊敬這裡。他只是經常提醒我，別跟我爸一樣被魔法吸走。」

「除了想找稀有貝殼，你父親還有做出其他想更接近魔法的事嗎？」

「還能有什麼事？」若言遠遠地看著歌舞制所。

畢雅也看著那熟悉的黑色拱頂，這是她從小的夢想。她也曾天真地想過，有天可以成為執掌，到最上面去……但這個夢實在好遙遠。

「選擇我媽算嗎？」若言忽然說，「她曾經是織謠者。」

畢雅錯愕至極，「妳母親是織謠者？」

「好像沒通過測試吧，我不知道，總之她最後失敗離開這裡，回島嶼隨便找個男人成家，就是我爸。」

說起母親時，若言的語氣忿忿不平。畢雅思緒凌亂，乾巴巴地問：「妳不想提到她？」

「我只是無法理解。我爸出事沒回來，我叔叔還忙著到處找他，她就自己跑了。」

「去哪裡？」

「誰知道，反正是她自己決定要走的。」若言恨恨地說：「她有權利重新開始，我們遵行島嶼的法則，不會隨便打擾。」

這是她不喜歡織謠者的另一個原因？畢雅可以想像，如果若言的母親拋下剛出生不久的她，獨自前去另一座島嶼，是為了立刻找到人依靠，作為她的孩子會有多憤恨。難怪在這女孩身上，有這麼強烈的魔法，暗潮洶湧。「這也是妳叔叔說的？」

若言點頭，大目船逐漸靠了岸。「我走了。」

畢雅的雙腳彷彿還陷在沙裡，若言告訴她的事情非常私密，代表她完全信任她，而她則是直到現在還在懷疑。可是，如果若燃選擇和曾是織謠者的人成家，這樣的人會對魔法不敬，實在說不通。她原以為和若言聊聊，可以消除心裡的疑慮，事情卻越來越複雜……若言就這樣輕巧地離去，繼續相信自己相信的一切，只有她還放不下，弄得自己心事重重。

12

背對歌場、舞地以及海岸線，往另一方向深入，直抵幽翠森林之前，有一片寬闊的空地，硓咕石厝錯落其間。說也奇怪，這些矮房也在歌舞制所的白色圍牆之內，卻少有人注意到，也許是因為建築樣式過於普通，難以令人聯想到魔法的緣故，牆壁也因為歲月侵蝕，變得老舊滄桑，只有每一戶門前蓬勃生長的藤草，透露出一絲祝福的氣息。

「怪婆婆」山如坐在草地上，眼皮鬆垂，被陽光刺得直流淚。又到了這時節，山如心想，是時候讓島嶼的人觀賞我的舞姿，聆聽我的占卜了。她想起身，卻因為膝頭沉甸甸的，又跌坐回地上。魔法在上，她在心裡咒罵，那東西纏住了我的腿腳！她伸手往四周揮舞，拍開無形的陰暗，因為動作太大，揮到一個少女。山如沒注意到她是什麼時候來的。喔，這女孩也穿著這裡的裙子。又是那種眼神！

「我是畢雅，來協助掃除。您住在哪一間？」老織謠者不理會她，只是反覆拍打地面，因此畢雅改口問：「您在這裡曬太陽嗎？」

山如不屑地「呸」了聲，「我可不是那種老東西，沒事去海邊曬太陽。織謠者要忙的事還不夠多嗎？」

畢雅明明記得，她之前就在海邊曬太陽，還大呼小叫的。「那您在忙些什麼？」

「不會自己看嗎？」山如氣得跺腳，肚腹贅肉隨之晃動，「每一個、每一個都這樣，在我忙著對付陰暗的時候，這些孩子會什麼？——問問題！」

看見畢雅的肩膀縮了一下，山如又哼了一聲：「接下來妳要說，這裡沒有陰暗是吧？哼，沒見識的東西，個個用那種眼神看我，以為我泡在海水裡，腦子不正常了。陰暗很強大，不會滅絕，不是強大的織謠者絕對抵擋不住它。」

畢雅覺得，這番瘋瘋癲癲的話裡好像有什麼。她蹲在地上，悄聲問：「陰暗在哪裡，您怎麼對付它？」

山如瞪著眼前的女孩，「妳說妳叫什麼？」

「畢雅。」

「小女孩，我告訴妳，陰暗——」山如把食指比在嘴唇上，「就在這裡。」

畢雅陡然色變，「什麼意思？」

「妳看，我的膝蓋現在不就被它纏住了嗎？得把壞東西趕走。」山如繼續拍打，手從地面轉向自己的身軀。因為雙腳不便彎曲，即便往下，也只能拍打到大腿的位置，顯得滑稽。「妳不會幫忙嗎？」

畢雅看著這名「怪婆婆」，說不出該感到失望，還是鬆一口氣。她用力將山如扶起來，卻聽見她發出好大一聲「唉唷」，嚇得手一縮：「會痛嗎？」

「不會。」山如左顧右盼，「我在把壞東西嚇跑，否則它會變成草，或是化成風把我吹走。」

「在魔法裡感覺到風，不管它有多大，都吹不走妳的。因為那是人們記憶裡的風，織謠者只是把那陣感受召喚出來——」

「你們這些小孩懂什麼？魔法就是魔法，沒什麼不可能的！我告訴妳，妳還沒見識過真正的

——」

「山如婆婆。」

畢雅和山如同時回頭，看見日耀提著籃子，裡面裝滿水果，飄出馥郁的香氣。

「是你啊，快來和這個蠢女孩說說道理。現在的織謠者，不懂魔法的還真多。」

畢雅被這番莫名其妙的話說得臉色漲紅。

「快啊，還不告訴她？」山如說著撲向提籃，一邊自己把話接下去：「魔法可不是那麼狹隘的東西，它當然可以變成任何樣子。」她啃咬蘋果，發出清脆的喀喀聲，顯示牙口強健。「像剛才，它變成一束草纏住我的膝蓋。」

日耀只是聆聽。即便是假裝出來的專注，也做得毫無破綻。

山如看見他這樣，樂呵呵的：「現在的織謠者，和你一樣的太少了，他們不懂魔法。」

「我們還是聆習。」日耀說。

「那不重要，因為世上只分成兩種人，知道的，和不知道的。」山如轉向畢雅，「告訴你們吧，我對付過那種陰暗的東西。」

畢雅學習日耀，假裝聆聽。山如卻撇撇嘴說：「妳啞了嗎，怎麼不發問？」

「呃，您怎麼對付它？」她無奈地問。

「山如婆婆——」

日耀來不及阻止，山如便激動起來，比手畫腳地說：「我在對付它！他們都沒看見我有多努力！有座島被侵襲，死了好多人……可是太晚了，我明明在和黑暗對抗……島上的人堆高石碑紀念死者，他們說每一枚石塊都代表一個人。他們好害怕，他們說都是魔法造成的……有人掐著我的脖

子，想拿石頭丟我，我好害怕……然後，那聲音對我說話了。」山如摀住耳朵，彷彿想隔絕噪音，

「啊，我不會聽的。我聽不見，絕不會讓它得逞……」她肩膀抖動，發出嗚咽。

日耀見怪不怪，攙扶著她：「山如婆婆，進屋去吧。」老織謠者擤著鼻涕，終於軟化下來，跟著他走。

畢雅很尷尬，彷彿害「怪婆婆」情緒激動是她的錯一樣，也被這種瘋瘋癲癲的反應嚇壞了。她說的故事顛三倒四，可怕極了，織謠者才不會這樣說故事。畢雅忍不住去想，她自己也可能會有這一天嗎？一旦老得再也不能唱歌跳舞，也會獨居在黑漆漆的屋子，與歌舞制所毗連，卻只能仰望曾經的夢想之所，最後在孤獨之中把自己逼瘋？

「女孩啊！」

畢雅又嚇了一跳，聽見山如婆婆從屋裡叫喚她，聲音悶悶的。

「妳和這孩子一樣，都是好人——再來看我啊。」

「好。」畢雅回答，卻因恐懼而言不由衷。

「我是對抗者，對抗者！我沒有屈服，不受任何人命令！」山如淒厲叫喊著。過了一會，或許是體力耗盡了，聲音越來越虛弱：「僭技也命令不了我……」

畢雅睜大眼睛。「怪婆婆」提到了黑暗之名，她真的知道什麼嗎？隨即她聽見日耀哼著安撫的旋律，屋裡的老人終於安靜了下來。

畢雅滿懷心事走向下一戶，繞過「怪婆婆」的屋子。

直到做完所有掃除工作，她心裡還是沉甸甸的，往森林走去，遠遠看見樹木迎風搖曳，昆蟲鳴叫，松鼠在地上撿拾毬果。日耀已經在那裡了，吹著風，面對森林後的陡坡歌唱，不高不低，曲子

也不完整，聽不出唱詞。畢雅到他身邊坐下，聽他把歌唱完。

「剛才那是山如婆婆。」

「她一直都是這樣嗎？」

「時好時壞。她說的妳不用太認真，都是胡言亂語。」

也不一定都是。畢雅心想，遲疑著該不該和他討論黑暗的事。「但她好像認得你？」

「從我被指派參與秋祭典開始，聖頌行使就要我定期來探望她，他不想讓其他人被她嚇到。」

「那樣是有點可怕。」畢雅心有餘悸，她才接觸「怪婆婆」一下子，就渾身不自在。看到她那個樣子，想成為織謠者的決心很難不被動搖。「但他是不是塞太多工作給你了？」

「就只是順道來看看。」日耀聳肩，表情卻有點僵硬，「反正我最近也沒什麼事。」

「準備秋祭典不是很忙碌嗎？」

「歌之掌要我退出。」

「什麼？」

「至少他接受了我的織謠，算是讓步了。也許再過一陣子，舞之掌會同意讓我回舞地練習，我不知道。就算不行，這也已經是很好的結果。」

「可是——」畢雅乾巴巴地，不知該說什麼。他是因為無法重返歌場，才一個人對著森林歌唱？

「我想謝謝妳。」日耀突然說，「那天假如沒有妳跟我說那些，我不覺得自己做得到。那個時候，我只想到我家人對這件事有多期待。」

他的身體緊繃，帶著挫折。即便只是這樣一句話，畢雅也從沒聽過他一口氣說那麼多，也許她應該回應些什麼。有股張力，好像原本在兩人之間卡著一根緊繃的弦，被彈開了那樣，空氣溼潤飽滿。

日耀認真看著她，在她眼睛裡看見自己的倒影，他試探地靠近。畢雅也靠向他，觸碰到他柔軟的唇。然後他們躺在草皮上，聽著風聲，還有彼此的心跳。

「之前我還以為你不想繼續下去。」畢雅低聲說。

他把手放在她髮際，「我只是很煩亂。還有一陣子，我感覺有人在監視我，可能是石心吧，她好像想證明我不配參與秋祭典。」

「她在監視我們全部人，我真不懂這樣對她有什麼好處。」畢雅皺眉，「就因為這樣嗎？她的一面之詞又不能改變什麼。」

「我不確定她的動機，而且我那時確實沒有做好。」現在也還是，日耀心想。

「他們……你也對自己太急了，你只是需要時間。就算那天我沒去找你，你最後也會自己想通的。」

「我沒那麼肯定。」

「就像你對我說的一樣，你的本質就是個織謠者。任何事情都不會改變這一點。」

日耀思考著她的話。

「如果舞之掌同意讓你回去——我猜她會，她一向很欣賞你——也許可以跟歌之掌爭取看看？」

他搖頭，看向一旁的青草。「除非他主動要我回去。他是負責評定我們的人。」

「可是你那麼努力，他一定知道。」想起綠月轉達過歌之掌對她的評價，畢雅又是一陣氣憤。他怎麼能用短短幾句話，那樣粗率地論斷他們？

「再說吧。」他的表情像被刺痛。「畢雅，妳最近是不是在煩惱什麼？還有，妳那天去問舞之掌和占卜掌什麼問題？」

他的感覺真敏銳。訝異過後，畢雅試探地問：「山如婆婆剛剛提到僭技，你聽說過嗎？」

日耀的表情猝不及防。

「魔法在上，你知道。」

「我才意外妳怎麼會知道。」

「我們該從哪邊開始交換？」畢雅揚起眉毛，「我問過你多少次關於黑暗的事，你卻一點都不肯透露。」

「這是不外傳的禁忌，妳仔細想就知道了。如果人們知道，當初侵蝕島嶼的黑暗其實連織謠者都控制不住，會怎麼想？」

「但最後也是織謠者出面保護了島嶼啊，你們家不就是嗎？」

「流傳下來的故事是這麼說，但是，妳看到山如婆婆了，她曾出面對抗，結果現在——」日耀壓低聲音，「故事總有各種版本，妳無法控制不理解的人會往哪邊想。」

畢雅想起聖頌行使說過的話，「有時坦率會引來更多猜疑」。她把最近的一切和盤托出，日耀聽著，臉色越來越凝重：「妳跟綠月說了嗎？」

「綠姐姐不喜歡複雜的事，我不想讓她跟著煩惱。」

「別和其他人說，這話題很危險。既然聖頌行使說他會親自處理，妳還是別太深入比較好。」

「你以為我沒試過嗎？」她深深嘆口氣，「就是因為想個不停，才會自尋煩惱。」

他們同時沉默了一下。日耀又問：「妳那天去問執掌的就是這件事？」

「和聖頌行使說完話的隔天，我去問舞之掌和占卜掌，居民有沒有可能被風暴吹離島嶼？他們看起來毫不知情，還斥責我不該妄談受棄逐者的事。也許在那之後，聖頌行使和他們談過了也不一定。」

「如果那樣，可能是聖頌行使不想讓他們知道。」

「三名執掌是重要的支柱，有什麼道理不讓他們知道？」

日耀表情複雜，欲言又止。

「到底怎麼樣？」

「他要妳一有發現，就親自告訴他，但妳又不是隨時都找得到他，去跟任何一位執掌說不是更快嗎？由他們轉達，意思是一樣的。」

畢雅在困惑之中想通另一種可能，她不喜歡這個揣測。「他不想讓那三位知道？」

「也可能是在提防某一個，我不確定。」

「但我們面對這麼大的威脅，不是應該團結起來嗎？有什麼理由會需要在這種時候——」畢雅收了聲。

聖頌行使在懷疑誰？

僭技危害島嶼，試圖靠近歌舞制所，這和三位執掌當中的誰有關係嗎？或者他只是在提防，一旦威脅到來時，執掌們會選擇放任這股黑暗，不及時阻止……當前任聖頌行使退位之後，會由執掌的其中一名繼任，歷來都是如此，聖頌行使日影當初就是以歌之掌的身分繼任的。那麼，在他之後聲望最高的會是誰——深得人望、同時也是最重要的執掌，歌之掌雷諾，還是優雅有手腕的舞之掌石茉莉？占卜掌山靄總是一副置身事外的模樣，他不像是會想爭取這個位子……

「畢雅？」

「魔法在上。」她倒抽一口氣。

「別把懷疑寫在臉上。」日耀擔憂地說，「聖頌行使有他的考量，應該也有所準備了。照他說的做，我們幫不上什麼忙。」聖頌行使的作風向來神神祕祕的，他其實也不知道他究竟準備了些什麼。如果只是擔心執掌們不積極處理倒還好，但如果他真的在懷疑誰——日耀暗想，那樣的話，對方也會有所行動，這件事太危險了。

「但那女孩的父親——」畢雅也不知道該怎麼問。

「既然知道她說的不是真的，妳還在猶豫什麼？」

「我只是覺得，她什麼都不知道，這樣不是很悲哀嗎？」

「如果妳告訴了她真相，帶來的卻不是平靜，不是更悲哀嗎？」日耀反問，「她到現在還能相信自己的父親，就是因為不明白他做過什麼。畢雅，記得我跟妳說過的話，要成為織謠者，就別因為不相關的事分心。」

「你說我欠缺秩序？」畢雅苦笑。

「那句話的意思是，妳要用歌舞制所的眼睛看待一切，包含妳自己。傳承和掌控，那是它存續的方式。」

從歌舞制所的角度來看，我欠缺什麼？畢雅發現，她無法回答這個問題。其他織謠者不理解目行嶼，就像目行嶼的人難以想像魔法——但那是我的錯嗎？她忽然想通，占卜掌也對她說過類似的話，只是她當時聽不懂。點破這件事，讓她覺得受傷。我應該還要證明什麼？

「傳承難道不是為了守護？那個女孩的事，還有我會想這些，都只是因為這樣，這裡——我們不是因為那些美好的部分，才選擇留在這裡的嗎？」

日耀無法回答她的問題。

陽光一減弱，就變涼許多，風又吹了過來，畢雅拍掉身上的雜草。她感覺後背涼涼的，好像被細長的蔓草掃過，又刺又癢。有什麼東西「嗖」地掠過，像風聲一樣，跑開了。她戒備地回頭：是蛇嗎？

換做是平常，畢雅或許還會多考量一下自身安全。但經過剛才那一陣胡思亂想，她想也沒想，便提起裙擺追了上去。危險就在眼前，她沒辦法置身事外。

畢雅追著微弱的光，那東西卻在陰影之中，伸出觸手，邁開無形的腳，永遠比她快一步。就要追丟了。

⁂

畢雅站在大門前，裡面空蕩蕩的。傍晚時分，聆習都在樓上做事。不論往森林或白色圍牆的方向看去，歌舞制所都沒有被侵入的跡象，這就是最讓她害怕的地方。太詭異了。

畢雅從森林一路追到這裡，陰冷噁心的感覺卻憑空不見。要嘛是真的消失，要嘛就是——她不敢想下去，只見歌舞制所的門大大地敞開，竭誠歡迎，毫不設防。黑暗越過了通向之牆，進到這裡面了嗎？畢雅不禁想起聖頌行使說，他會在外面把僭技銷毀，不讓它進到歌舞制所時欲言又止的表情。

她進到大廳，緊張得發不出聲音。沒什麼好怕的。這是我的家，我從七歲就住在這裡。畢雅在心裡告訴自己，邁開顫抖的腳，確認擺架上的貝殼。幸好，它們都沒事。

或許真的是錯覺吧。當她懷著一絲僥倖，跨入迴旋梯時，停下腳步，看向幽暗的地下室。

上一次，若言進來的時候，擅自跑到樓梯間發愣，那時她手裡正拿著裝有僭技的紫貝。歌舞制所到處都是魔法，地下室有什麼特別的嗎？畢雅越想越害怕，在原地僵了許久，又折回大廳去。

她把整座燭臺都拿了過來，光會驅走陰暗。

站在地下室的三條走道之間，畢雅每走一步，都提心吊膽，不敢大聲呼吸。她一鼓作氣，把每條走道上的第一個隔間打開，來來回回地檢查：前兩間主要用來收納貝殼，第三條走道的第一隔間則以器物居多，包含平時會使用到的桌椅、擺架和占卜用具。

沒什麼不對的。她安心了一點，開始往回，眼睛卻瞟向更深處。每排走道都有兩間上鎖的門，如果有什麼東西躲藏在那裡，絕不會有人發現……她心不在焉，被地上的東西給絆到，發出巨響，燭臺跟著傾倒。

畢雅急忙把火焰踩熄，但燭淚的汙漬與灰燼卻在地板留下痕跡。

她坐在一片黑暗中，心跳快又大聲，感覺也更清晰敏銳。沒有暈眩，也沒有魔法的噪音，但腳步聲靠近了，有人往這裡來，一個、兩個……

燭光照亮石心長臉上的斑點。歌之掌雷諾也在，雙手交叉，一臉狐疑：「妳為什麼跑來這裡？」

畢雅支支吾吾，不知該怎麼解釋。日耀突然出現在樓梯口，替她解了圍：「畢雅，還沒好嗎？」

歌之掌轉頭，「你們跑到地下室幹嘛？」

「最近很多居民過來，我們覺得大廳應該多放幾張椅子。」

歌之掌「嗯」了一聲，不置可否。日耀經過他們，逕自走向第三排走道，從裡面搬出幾張布滿灰塵的椅子，卻被狹窄的空間卡住。歌之掌和石心不得不先退出去。

「快點，要整理不完了。」日耀說。

畢雅慌忙跟上，繞過歌之掌身邊時，感覺到他銳利的目光，以及石心的瞪視。她聽見石心低聲對歌之掌說：「鑰匙在這裡。」歌之掌接過，往階梯下方走。

日耀把搬上來的椅子擦拭乾淨，在大廳擺好，臉色鐵青地出去。畢雅跟上去，他的腳步很快，一路繞到燈塔建築的側面。

「妳急著回來，還跑到地下室幹嘛？」

「剛才我覺得好像有什麼東西，就是我跟你說過，那種陰暗的感覺，往大門的方向——我怕跟丟所以先回來。」

「然後呢？」

畢雅搖搖頭，「可能弄錯了。在大廳沒發現什麼，所以我才去地下室確認。」

「妳感覺到黑暗，就那樣一個人追上去？」

「我擔心有危險的東西進到歌舞制所，剛才很謝謝你。」

「妳能不能稍微冷靜點？」日耀似乎在壓抑，但畢雅聽得出來他怒不可遏。「我花了一下午跟妳說這麼多，如果妳還是這樣，不用等危險找上妳，妳就會自己一頭撞過去。」

⁂

日耀徹夜未眠。他從房間窗戶看向歌舞之地，感覺距離他是如此遙遠。他有種預感，有什麼要發生了。居民誤拾僭技之貝，黑暗侵襲島嶼的故事又被重新提起……這一切都指向危機。畢雅感覺到那東西更靠近歌舞制所，是真的嗎？詭異的幻覺裡，可能帶有真實，只是一般人會選擇忽略。他心如亂麻，最令人在意的是歌舞制所內部明顯的分歧。直覺告訴他，必須設法弄清楚狀況，必要時才能謹慎抉擇。

黑夜漸褪，曙光升起，空曠的草坪半明半暗。他惶惶然，不曉得自己所處的位置。去年這時候，他無足輕重，只需要聽從指引，而現在——不管他願不願意，已經成為眾人注目（或者只是看好戲）的焦點，所有聲音都在催促他，不能繼續置身事外。

母親提醒他要設法融入。傳承，掌控，萬物有序……他想起畢雅的質問，傳承難道不是為了守護美好的部分？他想著她認真的表情，內心軟化下來，懊悔不該對她發脾氣。然而她不明白的是，秩序一旦確立，就只能設法維繫。日耀悲哀地想，你永遠不會知道，鬆動之後會迎來什麼結果。

樓下亂哄哄的，日耀覺得奇怪而下樓。他到大廳的時候，看見大家把一男一女包圍在中央。女的是雷雨，為祭典獻唱的人，此刻她跪在冰冷地面上，揉著眼睛，披頭散髮。男的叫做林木，跌坐在地，雙眼布滿血絲。他們兩人都來自叢島。

石心站在這兩人身後，一副嘲諷的表情。

日耀看見畢雅低聲詢問旁邊的人發生了什麼事，但他們像是嚇到了，個個要說不說的。他隔著一段距離，用眼神警示她這樣做並不恰當。畢雅回給他一個不解的表情，但接收到了他的暗示。不一會，三位執掌也到了，階梯上也傳來腳步聲。

「發生什麼事？」

他們朝著聖頌行使行禮。

「昨天半夜，我看見兩個人影往樓上去，我覺得不對，所以一路追上去。」石心的表情很嫌惡，「他們在敞間徘徊，偷偷摸摸地拿走架上的貝殼，擅自施放。才一個晚上，他們就掏空了三個魔法。」

眾人倒抽一口氣，這是織謠者最不該犯的大忌，把魔法據為己有。日耀心裡想的卻是：石心在半夜到處亂跑做什麼？

聖頌行使不可置信，「是真的嗎？」

雷雨用痛哭流涕回答了一切，她的哭聲讓人指尖發涼。

「你們為什麼要這麼做？」舞之掌質問。敞間有如室內的舞地，她會氣憤很合理。

聖頌行使揮揮手，「我想聽他們的說法。」

林木開口，倔強之中帶著羞愧。他看起來很瘦小，手臂像一根枯柴。「聖頌行使，我們一時昏了頭，只是因為好奇。」

石心的表情更加不屑：「一時？魔法在上，你敢說這是第一次發生嗎？」

林木閉了嘴，在魔法的誓言面前，他不敢說謊。

日耀聽出其中的玄機——石心早就知道他們不是第一次這麼做，卻還在這時候告發。這是一種警告，他猜測，做給誰看的？

「好奇足以使你們違背規矩，擅動魔法？」聖頌行使責問。

「不，不，聖頌行使，請原諒我！」雷雨抽抽答答地仰起頭，「最近，在替人們織謠之後，我一直覺得空洞，那些魔法好像在呼喚我。一開始，我只是想知道為什麼人們有那麼多強烈的感覺，然後——」

「不知不覺就沉迷其中了？」占卜掌低沉地說，「魔法只有用在居民身上，才能發揮確實的影響。用在織謠者身上，就像在啜飲海水，只會越來越渴。每一枚魔法，都來自一個人，你們沒有權力擅動。」

日耀原本有些意外，占卜掌一向溫和、不愛管閒事。但他很快想通，身為掌管占卜的人，他其實比誰都要注重儀式背後的精神。只剩歌之掌還沒說話，臉色鐵青——他和雷雨來自同一個姓氏。

聖頌行使看向雷雨，「我記得妳在祭典中扮演重要角色。」他回頭，眼神像在詢問身邊三名執掌的意見。

占卜掌搖搖頭，算是表達了意思。

「身為織謠者，這是對魔法不敬。」舞之掌聲音不大，但這一刻氣氛緊繃，沒人敢發出聲音，因此他們都把這句話聽得一清二楚。

對魔法不敬者，只有一種下場。日耀震懾於這句話裡的暗示，他轉頭看見畢雅害怕地閉上眼睛。這兩個人是這裡的一員，而且雷雨表現出色。他們有可能因為這樣就棄逐兩名織謠者嗎？

剩下歌之掌還沒發表意見，人們的眼光都落到他身上。他是唯一有可能站出來為他們說話的人。結果歌之掌只是看向外面說：「趕快解決這件事吧。」

聽見連他都這麼說，林木表情驚惶。雷雨哭著高喊：「聖頌行使，原諒我，我保證以後都聽您的！是林木說這麼做不會有人發現，我是受到誘惑——」

林木看著她，先是不敢置信，接著才是遭到背叛的刺痛，「是妳先提議要這麼做的！」

「魔法在上啊。」舞之掌冷聲說。

日耀觀察著周圍，多數人顯得害怕，卻也有人帶著看好戲的神態。他飛快思考著：舞之掌明顯想要從嚴處理，她在威脅歌之掌嗎？占卜掌——他的意思也是要讓雷雨他們離開。不過，歌之掌幾乎完全沒說話，這很反常，會不會其實是他在暗中推動這件事——他想表達不管對方是誰、即使在祭典前夕，他也不惜把違背自己意願的人趕走？

「這不是我本來的意願，聖頌行使！」

「妳怎麼能說這種話？」林木不可置信。

「夠了，你們已經解釋完了，現在輪不到你們說話。」占卜掌迅速制止了這場無意義的爭執。死寂蔓延，聖頌行使還在思考。許久以後，他對執掌們說：「我明白你們守護歌舞制所的心，但這兩位曾是這裡的孩子，理應獲得一次機會。」

日耀看著聖頌行使，已經知道他會怎麼做。

雷雨顫巍巍地起身：「謝謝您的寬容，今後我——」她的話隨即被嗚咽哽住。

「帶給人們平靜，是歌舞制所對織謠者的要求，強烈的情緒屬於人們，不屬於織謠者。我不懲罰有過貢獻之人，但你們已經不適合這裡。」

三名執掌各守一方，擋住那兩個人的去路。雷雨跌坐著後退，淒厲的叫喊劃破死寂。光影閃過，一切快得有如閃電，隨即他們怔怔地坐在原地，像一張白紙，遺忘了在這裡發生的事。

⁂

幾天前，聆習們打聽到的消息是，林木回到了在叢島的家。至於雷雨，當她的死訊傳回來時，歌舞制所的氣氛不免低靡。有人說她一回去就病了，有人猜測她選擇自我了斷。說來諷刺，織謠者一旦離開歌舞制所，儘管在這段期間的記憶已遭抹除，許多人還是會緊緊攀住過往的榮光不放，這會使他們再也難以適應島嶼生活。

做事時，畢雅聽見有人忍不住說：「都已經能參與秋祭典，還那樣放棄大好前程，蠢死了，虧我原本還很看好她。」

「你只是說她很可愛吧？」

「我哪有說過這種話。」

他們不該議論，但是不論走到哪裡，畢雅總聽見細碎的聲音。她想著雷雨，那個甜甜的女孩，臉上總是掛著近於討好的笑，平時，大家都樂意照顧她，現在卻說得像從不認識她。想到雷雨不惜出賣同伴，也讓她害怕——聽到那些可怕的話，任誰都會想要自保，但不論是赤裸裸地談論要如何懲治曾經的同伴，或是看他們互相推諉指責，都太令人難受。

「為了那種空洞的理由妄動魔法，你說她到底在想什麼？」

「誰知道。」

「我本來還想，這下祭典歌唱少了一個人，搞不好有機會再補進一個。」

「別傻了，剩一個月耶！以歌之掌的作風才不會冒那種險，他那麼討厭不夠出色或難以控制的織謠者。」

「但他這次也不得不妥協了。」議論的人嘻笑。

畢雅聽出他們諷刺的對象是日耀——在雷雨被逐出歌舞制所的隔天，為了填補空缺的位置，他又被找回歌場練習了。她惡狠狠瞪了他們一眼。

「如果舞蹈也少一個人就好了，舞之掌說不定會選新的人。」

「再怎麼補，也輪不到我們好嗎？」

「不過，歌之掌是不是真的很生氣？」談論的人這時才壓低聲音，「聖頌行使都去落島致哀了，他竟然沒跟著去。」

「這是當然的吧？他一定覺得是恥辱。」

「至少在她漂流入海的時候，有聖頌行使親自主持儀式，她可以安息了。」

這種說法並沒有讓畢雅好過一點，她幾乎感染了雷雨的孤獨，就像疾病一樣，實在不該發生在秋祭典前夕。她想，多麼深的空洞和寂寞，才會讓織謠者冒險占用魔法，一遍遍體會自己所沒有的感覺？畢雅為他們感到悲哀。細碎的聲音持續從四面八方傳來，她好煩躁，為了把那些聲音甩開，不知不覺往上走，到了啟之間門口。她想，這條路確實比較安靜。

門開著，畢雅探頭看見占卜掌山靄坐在裡面，桌上擺著一堆散亂的木片，正在為木頭雕刻。她輕手輕腳地要退出去，占卜掌卻出聲說：「既然都來了，幫我做事吧。」

畢雅搬了張椅子，坐在占卜掌對面，就像之前在啟之間學習時那樣。她接過他刻好的木片，按照圖騰分成植物、貝殼等不同堆，並按照木頭的香氣、質地排列整齊。占卜掌很習慣一個人做事，而畢雅也沒有要和他交談的想法，但是說也奇怪，在這片靜默之中，她感覺自己平靜了下來，忽然覺得掉落滿桌的木屑礙手礙腳的，便開始掃拭，讓桌面恢復整潔。

「這要放哪一堆？」畢雅舉起一塊木片，上面刻的圖形她全看不懂，乍看像貝殼種類，有螺旋捲和圓形，卻又有許多絲線。

「單獨放一堆。」占卜掌拿走那塊木片，拿雕刻小刀，在上面添加了幾劃，「這個是天氣。」

畢雅看向窗外，外頭悶熱潮溼，下著大雨，顯然他多加的這一筆就是雨的圖騰。「我以為木刻是為了記錄收穫。」

「是啊，木刻讓我們掌握島嶼的收穫。」

「可是這是天氣？」

「傳播豐收的歌舞，不都從描述天候開始嗎？這當然和收成有關囉。」占卜掌說著，把剛才那塊連同其他兩片木刻遞給她。

畢雅遵循他的交代，將三塊木刻單獨放置在一堆，盯著上面的圖紋，這是三年內的天氣變化——這兩年下雨的記號太多了，但明明連續兩年都是豐收之年，而且風環帶諸嶼向來晴朗居多，怎麼會一下子冒出這麼多雨？

「妳為什麼不平靜？」占卜掌突然問她。

「嗯？」

他自嘲地一笑：「會選擇待在木刻旁邊，而不去觀賞歌舞的時候，絕對是發生了什麼事，就像居民有心事才會尋求占卜一樣。」

畢雅看著他瘦長的身影，疏離的氣質，整個人就像一株寧靜的植物。平時所有人都注視著令人信服的歌之掌雷諾，還有淡漠優雅的舞之掌石茉莉，這兩位鋒芒畢露，令人神往。她一直以為占卜掌山靄天性如此，喜歡獨來獨往，但假如他真的對人一點也不好奇，又怎麼能為島嶼居民占卜解惑？她從沒想過，位列在兩名出色的執掌之後，占卜掌是否也會嫉妒？嫉妒……她實在無法把他和這兩個字擺在一起。

「在想什麼？」

「我在想，我什麼時候才能有您一半的智慧？」畢雅老實說。

占卜掌「嘿」了一聲，「但妳倒是擁有我們都想要，即便是聖頌行使也沒有的東西。」

「什麼？」

「歲月站在妳那邊，年輕人。」他拉了拉領口的皺褶，「我們要繼續打啞謎嗎？」

「雷雨的事。」她低聲說。

「喔，那很令人難過。」占卜掌觀察著她，「妳和她有交情？」

畢雅搖頭，儘管雷雨在織謠者之中人緣還算不錯，但她們當然一點交情也沒有。

「妳一定嚇到了吧，發生這種事。」占卜掌的語氣遺憾，「她不適合這裡，我原本以為回到島嶼會對她比較好。」

「因為她犯了大錯？」

「說是大錯，其實也——舞之掌說得太嚴厲了，她太年輕，情有可原。她只是不適合歌舞制所。」

「占卜掌，怎樣的人才適合歌舞制所，您們真的都看的出來嗎？」畢雅自己沒發現，她的語氣帶著一點激動。她真的好想知道那到底是什麼？

「只要待得夠久，妳也看得出來。」占卜掌緩慢而平穩地說，似乎在思考是否要透露更多。但過了一會，他只是順手拿起整理好的木刻，把帶有厚度、木色深沉的幾片挑出來。「謝謝妳幫我整理，都弄好了。那妳呢，平靜了嗎？」

畢雅似懂非懂，卻還是點點頭，離開了啟之間。她兀自出神，在樓梯向下的迴旋之間，差點撞上一個人。「日耀？」

他沒有立刻回應，畢雅想起他可能還在生氣。不過，他往上跑做什麼？啟之間的學習結束了，再說他現在應該忙著練習……除非他和她一樣，只是想找個地方躲開那些聲音。

他身體的姿勢非常緊繃，充滿防備。

「你還好嗎？」畢雅困惑地看他，「占卜掌還在啟之間。」

「我是來找妳的。」日耀低聲說，「最近謹慎點，不要再涉入那些事情。妳看到了，雷雨是個前例。」

畢雅直覺地聯想到那些議論聲，渾身不舒服。「雷雨是因為——」

「原因是什麼不重要，重點是她跟林木不是第一次這麼做，而現在她被趕走了，這是一種警告。」日耀焦躁地說。那代表的是，有人正在掌控局勢，告訴其他人不要輕舉妄動。

「我又沒有違背規則，而且你為什麼跟其他人一樣在背後說這些？」前幾天累積的不理解，讓畢雅脫口而出：「雷雨只是一個孤單的人，幹嘛對她那麼苛刻。」

我很苛刻，跟其他人一樣？畢雅是這樣想的？日耀被她罵得一時難以回話。在親眼目睹這種場面之後，多數人忙著劃清界線，數落那兩個人有多自作自受，她卻完全同情雷雨那一邊。「因為我人在這裡。人在這裡，就要有這種自覺。」

「她做出選擇，也承受了結果，就算再怎麼不聰明。」畢雅賭氣地說：「你放心，我又沒有打算要多管閒事。」

「沒什麼好不放心的。」日耀快步下樓，恨恨地想，為什麼她就是不願意看清局勢，還讓我覺得自己是錯的？

畢雅待在原地，保持面窗的姿勢，心裡空蕩蕩的。

歌之掌雷諾是什麼時候來的，她完全不知道。回頭時發現他站在身後，無聲無息，畢雅嚇得差點跌下階梯。剛才他都聽到了嗎，包含替雷雨說話的部分？那他會不會從她和日耀的對話中，聽出什麼端倪？畢雅渾身冷汗。

歌之掌壓低聲音問她：「我聽說，不久前妳問了占卜掌和舞之掌一些奇怪的問題，而且是不該擅自談論的。」

「我很抱歉。」畢雅止不住心虛，他為什麼問起這個？

「妳為什麼想問這些問題？」

「我只是好奇您們之前提過的故事……之前沒有機會。」連她自己都覺得這個理由太過牽強。

「那妳得到答案了嗎？」

「我也問過聖頌行使，他要我別多想，所以那個問題不重要了。」畢雅抿著唇，希望他的試探到此為止。

「如果還有什麼問題，或妳想到什麼，就來找我。」

畢雅意外地看著他，不解自己有什麼理由會需要去找他。她都說聖頌行使要她別多想了，歌之掌為什麼還那樣說？當時兩名執掌都斥責她不該妄加談論，日耀也這麼勸他，歌之掌卻反而像在鼓勵她違背指令。

「太陽剛升起的時候，我們會用魔法點燃歌舞制所的四根柱子，而我總是最早到的。從敞間通往頂樓的樓梯，在黎明以前，我會是第一個經過那裡的人。」

石心就是在那附近，撞見林木和雷雨擅用魔法的事——難道歌之掌早就知道了，卻不加以阻止？

13

距離秋祭典前一個月，啟之間的學習已經結束了，接下來，歌舞制所的重心只會放在表演者身上。

又要再等一年。畢雅覺得惆悵，儘管在這一年裡她已有長足的進步，卻還是不夠。究竟要做到多好，才能獲得晉升？她根本摸不到標準在哪裡。至於隔年能不能繼續保持這種好狀態，就連她自己也說不準。

但是，畢雅悶悶地想，或許我欠缺的不是爭取表現。她試著想像，如果自己來自三大島嶼，那裡孕育著眾多織謠者的血脈，順風到歌舞制所大約只需一天左右的船程，那麼她將會如何判斷，怎樣的人才適合這裡？這種事情，想通了只會讓人更不舒服。畢雅意識到，她所感受到的那種排斥，有多層意涵。不熟悉會帶來曲解。你要如何向一排金黃稻浪證明，蔓草也屬於大地？

啟之間的門來年依然會開啟，卻令人感到希望渺茫。

聆習都閒了下來，得以在工作之餘觀看練習。傳舞時節已過，而這一年的歌謠要等到秋祭典才會被唱誦，因此他們紛紛期待著，希望自己初次織謠的故事有機會被歌之掌雷諾選中，編入傳唱，畢雅卻不這麼想——儘管若言的故事情緒飽滿、魔法豐沛，卻有太多謎團，無論如何也無法被完整地唱出來。她很清楚，他們確實可以刪去一些細節，但那樣對於若言來說，故事就不同了。

她到舞地觀看練習，綠月在隊伍中間款款起舞，身段柔軟。另一邊，練習祭典舞的少年個個黝黑，日耀混在其中，就像麥田裡摻了一莖白草。看到他的身影，畢雅心情複雜，不知該不該為他高興。說來諷刺，日耀被調回歌場的直接原因，是因為雷雨被逐出歌舞制所，表演沒辦法一次空缺兩個位置。畢雅不曉得他本人對於這件事作何感想，但他把所有時間投入練習，沒日沒夜。既然歌之掌都能接受了，舞之掌當然也不會阻攔他回舞地，或許是好結果吧。

看起來他今天狀態不錯。休息時，畢雅看見有個織謠者拍了日耀的肩，在和他閒聊。她意外地發現，雖然不是每個人都待他親切，但基本上，他已融入許多。不久前，這些人明明還充滿敵意，對於他被刁難感到幸災樂禍的。

過了一會，日耀轉往歌場。歌之掌將參與合唱的人分成三排，依序遞給他們魔法，說明要做的事。

歌之掌的做法和舞之掌完全不同。畢雅第一次在敞間偷看綠月練舞時，她就已經將魔法融入舞蹈，歌之掌則是直到此刻，才允許他們把魔法帶進祭典唱曲。

日耀拿到的是螺旋貝，通體褐亮，布滿河豚般的細碎斑紋，讓人聯想到有毒的刺針。他融入其他織謠者的合音，整齊劃一，不分你我。然後，才是一個接一個獨唱。畢雅擠在場邊，仰著脖子。

魔法逐一被施放：先是風聲，再有鳥鳴，然後是風拂過田邊的麥穗，人群相擠的溫度，歡呼的聲音……整場表演帶著近乎嚴格的平衡之美，諧和飽滿，每一個人的聲音緊密與魔法貼合，場邊的人受到鼓舞，跟著時而欣喜，時而激動。

大浪。

日耀手中的魔法，越過眾多聲音、畫面、氣息，撲面而來……狂湧的浪，足以翻覆船隻，然後沒入深沉的黑。像是破壞。像是什麼生命也沒有。有一瞬間，畢雅緊張得難以呼吸。隨即，又有另一名織謠者施放魔法，讓陽光穿透黑暗，潮汐緩和地覆蓋下來。

整場表演中，其他人都操控和諧的部分，只有日耀的不是。*歌之掌為什麼安排這樣的魔法給他？*畢雅心裡微微不解，但那確實很強大。

難怪日耀獲得了接納，至少暫時如此。在多數時候，歌舞制所的人都看重實力。不知不覺間，畢雅站到最前排，變換隊形時，日耀朝這裡走過來。

看見畢雅的一剎那，他的表情變了，彷彿她是一根針。但他很快恢復平和，繼續歌唱。他向來擅長掩飾。

畢雅瞬間失去觀賞的心情，繞過人群出去。她一後退，其他人就往前推擠。

她遠遠回看，剛才的好位置已經被占走了，而誰也沒有對她的離開感到奇怪。織謠者就如同星群，追求恆久的明亮，年復一年，即使有人墜落，還是會有人繼續閃耀。

畢雅心神不寧，一個人躲到大斜坡下的空地。她沒有遵照歌舞制所的要求，讓自己平靜下來，反而放任憤怒和沮喪滋長。那種感覺像隻巨獸，張牙舞爪，像要把她從內部撕裂……淚水滑落她的臉龐。

*這就是人們常有的感覺？*她很確定，自己陷入了織謠者被教導應該避免的狀態，這樣很危險，她不應該耽溺。但是，她難以抑制地想：*在感受到這些之後，我怎麼還有辦法維持平靜？*

畢雅看著燈塔，那黑白相間的夢想之地，她企求屬於這裡，魔法……那曾害她被視為詛咒。

歌舞制所教導她運用這股力量，她以為可以在這裡找到接納，但她要怎麼做，才能證明自己屬於這裡？當她試著用秩序的角度審視自己，理解到多數人是怎麼看待她的以後……她應該遮掩哪些部分，以表現出更像他們的樣子？無形之中，她確實一直在這麼做，但現在她意識到，反而就做不到了。那是從根本否決她自己。

這麼做，和島嶼的偏見有什麼不同呢？畢雅諷刺地想：差別只是，他們想看到的是另一種樣子。

傍晚時分，她面無表情地進到食堂，走向自己的位子。聆習都在那裡，面前擺著一盤盤食物。

「妳跑去哪偷懶了？」同伴咕噥著說：「都不知道我們有多忙，剛才鍋子燒起來，都糊在一起了。」

畢雅想起之前那條被烤焦的魚，不久前也發生過。「收拾的時候，鍋子留給我刷吧。」

同伴瞪著她，不滿她一句話都不作解釋。窗外突然下起雨，潮溼的風挾帶著落葉吹進來。

「奇怪，怎麼突然下大雨？討厭死了，這樣明天就不能去看練習了。」

「這幾年都是這樣，雨越下越多。」畢雅淡淡地說。

「有嗎？」

假如你們在對魔法著迷之餘，偶爾也關注一下木刻就會發現了。她心想，把魚夾進碗裡，埋頭扒飯。

「至少我很確定，去年這時候，風沒這麼大吧？秋祭典過後才是大風季耶。」

一片沾著泥水的葉子掉到畢雅腳邊，她撿起來，從窗口丟出去，讓它再次回歸塵土。就這一年來說，氣候確實太不穩定了。希望目行嶼的生計不會受影響。畢雅心想：真是奇怪，我最近為什麼老想到他們？

他們以為雨很快會過去，但接連幾天，風暴越刮越大，驟雨狂瀉……要不是歌舞制所的燈塔以魔法建成，簡直讓人擔心屋頂會被掀走。所有人被迫待在建築裡，窗外一片陰慘，無法視物。這個季節不該有這麼多風暴，畢雅心想。每天晚上，她都注意到執掌們一臉嚴肅地交談。

三天後，雨勢稍小一點，他們走出大門，見到的是滿地落葉，髒汙積水，這發生在秋祭典前夕相當觸霉頭。打掃時，卻沒有聆習敢抱怨，因為三名執掌就在不遠處，迫切地商量著什麼，看起來意見不一致，偶爾有人抬高音量。所有人都豎起耳朵在聽。他們提到了魔法屏障，畢雅還依稀聽見「風暴」、「落水」、「恐慌」等字眼。

又過了一會，舞之掌提著裙擺到門前，對眾人說：「島嶼需要你們，所有能運用魔法的都跟我來。」

聖頌行使站在岸邊，眺望風環帶諸嶼，一身長袍融入細沙之中。浪潮在他腳下，不規則地湧動。舞之掌站在他身後，占卜掌和歌之掌在更遠一點的地方，三人都愁眉不展，等待他下達最後的指令。

風太過暴躁，連林投樹上的巨大毬果都跟著晃動。聖頌行使轉過身來：「讓他們都去吧。」

「這裡所有人嗎，包含聆習？」占卜掌憂慮地問，「他們一向不離開歌舞制所。」

「會魔法的都去。越是這種時刻，越需要這麼做。」

畢雅立刻會意他說的「這種時刻」指的是什麼——僭技還流落在外，現在最不能發生的，就是放任人們的信念受到動搖。

「他們的技藝還不純熟。」歌之掌臉色鐵青。

「目的不在魔法，而是安撫。需要有人告訴島嶼的人，這一切會被修復。」

執掌們沒有再說什麼，顯然不得不同意。隨即，聖頌行使看向占卜掌：「關於這陣風，你怎麼看？」

「在這季節發生的暴風，從沒這麼嚴重過。」

「是這幾年內最嚴重的一次？」舞之掌問。

占卜掌吸了口氣：「應該說前所未有。現在聽起來，各地災害都比想像中嚴重，有人被吹落海裡，有父母此刻仍守在海邊，等他們的孩子被沖回來，還有更多人躲在殘破的屋子裡，不敢出門……你們知道這有多嚴重。」

尤其在這種時候，畢雅心裡喃喃自語。

憂慮出現在舞之掌美麗的臉龐上，旋即一閃而逝，「有我們在，會讓一切回到掌控之中。」

「必須如此。」聖頌行使皺眉說，「經過了百年，再堅固的頑石也會鬆動。陡峭的山壁，難免有碎石滾落。歌舞制所永遠會面臨挑戰，如果我們不想辦法維持，變化就會到來。」

他的意思是在說，守護島嶼的魔法屏障變得脆弱了嗎？是因為這樣，才會有暴風襲擊？這個念頭讓畢雅不舒服。

聖頌行使下達指令：「雷諾，你去落島，讓那裡的人知道，歌舞制所有多看重他們。石茉莉前往叢島，山靄則是觀汐島。你們三位都去挑選適合一起去的人，織謠者優先，穩住那三座島嶼。至於目行嶼和碎嶼，由年長者帶領。」

「往東邊兩座島嶼的人，記得避開危險的海流，那附近的浪現在很不穩定。」占卜掌提醒，「不要逞強，如果遇到無法處理的事，就立刻回到歌舞制所。」

畢雅為家鄉感到憂慮，她希望人們都沒事。

聖頌行使又對眾人說：「你們每一個人都代表歌舞制所。把平靜帶往島嶼，帶給人們信念——你們做得到嗎？」

他們齊聲答是，每個人都站得更挺了一點，帶著一股前所未有的緊繃感，擔憂、躁動、不安，以及興奮。接下來，在風環帶諸嶼的居民眼中，他們將不只是自己，而會成為整座歌舞制所的化身。就和故事述說的一樣，畢雅心想：織謠者越過歌舞制所，把眼光看向島嶼。

「把魔法發給每一個人。」

石心提著大籃子上來，裡面塞滿貝殼。

「聖頌行使，您會待在歌舞制所吧？」占卜掌不放心地問。

「我很想跟你們一同前往——」

「居民會爭先恐後，讓您無法離開，或許還會責怪歌舞制所沒有及時保護他們。」占卜掌難得打斷他，「讓我們去就好，您沒有辦法逐一應付每一個人。」

「我必須待在這裡，但理由不是因為那樣。」聖頌行使看向燈塔，「在你們還沒回來的時候，明早還是會有一根柱子亮起魔法之光。歌舞制所恆久明亮。」

「我們會盡快回來。」舞之掌說。

「還是慢慢來吧，織謠者當愛護自己的身體。」

畢雅很清楚，聖頌行使非得留下的真正原因是歌舞制所需要有人鎮守，而且必須是力量最強大的那個人。另外，假如他們之前的猜測沒錯，聖頌行使無法完全信任三位執掌的話，此刻恐怕也只能依靠自己……但即便是這樣，只靠他一個人守著，是不是太勉強了？

歌之掌率先開始點人，叫上了出色的織謠者們。舞之掌附在他耳邊建議，隨後他也對來自日家、石家的人招手，甚至包括聆習。日耀在他的指示下過去了，表情極不情願。

他要帶他們去落島，利用這兩個家族在當地的影響力。畢雅會意。

舞之掌接著把雷家的人，還有善於舞蹈的織謠者都帶走了，因此綠月也跟上她的腳步，前往叢島。儘管石姓是落島的第二大姓，舞之掌對於自己要被派往叢島卻沒有任何異議。

剩下的織謠者則由占卜掌帶領，前往觀汐島。他們得越過海岸和大片草地才會遇到居民，但那裡地大人少，理應不會有太大的問題。

最後，幾名年長的織謠者站了出來，準備帶聆習去剩餘的兩座小島。畢雅正要跟去，聖頌行使忽然叫住她：「孩子，妳晚點出發。」

❦

前往小島的船，在勁風吹拂下搖搖晃晃的，船頭和船身兩側的三隻綠眼睛也隨著大浪推擠，時而露出，時而隱沒，彷彿半閉著眼。可以想像這趟航行一定很不舒適，然而船夫並不退縮，使勁搖櫓，用他們的意志把歌舞制所的人送到各個島嶼。只剩下一艘船還沒出發，停在沙地上。

在聖頌行使身上，有股特殊的氣質，讓人難以定義年輕或老邁，他臉上偶然露出的紋路，也是智慧的痕跡，而不是滄桑衰敗。畢雅看著他的背影，感覺他要說的不會是什麼輕鬆的話。

直到船消失在海面上，他才喃喃開口：「三位執掌都去了最大的島嶼，這麼做對嗎，孩子，妳怎麼看？」

畢雅瞪大眼睛，不知做何反應。剛才聖頌行使也徵詢占卜掌的意見，以前他並不會這麼做。她本想回答自己並不曉得，話到嘴邊卻突然改口：「我不能議論，聖頌行使。」

聖頌行使轉頭看她，帶有讚許，隨即他露出了苦笑。

我在用歌舞制所的準則想事情，畢雅面無表情地想，察覺到這點以後，就會懂很多事，像獲得一雙新的眼睛。

「不論對或不對，都只能這樣安排，」聖頌行使自言自語，「穩住那幾個地方，就是穩住風的流向。」

畢雅靜默等待。有一剎那，她發現聖頌行使的老態——他也有如此平凡的一面，不確定自己的決斷是否正確。但歌舞制所一直都是這麼依賴他。

「歌舞制所，是整個風環帶的起點。」聖頌行使露出苦笑，「原地待命——啊，身為聖頌行使最大的不痛快就是，不論多麼難耐，都必須維持職責。」

「聖頌行使，您不只是待著而已。」畢雅由衷地說，「您一直在守護歌舞制所，島嶼的人也會明白這點。」

聖頌行使看著她，微微動容。「孩子，我現在要拜託妳一件事。」他攤開左手掌，一枚小小的東西停在他手心，被藤草細密地包裹著。

畢雅眨眨眼，聖頌行使隨即握拳，修長的指節再次覆蓋住它。

「這是上次那枚貝殼，它正在躁動。黑暗不會單獨存在，我擔心這次的風暴，會把其他類似的東西帶上來。」
僭技？畢雅冒出冷汗。
「不久前我特地去確認過，觀汐島已沒有不該存在的東西，但它們可能流向了別處。本來，我想等秋祭典後，親自去每一座島嶼看看，但這次暴風把更多海中之物沖上岸，恐怕不能再等下去了。」他緩了緩，「如妳所見，我得鎮守在歌舞制所。需要有個人代替我，先一步去把威脅找出來，帶回這裡。」
畢雅很想後退，感覺聲音哽在喉頭。「要怎麼做？」
「魔法招致魔法。帶著這個，去島嶼巡視，如果真有其他黑暗在附近，一定會互有感應。」
「但我的魔法還不成熟——」
「孩子，妳認為施展魔法是我們唯一的力量嗎？」聖頌行使反問她，眼神堅定。「僭技的可怕之處，在於接觸到的人也容易受汙染，但妳——已經證明過自己能抵禦它，這是種天分。一片陰雲能遮蓋多廣，取決於與它相對的光明。」
畢雅咬著唇，試圖嚥下緊張的感覺。她一直想做出貢獻，證明自己是個織謠者，證明自己屬於這裡。她一直被動地等待機會，現在它就在眼前，但她有這個能力嗎？
「但我怎麼有辦法和那種東西對抗？」
「別想著和它對抗。」聖頌行使嚴肅地說，「妳要做的是找到它，用藤草封好，帶回這裡。和僭技對抗，銷毀它——那是我的責任。記住我說的，絕對不要獨自對抗它。」
畢雅想起「怪婆婆」的樣子，她是因為和僭技對抗才發瘋的，這讓她非常恐懼。「但您不讓執掌去嗎？」

聖頌行使沉默半晌，「他們還要幾天才能趕回來，恐怕我們等不了那麼久。」

聖頌行使的反應讓畢雅更加確定，有些話是他不便直說的。他果然無法全然信任三名執掌。

「我——」

「孩子，妳有考慮清楚嗎？我必須坦白說，若非島嶼空前的脆弱，禁不起一點動搖，我絕不會讓妳去冒險。」

「聖頌行使，我會竭盡所能。」

聖頌行使看她的眼神，充滿尊敬。他是以看待一名織謠者的眼光在看她。「我現在比較擔心的是碎嶼那邊。」

「碎嶼？」

「但願是我多慮。占卜掌告訴我，暴風開始後，海流不斷湧上來。」他雙眉緊蹙，「僭技會鑽入人心的縫隙，黑暗正在躁動，不知道那些浪會流向哪裡？」

畢雅臉色慘白：「當初撿到那枚貝殼的，就是碎嶼人。」

14

為了避開危險的浪，載送畢雅的船特地繞路，從南面靠岸，導致又多花了半天路程。島嶼不是過去的樣子了——儘管占卜掌說過風暴帶來嚴重的破壞，卻要等到實際踏上碎嶼，她才發現情況有多糟。

受到風雨侵襲，許多不穩定的石塊直接崩落，掉入海中，黑石圍繞的部分出現缺角，大地淹水，好幾棵樹木被攔腰折斷。暴風已經過去，但風候仍過於強勁，雨下個不停，人們忙著把水從屋子裡舀出來，到處都有哭鬧的孩子，大人卻已無暇安撫他們。

畢雅只在小時候，遠遠望見碎嶼，印象早已斑駁。她看著怵目驚心的斷木，想著它本來應該是什麼樣子？有些居民因為她穿著歌舞制所的服飾（儘管已經髒得不忍卒睹）而多看了幾眼，卻沒有靠過來，甚至沒和她打招呼。

畢雅攔住一個忙碌的居民，還沒開口，那人就搖手說：「等我們整理完這一切，再來談安撫吧。織謠者，這幾天你們說得夠多了，現在魔法幫不了我們。」

她覺得很難過，因為對方說得並沒有錯。「其他織謠者都在哪裡？」

「不知道，去休息了吧。真抱歉，現在誰家裡都沒辦法好好接待你們。」

「是我們該感到抱歉，」畢雅說，「願平靜到來。」

「願平靜到來。」那人重複這句話，隨即離開。

畢雅往前走，沿途又攔下幾個匆忙的人。「請問，這幾天海邊有沒有發生什麼怪事？」她原以為這樣問會比較快得到答案，人們卻用驚恐的表情回應她。

長久以來，人們迎向風和海，島嶼的屋瓦是用海中石頭所建，如今卻害怕海浪。畢雅難過地看著居民們逃竄的身影，忽然發現，他們的動作慢了下來，專注地看向某個點。

年長織謠者站在前方，喃喃安撫人們。在他的帶領下，聆習們施放魔法：秋收稻穀的香氣飄來，還有熱騰騰的米飯……人們陶醉在這陣歡欣之中，儘管魔法的效力不及平時持久，至少稍微平靜。這畫面讓畢雅也跟著放鬆，她靠了過去，卻發現同伴看起來都疲憊不堪。

「我們來了，一切都會恢復的。」年長者沙啞地高喊。

居民們只是聆聽。有人忍不住高聲問：「有你們在，怎麼還會發生這種事？魔法不再保護我們了嗎？」

「在我們說話的此刻，魔法依然眷顧島嶼。」年長者平穩地說，畢雅看見他額角豆大的汗珠滾落。

不巧的是，一名聆習在這時體力不支，雙腳發軟。畢雅眼明手快地伸手去扶。

「謝謝。」對方尷尬地說。

畢雅回頭，發現居民眼中流露更多的不信任。他們又回頭去舀水了。

幾個居民在泥濘地上豎起大石，這是民間的土法，當風力過於強勁時，他們便會在風口放一顆大石，希望它能鎮壓暴風。石頭本身當然不具有魔法，這只是在尋求寄託。不論用什麼方法，只要人心的暴風能夠平息就好。

年長者對著這一幕嘆氣，「需要時間，時間會修復一切……他們太害怕了。」他指示剛才那名聆習去休息，「畢雅，妳來填補位置。」

畢雅看得出來這邊的狀況有多棘手，但這不是她此行的目的。問題必須從根本解決，否則人們的恐懼不會減退。「我晚點再加入你們。」她冷靜地說，「你們有沒有聽居民說，碎嶼哪邊的海最不平靜？」

「妳不跟著我們安撫居民，跑去海邊做什麼？」同伴不滿地問。

經驗老到的織謠者看著畢雅，為她指了方向。「這裡也需要人手，早點回來幫忙。」

前面的路段積水較淺，畢雅提起裙襬，不顧是否有損端莊，拔腿奔跑。有幾段路，她差點被碎石殘枝絆倒，卻沒有停下，直到跑得渾身大汗，頭髮溼答答地黏在臉上。

東北岸的黑石幾乎都被沖落，臨海相接之處，現在空蕩蕩的，更加缺乏遮蔽，海水灌上來時，挾帶著樹枝和雜質。這邊的浪完全無法預測，越堆越高，就算等會沖來一具屍體也不奇怪。

畢雅放聲歌唱，試圖蓋過呼嘯的風聲，但這一點用也沒有，她還是怕得全身發抖，感覺自己妄想用稀薄的風控制海流，或把一滴水倒進大海，試圖改變流向。腳邊剛好一片偌大的葉子被捲走，隨即被浪推擠到遠處，越沖越遠。

她做不到的。浪這麼大，假如真有黑暗存在，那她也一定會先被吞噬，聖頌行使絕對是高估她了……若言，她和她的家人都沒事嗎？葉子在海中浮浮沉沉，繞圈打轉。畢雅煩亂地想，如果我什麼也不做，放任黑暗滋長，那女孩可能會有危險。

葉片打轉的範圍好大，海流都被捲過去。髒汙的灰白泡沫從邊緣冒出來，像灰藍的布被劃開一道裂口，流失，深陷……那裡有個漩渦。

畢雅深吸口氣，往前跨出一步，不知不覺半個身子已經泡進海裡。她直視前方，走得很慢，每一步都踩在沙土上。不相干地，她想起自己七歲進到歌舞制所時，懷著緊張與期待，但其他島嶼的孩子一聽到她的來歷，便對她失去興趣。當晚，有個孩子在偷偷哭泣，吵得她睡不著，她便溜出房門，盯著四根廊柱的熠熠金光。儘管到了夜裡，魔法稀薄，光芒已趨黯淡，那畫面對她來說卻像太陽一樣。

大風吹來，畢雅握緊聖頌行使交給她的禁忌貝殼，觸碰到裹在外圍的藤草。她小心地觀察，周圍是否有類似氣息……

那時候，她在歌舞制所的第一個晚上，一名織謠者出來告誡她，不能在夜裡離開房間，要遵守作息，因為織謠者當寶愛自己的身體。她開始勤奮學習，遵守規矩，習慣平靜——那是最難的部分，每當她孤獨想哭，便會照著他們教導的：想像織謠者的身姿，在心裡重複他們斥責的聲音，讓那些聲音成為自己的一部分。相比於其他人，她花了更多力氣去揣摩，該怎麼讓自己看起來不那麼像個野孩子，讓人一眼就聯想到她的出生地。

這都是為了等待被試煉的機會，現在它就在眼前。

畢雅大著膽子往前，突然一股無形的力量將她往下拽。她鼻腔嗆水，陣陣耳鳴，想抓緊什麼卻只抓破粗糙的藤草，浪迅速將她推向那道漩渦。畢雅掙扎著，往反方向游，又連續嗆了好幾口水，劇咳之下，繃緊的力道一放掉，海流瞬間把她往下壓。

滅頂之前，眼前全是灰藍色的。寂靜無聲，黑暗覆蓋下來。

大海像是有個破洞，張開大口，吞吃眼前所有東西。畢雅的身體越來越重，和其他雜質一起沉沒，又被浪往外帶。她用力踢水，短暫地浮上去，吸進一大口氣，又往下沉。反覆幾次之後，她越來越無法掌控自己的身體，意識變得稀薄……忽然一隻手抓住了她。

「不要掙扎。放鬆。」

死亡的恐懼太過強烈，畢雅無法控制，一抓到東西就奮力亂揮亂踢，害對方跟著嗆了幾口水。那個人壓制不住，竟然抽手，讓她一個人往下沉。

畢雅眼前灰濛濛的，失去力氣。這時對方才再次靠過來，將她往外拖。

「妳好重，稍微動一下。」

她睜開眼睛，看見若言拖著她，費力離開這一區的海流。但她每往回游出一段，海浪就又把她們給推遠——竟然被沖到了這麼遠的地方！在若言的指令下，畢雅配合地用僅存的力氣踢水，若言給了她一個有力的回握，然後繼續游。

*我還想來救人，結果被救的反而是我！*畢雅自嘲地想。她的身體虛飄無力，覺得有那裡不對勁……她想起一件可怕的事。

「貝殼不見了！」

畢雅慌忙要回頭，被若言一把扯住：「當地人都不會在海流不穩的時候過來，再過去我可救不了妳。」

「妳回去，找織謠者過來——」畢雅劇烈咳嗽，比生命威脅更大的恐懼縈繞著她，「僭——禁忌的貝殼掉進海裡了，我不能就這樣離開。」

「我上次撿到的那種鬼東西？」若言睜大眼睛，不想去回想，那一定是個災禍。「現在沒辦法回去，海流說變就變，妳根本不知道被沖去哪——」

忽然好冷。像是烏雲，從海中圍攏過來，她們兩個人都被籠罩在陰影之下。

海水劇烈搖盪，又是那股動彈不得的感受，體內的血彷彿都冷卻了。

「水鬼……」若言驚恐地說。

畢雅感覺到的完全不只這樣——她先聽見強烈的嗡鳴，彷彿無數溺死在海中的幽魂，發出淒厲的尖叫。包圍住她們的黑暗像個大窟窿，從裡面伸出黑漆漆的觸手，纏向若言脖子。畢雅強迫自己動起來，拍開纏著若言頸部的東西。

漆黑的觸手從若言身上抽走，轉而捆住她，像墨汁一樣噴灑，有些黑線直接鑽進她身體裡。畢雅放聲尖叫。

溫度傳來，是若言握住她的手心……她渾身顫抖，但很溫暖。畢雅聽見有個聲音，像被堵塞一樣，在水中發出咕嚕聲。「拉住我。」畢雅虛弱地說，感覺到若言握住她的手加大了力道。她不去管那些噁心的觸手，伸長手臂，想像自己正在下潛，潛進那片陰影之中——

靜下來了。

她甚至感覺不到若言。只有她一個人，去到另一個地方。

畢雅從水裡撈起那枚紫貝。厚重的藤草都剝落了，黑暗正從裡面溢出來，像灼燙的火焰。她極力壓抑想拋開它的衝動，觀察周圍是否有類似氣息。

在更底部，或許是海底深處，還有其他黑暗存在，但絕對搆不到，浪正在把它們推遠。畢雅當機立斷，準備浮上去，卻又被困住了。那些觸手像漂流的水草，又變回黑暗捆住她。

ﾐ

畢雅站在歌舞制所的門前，回望綿長的白色圍牆。無風無雨，海岸邊的船都離開了，她不記得自己是怎麼逃生，又是哪一艘船送她回來的。

她觸碰到門把，漆金光澤卻立刻斑駁、剝落，變得漆黑……畢雅驚恐地鑽進門裡，順著樓梯往上跑。

現在，她面對著啟之間。同伴有說有笑地從她身邊經過。

「這裡有危險！」她高喊，卻沒有人停下來，有些人甚至巧妙地繞開，像根本沒看見她。

畢雅愣愣地呆站著。和她差不多年紀的聆習也都進去了，一個接著一個。有人輕拍她的肩。畢雅回頭，看見日耀對她笑了一下。但他隨即也繞過她，自己進去了。

只有她還在原地。

聖頌行使的聲音從啟之間傳來，如風吹過樹林。有人把貝殼弄壞了，魔法碎掉的聲音很刺耳。

「聖頌行使！」畢雅用力拍打啟之間的門。

「妳打擾到他們了，這裡只對有天分的人敞開，」石心出現在身後，用唇形對她說：「有些人，永遠不夠格。」

好吵。好冷。畢雅的憤恨被激起，想拆掉眼前這扇薄薄的，卻又無比堅實的門。她覺得身體像在燃燒。

「你們沒資格評論我，」畢雅尖聲打斷她，「是魔法選擇了我！」積壓多年的話自動湧出她的喉嚨，化作嘶聲——那不只是她的聲音，有無數人的聲音通過她的嘴巴在說話。畢雅動不了，腳下的影子順著她的腿、腰與手臂往上爬，伸長觸手攀向那扇門——

通過她，僭技即將進入歌舞制所。

那些觸手持續亂竄，刺激著她，想把她不曾對任何人說過的陰暗念頭勾挖出來，要求宣洩、釋放。她在心裡咒罵島嶼、歌舞制所，她甚至埋怨綠月的過度天真，就連日耀也無法理解她——他用他們的方式要求我！畢雅試圖抵抗，但那股力量更狂暴，毫不在意會把她扯得四分五裂，她無法壓制，覺得自己就要瘋掉。

同時她卻感覺到，體內另一股未曾覺察的力量湧現出來，新鮮生猛，不像是屬於織謠者的。畢雅感覺著那帶有韻律、震動著的力量，一遍遍在心裡說：魔法在島嶼，界線在心裡。黑暗不能逾越魔法，或我心裡的屏障。她自己的聲音。每說一遍，陰暗就縮回去一點。

空氣振動，門前有一根薄薄的絲線，陰影附上了那條線。畢雅拉扯，把絲線勾向自己這一側，截斷那條線與門的連接。

僭技摩擦過她指尖，像火焰燒蝕。劇烈的疼痛被釋放，足以摧毀一切。

≈

黑色觸手鬆脫開來，空氣變得稀薄。畢雅抱住半昏迷的若言，浮出海面。她手裡還握著那枚紫貝，卻可以感覺到，裡頭已經空了。強烈的魔法在空氣中震盪，搖晃水面，將她們往岸邊推送。

我觸碰到了僭技！

它有足以改變海流的力量，像一隻甦醒的巨獸。畢雅抖得牙關打顫，她從傳說中拼湊出一些可能，知道僭技會腐蝕人心、誘發災難，但是——它在呼喚我的手！她心頭發冷，聖頌行使說過，這股力量也會汙染接觸到它的人。她不知道自己做了什麼，本來往東的大浪，現在轉向往岸邊流去，而且推擠得更高，即將席捲島嶼。

「停下來。」畢雅絕望地說，但黑暗不聽她指揮。

忽然，從島嶼上方，強光一閃而過。畢雅本能地遮住眼睛，慢慢地，她的眼睛適應了現況。

天邊有道裂口，魔法正從那裡湧現出來，壓制僭技，兩股力量互相較勁。是魔法屏障，魔法在以自己的意志阻擋它！她可以感覺到，不祥的氣息開始稀薄。

畢雅的手隱隱作痛。散發陰黑氣息之物就在海底下，她忽然有股衝動，想再潛進陰影裡一次，她知道自己能找到它，那陣號哭聲……力量在召喚她，她只要一碰就可觸及。

但她控制住了。

海面上，薄薄的霧氣消散，流向逐漸平穩。天空變成豔麗的紫紅色，陽光瞬間露臉。

黑暗消散了，或者只是暫時離開？畢雅近乎虛脫。

「剛才那是什麼？」若言的聲音聽起來像要再次昏倒，「我就說，扯到魔法總沒好事。」

若言的袖口破破爛爛，露出光裸的手臂，身上沾滿風沙和鹽粒，帶著汗水的黏膩。畢雅自己也是。

像是說好了一樣，她們在岸邊柔軟的沙地躺下，睡著了。

風雨過去後，滿地都是大片落葉，若言蹲在地上，觸摸溫暖的沙地。畢雅則是一直看著不遠處，碎嶼的人們正朝著歌舞制所的方向，攜手敬拜。魔法原本距離他們的生活那麼遙遠，但現在他們很崇敬。人們不明就理，只知道織謠者來到這裡以後，天空出現了奇異的光芒，隨後風雨都平息了。這是相當溫暖的畫面，但畢雅心亂如麻。

「妳說他們派妳來防止危險，結果妳讓自己被海水捲走？」若言的一句話把她拉回現實。

「我力量不夠。」她心不在焉地說。

「妳一個人要怎麼阻止？為什麼妳會走進海裡，帶著那種東西？」

畢雅沒有回答，她當然不能透露歌舞制所要她做的事，何況——我沒有做好。她喉嚨一緊。

若言看向歡呼的人們，隨即又轉回來，遠方海水還在搖晃。「這些對妳來說是什麼，魔法，還有聖域？」

畢雅的手滑過沙地，她現在最不需要的就是去想複雜的問題。「我摸得到，它們也回應我。」她疲憊地說：「我們安全了，妳怎麼那副表情？」

「妳不覺得奇怪嗎？」

「魔法讓人捉摸不透，但至少恢復了。」

「我說的不是魔法，是這整件事，妳都不覺得有問題嗎？派妳去做一件超出能力的事。」

儘管她說的是事實，畢雅的自尊還是被刺痛。「這有危險，一開始我就知道了。」

「妳知道拾貝人的水性很好，在我學游泳的時候，叔叔找了一座島，把我丟在那裡，周圍都是暗礁。他也告訴過我很危險，後來我還真的溺水了。醒來的時候就躺在岸邊，叔叔坐在一旁，升了一堆火。」

「妳想說什麼？」畢雅不耐。

「我說的是妳那奇怪的考驗。這種程度，已經不叫冒險了！」

「妳又不知道歌舞制所的狀況，所有能掌控魔法的人都被派往島嶼。聖頌行使本想自己過來，卻抽不開身。」

「所有織謠者都被派去做那麼危險的事嗎？妳說過，妳還沒有合格。」

畢雅再次被刺痛，或許聖頌行使真的選錯了人。她想起那個幻覺，僭技試圖誘惑她，想通過她，進入歌舞制所。雖然沒有成功，但她回應了那股力量，這會讓黑暗壯大嗎？她不敢再想下去，「我得回去了。」

「就這樣？」

畢雅大步往回，若言只得跟上，垮著臉，遠遠落在她身後。沿路遇到的每一個人看見畢雅，都對她高呼「織謠者」。其他織謠者都已經離開了，居民熱心地指點她往哪裡走可以更快搭到船。若言被晾在一旁，臉色十分難看，一路上都沒有說話。到海岸邊時，她終於忍不住說：「沒有恢復。」

「剛剛一路過來，人們都已經平靜下來了。」畢雅歸心似箭，看著向她招手的船夫，只想趕快登船。

「那只是看起來，只要島嶼還沒真正恢復，就不可能有平靜。碎嶼是小地方，經歷這種破壞，要非常、非常久才會修復。」

「橋梁——聖頌行使會請島嶼的塔姆去聯繫每一座島嶼，儘管作物和漁獲有損耗，不會有人挨餓。只要時間夠久，一定會恢復的。」

「靠的是島嶼自己的力量，別說的像是你們的功勞！就算沒被命令，島嶼的塔姆也知道該怎麼做。」

「妳是怎麼了？遇上災害會不安，這我可以理解，為什麼要把氣出在我們身上？」

「因為你們實際上什麼也沒做，只是帶了幾個魔法來，自以為安撫人們，然後就這樣離開。」若言的緊繃一觸即發：「妳就那樣子過去，如果不是我聽說有個織謠者往危險的海域跑，妳差點死在海上耶！而且就算我不懂魔法，妳最後做的是怎麼回事？」

畢雅僵硬地愣住。若言在害怕的是她。

「是你們召來——水鬼？」

畢雅本來就亂糟糟的，若言的質問更是完全刺痛了她，像在提醒她犯的錯有多糟糕，不僅沒解決問題，還動搖人們的信念。

恐懼會助長黑暗。

「就算再害怕，也不要說這種話！我們為島嶼而來，所有織謠者、包含聆習都是。」她強忍住淚水。

「你們說過會把它銷毀，結果呢？把那種東西帶到島嶼，隨隨便便——」

畢雅打斷她：「夠了！不要說這種對魔法不敬的話。」

「我以為妳和其他織謠者不一樣，還以為妳可以稍微從島嶼的角度想事情。」若言冷冷看著她，「我為什麼會這樣以為？哦，也許是因為，妳說妳還不是織謠者。」

「我才是，竟然相信妳的話，以為妳父親的事有什麼隱情。」畢雅撂下這句話，一個人上了船，轉身眼淚便掉了下來。

若言呆在原地，暗罵自己愚蠢，竟然會對畢雅有所期待，還以為她們之間可以互相理解。不管怎麼說，她就是另一邊的人！身分決定一個人的眼光，包括相信什麼、不想看見什麼。她不過是架上眾多貝殼之中的一枚，被擺出來示人。當他們為善，她便用身體照映流麗的光澤；當他們行惡，她也會自動隱去原本的模樣。成為其中之一。與她所屬的群體無異。

欠風搧的，若言無聲地咒罵，她到底在說什麼？我爸的事有什麼隱情？

15

幾天前，歌之掌帶著一眾人前往落島，安撫居民。

不論距離島嶼多遙遠，到處都有家的氣息，那怕整年躲在燈塔裡也一樣。抵達聚落時，日耀打量著毗連而立的硓咕石厝——有幾間空屋住了人，紅磚也換過，看起來更新了一點，卻還是熟悉得令人厭煩。即使這次，他是為歌舞制所而來，對家族裡的人而言，意義依然在於回家。

他想轉頭就走，卻必須遵照吩咐去和親戚們會面，說服他們協助。這明明不需要花多大力氣，只是走個儀式，顯示出歌舞制所對他們的看重。日耀心想，就為了這個，他們寧願在這裡浪費時間。

歌之掌雷諾在外面等待，看起來心情也很惡劣。日耀又掙扎了一下，跟上其他同伴的腳步。

他坐在大廳，摸著雕花扶手，想趕快離開這張椅子——就算是被趕去門口，或是在路上被憤怒的居民包圍，都比枯坐在這裡來得好。重要的親戚長輩終於到齊了，但他們無視被派回來的織謠者和聆習，只是飛快討論著，交換對這次災情的意見，彷彿在進行一場茶聚。

「風暴來得不尋常。季節不對，而且太強大了。」

「今年和去年一樣，是豐收之年，但雨實在太多了，這才是奇怪的地方。」

日耀感覺自己所剩無幾的耐心到了極限，現在應該趕快去做正事，他敢說石家的人已經出發了，而他們卻寧願乾坐在這，繞著同樣話題轉了又轉，說話方式也像在刻意繞開一個風暴似的。他估量著，有什麼方法能讓他們盡快結束廢話？

「我實在忍不住去想，這實在是太像了。」

叔公的話沒說完，氣氛變了。日耀稍微有點反應，他從小就反覆聽說家族裡織謠者的各種事蹟，這些長輩總是沾沾自喜地說著，像在炫耀光榮的疤，唯獨叔公說起祖父輩的事情時，總會臉色嚴峻，讓氣氛變得很詭異。他知道聖頌行使在啟之間述說的——織謠者為了拯救島嶼，不惜犧牲——和這故事是同一個，也知道那個威脅其實就是僭技，但故事始終拼湊不完整。既然落島的人因而尊敬我們，他們幹嘛老用這種臉色，要說不說的？日耀不耐地想。

有人小心翼翼地說：「也許就只是像而已。魔法屏障，長久以來都沒有鬆動。」

「因為有聖頌行使在支撐，但也許有漏網之魚。」

「如果屏障出了問題，歌舞制所會先發現。」

「但是，這季節的風暴怎麼看都不該這麼嚴重，除非那是流散的黑暗……」

「到底是什麼？」日耀忍不住開口，他本來打算從頭到尾都不要說話的。「你們為什麼覺得這和僭技有關？」

親戚們意外地看著他，好像第一次發現，這個孩子原來也會表達意見。聽見他直呼黑暗之名時，所有人倒抽一口氣，就連那幾個和他一起被派回來的人也是。

我記得這種反應。日耀忽然意識到，自己每次在聽到黑暗時，身體跟著緊繃的原因。我們對於這個黑暗，還有對這件事的反應，比起來自其他地方的織謠者要劇烈得多，為什麼？想通這件事，讓他升起一股反抗之心——他觀察到，而且他不再是孩子了。

叔公的眼神在他身上逡巡，「你太久沒回來了，說話要有規矩。」

「這裡的規矩，還是歌舞制所的規矩？我們這次回來是為了哪邊？」日耀反問，決定把被派回來的人一起拖下水。

眾人面面相覷，知道此時加入回應會被視為挑戰權威。但日耀發現，他們當中有人帶著好奇的表情，在等他接下來會說什麼。*原來想知道的不只我一個，他們只是不敢開口。*他心想，冷靜補上一句：「避而不談不會解決問題。」

「這句話聽起來倒像織謠者的樣子。」叔公說，「怎麼年長的還沒說話，年紀小的卻先開口了？」

*他在提醒我身分，*日耀冷冷地想。「因為黑暗不會等待，災難也不挑年紀。這幾天有多少父母在海岸邊，等著孩子被沖回來。」

他們沉默。最後，叔公說：「時間過得真快。」

這句話聽起來就像在說「你長大了」，他懶得去理會那意思比較接近奚落或諷刺。

「不過，孩子，有件事你說錯了。歌舞制所和我們家族，是分不開的。」

大伯觀察著叔公的表情，發號施令：「聆習都先出去。」

日耀揚起一邊眉毛。

「發問的人可以留下。」叔公說。

其他聆習還沒來得及抗議，二伯便上前驅趕他們：「沒規矩，這裡不需要那麼多好奇的耳朵。」

他們頗不服氣，最後也只能不情願地出去。二伯回來時，眼睛直盯著日耀，又說了一次：「沒規矩。」

叔公哼了聲，不置可否，卻帶有一絲縱容的意味。他逕自把話說下去：「經歷過這件事的人大多不在了，但你們以後也可能會知道。那樣的黑暗，帶給人們絕望，讓我們害怕的化為真實，海水淹沒島嶼，大地動搖……我的祖父輩擋在人們前面，為了島嶼犧牲，所以落島的人尊敬我們。」他舔了舔乾澀的嘴唇，「我們說好不再提起，是因為那會動搖到我們自己的信念，還有，人們對我們的信念。」

叔公說的顛三倒四。日耀正在心裡嘀咕，有個織謠者便代他說出了想法：「如果我們的祖先救了落島的人，提起這件事怎麼會動搖人們的信念？」

「因為他們不理解全貌，如果他們知道——」叔公搖頭，「僭技，它妄動不該占有的力量！魔法的血脈，四大家族的姓氏都源於自然，我們遵循本分，只從人身上借用，在人身上施放，我們不占有。這種不該存在的力量卻會把一個人徹底抽空，還妄想控制海洋與大地……我們只能盡力抹除它的痕跡。造出那種魔法，可說是這個家族的恥辱。」

年輕的織謠者陡然色變，「我們家的人？」

造出那種魔法的——人？日耀呆住了，他之前怎麼就從沒想過這種可能？受棄逐者與黑暗合流……受棄逐者本就是一個人……

「骯髒之血、披著人皮的黑暗，怎麼能說是我們的人！」叔公咒罵。

大伯適時地接話：「我們的祖先收留過一個孤兒，不是這座島上的孩子。他在海邊被撿到，有人說是海水帶來的。」

死人才會漂流入海。在場的人心想。

「他從小展現出天分，所以我們收留了他，把他養大。但他很危險，情緒很不穩定。沒有人教他織謠，他卻還是學會了，說自己能聽見人們心裡的聲音……從沒看過那種力量，所以我們沒有把他送進歌舞制所。但是，就連我們自家的織謠者也怕他。」

「他著迷於陰沉的部分，不顧別人的意願，直到榨乾人們身上最後一絲魔法，最後就出現了那種不該有的力量。他把人們變得空洞，還想讓黑暗化為真實。」叔公打了個寒顫，「我們犧牲了很多人——最優秀的，才終於殺死他，但他做的錯事卻延續到現在。黑暗沒被收回，黑暗會衍生更多的黑暗。」

織謠者們面面相覷，他們第一次聽到這個故事。祕密的最後一角被拼湊出來，卻和想像的不一樣。

所以我們挺身阻止，成為犧牲者最多的家族。日耀大受衝擊，然後受到落島的人尊敬。

「這就是全部了。」大伯對在場的人說。

「就算這次暴風真是遺留的黑暗造成的，不管怎樣，有聖頌行使和魔法屏障在，早晚會壓制下去，只要不放任人們亂傳……恐懼會助長黑暗。」叔公喃喃說，「出去。跟歌之掌說，我們會去安撫人們。」

日耀坐在椅子上，陷入沉思。他佯裝準備起身，等到人們逐漸散去以後才問：「其他夠年長的人都知道嗎？」

他們聽得出，他是在問其他家族的人知不知道這件事。

叔公看著他時，帶著審慎的評估。「夠年長的就會知道，僭技是織謠者造出來的。光這樣，就已經知道得夠多了。」

代表有人懷疑過，但不確定，畢竟那種力量不是織謠者所熟悉的。至今我們依然恐懼難以掌控的部分，那種來自遠地的血脈……日耀不禁想到畢雅。但他們把來路不明的孩子藏著，一直養到大，這種事真能瞞住其他家族，包含同座島嶼的人，不漏一點風聲？

「你該去做事了，孩子。」二伯居高臨下看著他，表情不快。親戚們也都在看他，日耀意識到自己逗留得太久了。他點頭，做出順從的樣子，安靜出去。他們要的只是這樣。看見後輩依然恭順，這點還稱不上挑戰的事很快會被忘記。

跨出門檻時，日耀發現母親倚在門邊看他。他漠然經過，不去想她帶著譴責的表情。

≋

回程途中，畢雅一心想著若言的指責。*她根本不明白自己在說什麼*，她想。不論甜美、喜悅、幸福、悲傷、痛苦、執著，強烈的愛恨都會隨時間消逝，唯歌舞與魔法永存。看見人們體內蘊藏的魔法，將其編織，讓魔法繼續活著，以歌舞留作紀念，而它們的主人被記憶——每一名織謠者都願意為此犧牲，如果沒有歌舞制所保存這些，人們就無法觸及神祕奧妙，就沒有舞蹈，歌曲，占卜，沒有永恆。島嶼信念一向根基於此，否則他們難道要任由記憶無聲息地腐爛，然後被永遠遺忘？

但一部分的她知道，自己之所以耿耿於懷，正是因為若言說得沒錯。*我為什麼聽從黑暗，那後果是什麼？如果是我讓恐懼散播出去……*

「我們到了。」

直到兩名船夫提醒，畢雅才回神：「我很抱歉，珊瑚瓦在途中遺失了，你們可以和我一起前往歌舞制所，領取酬謝。」

坐在中央的船夫搖手表示不必，前頭的那名則是爽脆地掉轉船頭：「現在您們也很忙碌吧？謝謝您們為島嶼帶來希望。」

畢雅滿心感謝，目送船夫離開。其他來自島嶼的船隻也逐漸靠岸，在經歷那樣的破壞之後，居民們懷著感動與悲傷，迫切前來尋求救贖。

她低著頭，怯弱地走進大門。有第一個人叫喚了她的名字，接著是綠月跑來抱住她：「妳怎麼那麼晚回來？」

日耀站在一段距離之外看著她，面帶憂慮。畢雅回望，先前的誤解煙消雲散。他們都想要單獨說說話。

聖頌行使日影快步過來了。

畢雅還沒做好心理準備，深吸一口氣，語音發顫：「我回來通報。」

聖頌行使將她從頭到腳打量一遍，「孩子，妳回來了。沒有任何事情比這更重要，跟我來吧。」

畢雅好想哭，她回家了。

≋

這是畢雅這一年來第三次進到敞間，每次上來，都會遇到讓人更不安的狀況。聽完她的回報，聖頌行使沉默了好一陣子，畢雅坐立難安，感覺椅子太過柔軟寬大。

「島嶼暫時平靜了，我會再想辦法。現在妳要做的，是徹底遠離這些，別讓黑暗再有機會侵擾妳。」

畢雅垂下頭，「我不僅沒能把它們帶回來，還——我真的不知道那時為什麼會那樣。」

「它容易讓人產生陰暗的念頭。但就現在看起來，我不認為妳有受到汙染。」

我辜負了信任。畢雅閉上眼睛，如果他派去的人不是我，結果或許會不一樣。

「它為什麼能被我觸摸到？」畢雅打了個冷顫，她不喜歡那種感覺，像跌進空洞裡。那個時候，僭技像是刻意誘惑她，想藉由她的手被施放。

聖頌行使不語。畢雅想起自己看見的幻覺，當時她徘徊在歌舞制所的門前，滿心陰鬱怨懟，巴不得破壞一切——只差一點，假如她那時真的那麼做了，會發生什麼事？

「它想要被釋放。」畢雅喃喃說，「它想侵入歌舞制所，島嶼，或者就只是任何地方。」

「妳這麼覺得？」聖頌行使眉心蹙起，一手按在她肩頭，「但妳沒有受到誘惑，對嗎？」

只差一點了，畢雅迷茫地想。她那時真的很想順從那股欲望，把門都打開，不管後果——我被汙染了嗎？

「我會記得妳的勇敢。為了妳好，孩子，別想下去了，妳現在需要的是好好睡一覺。」許久，他嘆了口氣：「我們都度過了不平靜的幾天，這幾天誰也不好受。」

畢雅困惑地看著他，確信事實一定不像他的語氣那麼平淡。打從一回來，她就滿腦子想著自己遭遇的事，現在才發現，聖頌行使看起來也憔悴許多，像衰老了幾歲，因為缺乏睡眠，皮膚乾燥鬆垂，皺紋畢露，不像平時那麼從容。這畫面讓畢雅一時忘了要說什麼，聖頌行使日影不僅是歌舞制所的支柱，更像一個遙不可及的神話……他一個人究竟承擔了多少重量？

「值得慶幸的是，三位執掌已經回到了歌舞制所。」聖頌行使走向窗邊，「看見來這裡的人了嗎？」

畢雅愣愣地點頭，「他們來尋求織謠，還有占卜。」

「再過不到十天，就是秋祭典了。」

在他說出口以前，畢雅竟然幾乎忘了這件事。

「人們想要接近歌舞制所，那怕只是接近也好，妳明白嗎？現在我們得把力氣放在這裡。」

「但黑暗還流散在外。」

她不該質疑，這樣很失禮。但聖頌行使不以為忤：「身為織謠者，最重要的是什麼？」

畢雅心虛地答：「平靜。」

「那是我們對自己的要求。」

聖頌行使看著她時，畢雅不由得感覺自己渾身赤裸：是因為我不夠要求自己，才讓黑暗有機可乘？

「帶給人們平靜，不就是我們該做的嗎？只有信念能抵禦邪惡。想想吧，現在居民想要什麼？」

「他們需要歌舞制所。」需要有人承諾一切會恢復常軌，畢雅心想，但那樣很空泛，危機沒有解除。他們想要的不是島嶼真正需要的。

「既然妳明白，明天過後，我們要以該有的模樣，出現在人們面前。」

畢雅低頭看著自己破爛髒汙的衣服。她就這樣跑來敲門，面見聖頌行使……她忍不住臉紅。

「我知道妳的能力。啟之間的門，今年會為妳打開，明年依然會。」

天光從窗口折射而入，照映在階前。聖頌行使當面認可了她的能力，但矛盾的是，畢雅的罪惡感一點都沒有減輕。她失神地下樓，越過長長的階梯，好幾折迴旋。

正要跨入長廊時，她聞到一股悶溼氣息，從樓梯間飄來，像海水夾雜著泥土的腐臭，翻湧而上。是風暴殘留的味道？畢雅在樓梯間停下腳步，又聽見嗡鳴，非常強烈。

「妳怎麼了？」

畢雅暈眩得難以站直，轉頭看見歌之掌雷諾站在下方的階梯。他看起來和平常一樣，身姿挺拔，眉宇疏朗，沒有特別受消耗的感覺。

「我有點不舒服，睡一覺就好了。」畢雅試圖忽略那陣陰冷、令人作嘔的熟悉感。

「聽說妳去碎嶼，那邊有發生什麼嗎？」

不知道為什麼，已經有幾次了，歌之掌會像這樣突然冒出來。畢雅用眼神掃向四周：*一樓的位置，有個人在偷聽。在那人跑開以前，她匆匆一瞥，看見桃紅色的裙子。*

*上次石心也是跟著他來的。*畢雅想起，那時候她一到地下室，他們就一前一後出現，*這會是巧合嗎？*

「那邊被破壞得很嚴重。如果其他島嶼作物充足，他們會需要援助。」畢雅抑制著顫抖說。

「嗯，我們正在聯繫島嶼的塔姆做分配。妳還有什麼要跟我說的嗎？」

畢雅搖頭，在歌之掌狐疑的打量下，飛快離開。她很希望剛才那只是錯覺，因為，假如不是的話——她感覺僭技就在歌舞制所裡。

儘管疲累不堪，畢雅回房後只是草草換了件衣服，倒在床上，張大眼睛，甚至不敢睡覺。

剛才在樓梯間，那陣嗡鳴很強烈，隨即一閃而過，像有所防範似的，很快就察覺不到了。*是我變得多疑，還是僭技真的在地下室？如果是這樣，為什麼沒有其他人發現？*畢雅翻了個身，裹緊被子，這個念頭讓她渾身發冷。也許她在施放僭技的時候，就已經為它開啟了通道？

到了晚上，綠月敲門進來。「妳為什麼把被子包那麼緊，今天很熱耶，發燒了嗎？」她把手探向畢雅額間，「沒有呀。」

畢雅裹著被子坐起來：「我在想島嶼的事。妳去叢島還好嗎？」

「太可怕了，牛羊都在發抖，躲進森林裡，好多動物死掉了。這些一定得編入歌謠中，我希望歌之掌會這麼做，至少紀念這些動物。」

他會嗎？畢雅皺眉，光是想像那畫面就很不舒適。「叢島的生計一定會受到影響。」

「我們離開時，他們已經整理得差不多了。來年還會有新生命。」

「至少一定會比目行嶼，或者是碎嶼來得好。」畢雅難過地說，「有個居民很氣憤，說我們隨便把魔法帶來帶去，他們根本沒獲得平靜，然後我們就這樣走了。」

綠月皺眉，「妳很在意？」

「很難不在意吧。」畢雅聳聳肩，「在被這麼說以前，我一直以為自己在做好事。」

「妳當然是啊。」綠月握著她的手，「我們已經盡所能在幫助他們了，不然還能做什麼呢？」

至少不要製造更大的危險，然後裝作沒事，一走了之。畢雅咬牙想。「也許應該更站在他們的角度想事情，我不知道。」她閉上眼睛，腦中迴盪若言的指責，還有自己拿來回擊她的話。她不該那樣說的。「我一直以為，比起這裡其他人，妳或我更能理解島嶼的人。」

「我知道妳在說什麼，」綠月難得沒反駁她，「這裡每個人都曾是島嶼的人。但像我們這樣的，永遠都還是島嶼的人。」

「妳也有這種感覺嗎？可是我到這兩天才發現，自己已經離開那麼久了。」

「這是當然的，我們被歌舞制所選擇了。」

「這裡已經是我們的家了。」畢雅苦澀地說。

隔了一會，綠月說：「在我確定能晉升後，我爸媽有來看我。他們跟我說，露阿姨拜託他們傳話。」

聽見母親的名字，被子從畢雅手上鬆脫。「我媽媽？」

「露阿姨拜託我說服妳，希望妳能回家，我假裝答應了。」

「就算妳真這麼做，我也不會同意。為什麼不告訴我？」

「我就知道妳會這樣說。」綠月的笑容有些黯淡，「因為那天，我爸媽走的時候，我竟然猶豫了。明明這麼多年來，我們都是以成為織謠者為目標，一直在互相打氣呀。」

畢雅理解地看著綠月，她覺得很怪，即便機會渺茫得令人絕望，自己也沒想過要離開歌舞制所。但她竟然能理解綠月的掙扎。

「我沒幫露阿姨傳話，可能只是因為不想要一個人留下來。可是最近，妳開始問一些奇怪的問題，我感覺妳一直在煩惱。還有這次，我不知道妳經歷了什麼，但其他人回來的時候，看起來都沒有那麼狼狽。我好擔心妳其實，如果我那時有老實告訴妳——」

「事情不會有任何改變，我才不要聽話回家。」畢雅站起來，背對著她站在窗前。此刻可以清楚看見海岸邊搭著許多帳篷，燈火通明，都是準備來觀賞秋祭典的居民。僅有這段時間，歌舞制所允許他們通宵留宿。「其實也沒什麼啦，我只是在碎嶼多逗留了一下，那邊真的很糟。」

「那這還是妳的目標嗎，成為織謠者？我們一起留下？」

我的目標是什麼？畢雅自問，我太想留在歌舞制所，導致沒有看見它。我們都以晉升為目標，卻忘了那個最重要的部分是什麼。她看著整齊劃一的帳篷，此時此刻，島嶼空前地需要織謠者，他們前來尋求庇護，渾然不覺黑暗就在附近。

畢雅繼續盯著窗外，陷入思考：聖頌行使為什麼派我去？儘管我知曉原因，他大可選擇其他比我更有經驗的人。想起若言赤裸裸的指責，畢雅心中一痛，她影響了我，我以前不會這麼不堅定。她問綠月：「如果有件事可能跟妳有關，妳擔心放任不管會造成危險，但又不確定，妳會怎麼做？」

「我嗎，繼續好好過日子？」

這就是我們不一樣的地方，畢雅心想。綠月擁有屬於島嶼之人的優點，討人喜愛、從不懷疑或沾惹危險，就連她的健忘也是可愛的，總能和和氣氣地把日子過下去，有時候她實在很羨慕這種個性。

若言還問過她，歌舞制所對她而言是什麼？日耀也提醒過她……畢雅理智上知道不該分心去管其他事情，卻無法忽略心裡的罪惡感。不管是不是她造成的，她就是無法假裝這件事與自己無關。身分不是做或不做的藉口，畢雅心想，聖頌行使當初會派我去，或許也因為我還是聆習，可以比較不引人注目地行動。「對我來說，織謠者是為了成為配得上魔法的人。」

綠月的臉龐亮起來，來到她身邊：「雅雅，妳是真正的織謠者。」

畢雅感覺舒坦一點，至少還是能對她敞開自己的感覺。綠月離開後，她決定要再去地下室看看。當她推開房門時，看見日耀的手僵在空中，正準備敲門。

日耀說了他聽到的故事，但避開了僭技是從他們家族流出的那段，然而畢雅帶來的消息更讓他心驚。

「難怪這次，聖頌行使會把所有織謠者派出去。」果然是僭技造成的，災害在重複它上一次的路徑，永不過去的罪惡。畢雅臉上全無血色，心亂如麻：黑暗是被刻意造出來的，只是暫時驅逐而已。它想要再次被釋放。

日耀臉色嚴峻：「他為什麼不派別人去？」在這一點上，他完全無法諒解聖頌行使。

「他誤以為我有什麼抵禦黑暗的天賦，」畢雅苦澀地說，「或許只是讓聆習去做，比較不引人注目。」

日耀想到一種可能，因而沉默。作為管理歌舞制所的人，在危急情況下，聖頌行使必須考慮如何把傷害降到最低——最微小的犧牲。造出僭技的人，是來路不明的孤兒，即便大家不記得了，這件事仍以某種形式被傳承了下來，歌舞制所排斥來自遠地、不熟悉的人。如果僭技也引發了織謠者的恐懼，就必須控制——畢雅的天分很高，或許能成功。他殘酷地理解到，而如果她喪命，歌舞制所也會省去猜忌的麻煩。但最糟的狀況發生了，她沒有成功，還莫名施放了僭技，這件事絕不能讓其他人知道，否則會加劇恐慌，讓我們自己動搖。日耀很確定，聖頌行使不會放任不管，這是他的判斷失誤，他應該會讓島嶼的塔姆去安撫畢雅說的那個居民，讓她別亂傳。那麼她暫時還算安全。

他沒有告訴她這些，「如果需要聆習，我去也是一樣的意思，而且更合理，既然他都指派我去秋祭典了。」無論如何，這件事都應該是他們家的人去承擔，沒道理他們占盡虛偽的榮耀，還讓其他人去冒險。

「歌之掌那時已經指定要你回落島了。」

「又不只有我可以去，他讓妳去做這麼危險的事。」

聽著日耀不平的語氣，畢雅的心柔軟了下來：「他愛惜你。即便是聖頌行使，也有私心。」

「我不覺得他會顧念這些。」但或許他不希望我們再有人為僭技犧牲，日耀理解地想。那是一道隱而不宣的傷口，見不得光，也從未結痂。「真的有那麼強大嗎？」

「光是一枚，就能讓海水晃動。魔法屏障花了一點時間才壓制住它。」畢雅顫抖，「它就像在誘惑我，然後我——」

沒有人教導，她卻知道該怎麼做，像是直覺。日耀想著，雙手扶住她的肩：「沒事的，別和其他人說。聖頌行使沒有怪妳不是嗎？」

「你說當初造出黑暗的，就是來自遠地的人。」

他聽出她耿耿於懷，「他是孤兒，他們其實不確定他從哪裡來，也很不穩定。但是現在，歌舞制所一直要求我們保持平靜。」

畢雅盯著地面，「如果我沒有呢？」

「畢雅，這次只是意外。」

「你知道嗎，以前我不知道為什麼其他人要那樣看我。我想我可以理解你說的那種感覺，他們看著你的時候，看到的卻不是你。更糟的是，他們或許沒有錯。」

他不知道該說什麼，輕輕攬著她。畢雅鼓起勇氣說：「我想再去地下室看看。」她預期他會很生氣。

日耀鬆手，認真看著她，好一會才說：「妳就是放不下？」
「我試過照你的話做，顧好自己。可是我做不到。」
「為什麼，妳——」他恍然大悟，「妳覺得是妳的錯？」
畢雅沒有否認。
「如果僭技真的進到歌舞制所，不會是妳造成的。這本來就不是妳的責任，是聖頌行使判斷錯誤，他都要妳別管了。」
「如果真的發生了什麼，我沒辦法假裝和自己沒關係。」畢雅回望著他，「歌舞制所是什麼？織謠者是什麼？為了晉升……我知道不會是那麼淺薄的東西。」
「這樣真的很不明智。」
「我知道。」
日耀衡量了一下，嘆口氣：「我跟妳一起去。」
「真的？」畢雅瞪大眼睛。
「不這麼做，妳會放不下這件事。」
畢雅又想起他為李默織謠的時候，他似乎很能理解一個人的罪惡感從何而來。
「但我們必須很小心，」他的表情變得緊繃，「聖頌行使在防範執掌，很可能是因為他已經在懷疑誰。」
也就是說，我們會和執掌站在對立面。畢雅感到一陣驚恐，「你覺得會是誰？」
「我不確定，他們在很多事情上的立場都不同。不過，歌之掌出現得太巧合，就像在暗中觀察妳。照妳的說法，他最近的反應也很詭異。」

說到巧合，畢雅的腦海浮現一襲桃紅色的裙子，她記得石心悄聲把上鎖的鑰匙交給歌之掌。

「你覺得會不會有人在幫忙他？」

「可能幫忙他的人太多了。」

「像老鼠一樣，可以出入樓梯和每一扇門的人？」

16

在歌舞制所的每一個角落，幾乎都可能遇見石心，這也是畢雅討厭她的一個原因，總覺得她會突然冒出來找自己麻煩。現在換他們要反過來跟蹤，反而不容易做到，為了避免引起警覺，他們花了點時間觀察她的作息。

當眾人聚集在歌場與舞地時，石心必在附近徘徊，這時畢雅便會混入人群裡，裝作觀賞練習，眼睛緊盯著她，這件事不難做到。比較危險的是，她有大半時間都在樓梯間神出鬼沒，這時候就換日耀跟上去。畢雅和他爭論過他們應該輪流做這件事，但日耀很堅持：「這機會一定要留給我，她欠我的。」畢雅知道真實原因是石心不敢太明目張膽地找他麻煩，加上他比較熟悉燈塔內部構造，知道該怎麼保持適當距離，她最後只好妥協。

他們留意了兩天，沒有找到她和歌之掌接觸的線索，只覺得她沒事找事般地到處清點用具。

到了第三天，聖頌行使與三位執掌按照往例，前往海岸邊露面，在秋祭典前夕表達對居民的歡迎。興高采烈的織謠者和聆習都跟去湊熱鬧，只有少數幾個因為近日的勞累，選擇待在房間休息。他們知道機會來了。

大廳很空曠。

兩個人順著階梯，一級級往下。地下室髒兮兮的，儘管是大白天，依然陰暗無比。寒意讓畢雅身上起了雞皮疙瘩，日耀推開第一扇隔間的門，她才點燃燭火。滿架貝殼，全是不可多得的珍稀品種，美麗花紋令人驚嘆。

在第二排走道的第一個隔間，畢雅閉上眼睛，聆聽貝殼的旋律。除了風聲的流動，沒有其他可疑的雜音。

剩下最後一個沒上鎖的隔間，來自最裡面、最昏暗的第三排走道。他們不自覺地挨近，感覺到彼此的體溫，日耀對她點頭，推開門。

桌椅後方，陳舊的占卜用具映入眼簾，大而厚重，看得出曾經的年月。早期以渾圓的灰石做占卜，此外，也有一些歌舞制所過去的服飾，那時織謠者的裙子不像現在那樣輕薄華麗，和一般居民分別不大。原來他們曾經這麼相像。

「這三間都沒有。」日耀的聲音從身邊響起，帶著回音。「其他鎖上的門後，妳有感覺到什麼嗎？」

畢雅搖頭，「但之前聽見噪音的時候，也只有一瞬間。如果真的在這裡，不夠近根本感覺不到。」

「我去找鑰匙，妳在這裡等。」日耀謹慎地補充：「如果狀況不對，或我來不及回來，妳要找機會先回大廳。」

「小心點。」她非常擔憂。

他們轉身擁抱，直到日耀輕聲出去，畢雅還眷戀著他的體溫。我為什麼非要拉著他做這種事？他好不容易得到現在這些，沒必要陪我一起冒險。她譴責自己的私心，有一剎那，她想叫住他，然後他們都不要再管這件事了。

畢雅嘆口氣，準備退出去，找個安全的位置等候。但因走道狹窄，她先往裡面後退一點，剛觸碰到第二個隔間，門竟然自己開了。

這扇門不應該沒鎖。

她猶豫片刻，決定趕在自己開始害怕之前進去。即便日耀信任她，這件事歸根究柢還是她的責任，她得把握時間。

畢雅心跳加快，即便待在歌舞制所這麼久了，她從沒闖進上鎖的地方過，尤其是地下室——剛來到這裡的時候，她老是覺得鎖上的門裡躲著吃人的怪獸。

裡面凌亂無比，不重要的雜物散落一地：除了已經霉潮的木刻，還有一堆石片、皺縮的珊瑚瓦，許多空箱隨意翻倒在地上，紊亂不堪。這些東西毫不貴重，有必要鎖著嗎？畢雅大失所望，查找了一會，才意識到不對——這些陳年舊物亂成這樣，卻沒有積灰塵。她想起自己曾在地下室踢到類似的箱子，但那時候是鎖著的。她蹲下端詳其中一個空箱，有人翻動過，這裡面本來收著什麼？

畢雅聽見稀落的腳步聲，有少數人回來了。她掙扎了一下，舉起燭火繼續搜尋，木刻上有她看不懂的記號，因霉潮而糊成一片……腳步聲陸續從上面傳來。她不得不退出隔間，緊張得肚子痛，但一靠近樓梯就又立刻退回去，熄滅燭火，躲回陰影裡。

腳步聲太近了。人們都在大廳裡，她還聽見幾名執掌的聲音，現在不能出去。畢雅冷汗直冒，再過一會他們可能就會召集聆習。

「舞之掌，我發現啟之間的門開著。」

是日耀。聽見他的聲音，畢雅靜下來。

「妳沒鎖好嗎？」舞之掌石茉莉轉身責罵。

從腳步聲聽起來，現在跑上樓的是石心。「我也去看看。」歌之掌雷諾說著跟了上去。

畢雅聽見占卜掌山靄在繼續他的工作，為居民占卜。他們的注意力終於不在這裡了。畢雅擦乾冷汗，從陰影中溜出，趁著沒人注意時飛快往上竄幾階，假裝是剛從房間下來的。

≈

「剛才很危險，妳該抓準時間出去的。我們不是約好了嗎？」日耀的聲音聽起來和她一樣緊張。

「抱歉，我看得太專注了。有個隔間沒有鎖好，我就闖進去了。你怎麼這麼慢？」

「我沒找到鑰匙，石心改變了擺放位置。」日耀嚴肅地說，這或許代表她已有防備。

「我找到很多空箱子，東西倒得亂七八糟。我之前也在那種黑色箱子裡找到裝過魔法的空貝殼，但那時候鎖得緊緊的，我費了好大力氣才把箱子撬開。」

「有人翻過。」日耀接話。儘管地下室少有人出入，他們也不可能允許凌亂出現。

「會不會原本真的有藏東西？」

「但妳有在那些空箱子裡感覺到什麼嗎？」看見畢雅搖頭，日耀又說：「如果真有人把那東西藏在那，拿走的時候哪會弄得亂七八糟？這樣反而更引人注意。」

「如果是最近才把東西移走的呢？」畢雅推測，「也許是因為聖頌行使在追查這件事，他太過匆忙，來不及好好整理。」

日耀的表情越來越嚴肅，假如對方已有懷疑，現在追查下去就更加危險，反撲力道會很猛烈。其他上鎖的隔間還來不及搜到，石心又把鑰匙藏起來了，她這幾天也沒再和歌之掌接觸。他們知道我們正在懷疑嗎？如果是這樣，再怎麼找下去也不會有結果的。石心說不定又會暗中做些什麼，而且和執掌硬碰硬，怎麼想都不明智。他想著也許得等秋祭典過後，再去找聖頌行使談談。

「你在想什麼？」

「回到原點了。」他聳肩，「既然沒有結果，現在我們只能把心思放在秋祭典上，不然會顯得可疑。」

「嗯，你也還要表演。你剛才在想什麼嗎？」

「秋祭典過後，我去和聖頌行使談談。妳就別自責了，先放下這件事。」

「為什麼是你去？」

「因為——」日耀遲疑著該怎麼說，因為僭技是他們家的祕密，而且畢雅不慎施放過它，她的身分會讓人有所聯想。即便對象是聖頌行使，他也不覺得她應該透露自己在持續靠近這種東西。「他要妳別再想這件事，不是嗎？聖頌行使這麼說一定有他的原因，聽從命令比較好。」

「不要有不該有的好奇心。」畢雅受傷地說。聖頌行使要她別去想，是擔憂她被汙染。

「畢雅——」

「你說得沒錯，我該把力氣用在對的地方。」

「表現得自然一點。聽著，我真的得去練習了，這件事我們等秋祭典結束再說？」他遞給她一個笑容。

畢雅看著日耀故作輕鬆離開的身影，一陣失落。她知道他有什麼事瞞著自己，而且已經做了決定。總是這樣，他們看著她卻繞過她。她還搞不清楚規則就被往外推。

朦朧的曙光籠罩歌舞制所，海岸線還沒甦醒。畢雅獨自走在沙灘上，驚訝地發現，有個人和她一樣在岸邊。

若言雙手抱膝，聽著海浪。岸邊都是細緻柔軟的白沙，不沾染一點髒汙。她正在猶豫該不該繞開，若言便站了起來，拍掉身上的沙：「妳說懷疑我爸的事，是什麼意思？」

她的語氣就像什麼也沒發生過，畢雅簡直有點佩服。「我還以為妳再也不想看到歌舞制所的人。」

「好吧，我不該對妳說那些。那時候我嚇壞了，魔法總是超出預期，但那不是妳造成的，我那樣說並不公平。」

「妳說的也未必是錯的，」畢雅苦澀地說，與她並肩而立。「有些故事，出於善意，我們沒有說。但有一個，我覺得妳應該要知道。」

畢雅說了島嶼受魔法屏障，而魔法會以其意志驅逐不敬者的事，她只能說到這裡。還沒聽完，若言便皺著眉問：「你們的意思是，不可能有人離開擅自島嶼，就算是遇上暴風？」看見畢雅搖頭，她斬釘截鐵地說：「才不可能，我爸喜歡魔法，喜歡得瘋了。」

「魔法有自己的判斷。」在被打斷之前，她說：「我不想和妳爭執。但那是妳叔叔單方面的說法，妳也不確定這是真的。」

「妳又知道織謠者的話句句屬實了？」若言反問，「人都相信自己想相信的事。」

「我不知道。」畢雅坦白說，「但有些事情，我真的想知道答案。」看著若言澄澈的眼睛，她掙扎著開口：「那天在海上，妳看見的是一個錯誤，就是你們以為是水鬼的東西。我們本來想去阻止它，是我不小心——」她本來想繞開話題裡最核心的部分，卻不受控制。壓抑了許久的祕密伴隨罪惡感，源源不絕地滾出舌頭，到後來，她邊說邊哭，斷斷續續才把話說完。

若言靜靜聽著，彷彿她才是織謠者，而畢雅是求助的人。等到畢雅說完，她的第一句話是：

「你們一直都是這麼寂寞的嗎？」

「什麼？」畢雅的眼睛又紅又腫，帶著濃濃鼻音。

「不合理的要求、不合理的測試，還要守著不合理的祕密。我真的不曉得為什麼你們可以忍耐欸，這些事明明這麼奇怪，該怎麼形容？」

「魔法在上。」畢雅小聲地說，破涕為笑。隨即不安地意識到若言的反應很奇怪——依她的個性，聽見自己父親的事應該會急得跳腳，「妳怎麼這麼冷靜？」

「我也不知道，我好像應該要有更大的反應。」若言看著海面，「自從妳織謠過後，我就沒那麼悲傷，有點……該怎麼說，我叔叔之所以不再去找他，大概也是這種感覺。」

「妳有得到平靜嗎？」畢雅問。

「我其實是真的想忘記，都那麼久以前的事了。妳知道，我一向離這些遠遠的，但魔法總是自己找上來，先是我撿到那鬼東西，和妳一起被困在海上，還有我爸——我才不相信他是因為這樣離開島嶼的。」若言偏著頭說，忽然眼睛一亮：「等等，如果你們說的是真的，他會不會沒有離開？也許因為什麼原因，被困在哪座無人島也不一定？」

如果若燃還活著？可能性太過渺茫，畢雅不忍心地推翻她：「如果這樣的話，來往的船隻那麼多，哪會沒人發現呢？」

「可是——可是——」

但很有可能，假如他的屍身被沖到風環帶諸嶼的某座無人島上，沒有被發現……畢雅對她說：

「我保證會再找機會，替妳詢問聖頌行使。」她至少可以為她做這件事。

若言點頭。隔了一會，她把一隻手搭在畢雅手臂上：「對了，我會留下來看秋祭典。現在船都停在這裡，我非得等祭典結束才能離開了。」

「但這次表演沒有我喔。」

「妳要加把勁啊，」若言說，「如果那對妳很重要的話。」

還是有互相理解的部分，畢雅微笑。海風很清涼，同一陣風繞過她們，掃過不遠處的帳篷，又停駐在歌舞制所。

17

秋祭典當天，大量人潮湧入歌舞制所，像把風環帶諸嶼整個搬過來了。畢雅看見好幾張目行嶼的熟面孔，但不包含她母親——露很少來秋祭典，畢雅曾經很氣，她覺得這會顯得她的家庭不夠虔敬，也知道這是因為母親始終沒有準備好要接受女兒已經遠離島嶼的緣故。這一天，居民都穿上最正式的服裝，像色彩鮮豔的魚群，圍在歌場、舞地邊緣，恰與織謠者的鮮白裝束形成對比。畢雅在人群中搜尋，看見若言穿著紅裙，對她揮手。只有她敢這麼放肆地向歌舞制所的人打招呼。

畢雅也穿著長裙，潔白無瑕，金線刺繡閃耀。如同聖頌行使日影要求的，這一年他們都穿上了最好的布料，縫著花草繡飾，綠月的是金午時花，她的則是蔓荊。織謠者的裙襬又綴上珠飾，帶著重量，隨著移動發出風一般的碎響。

在歌場和舞地後方，背海的那面，搭建了一個看臺，聖頌行使日影和島嶼的塔姆坐在高椅上觀禮，歌之掌雷諾、舞之掌石茉莉和占卜掌山靄同座。

表演者在舞地站定，往四方散開，手腳攤展，剛勁地伸向地面。畢雅看過他們排練，那時隊形很整齊，現在的站位則更錯落，像潮汐湧向月亮。

日耀杵在舞地中央，之前他不是被排在這個位置。潔白寬服，襯著他瘦削身形。

他們往上空一躍，落地時，風從手中的貝殼裡竄出，掃向觀眾。魔法在舞地周圍奔馳，俐落地湧向四面八方。

群眾歡聲雷動，魔法是用肉眼捕捉不到的，他們僅是在為這場舞蹈歡呼。畢雅看見一個雍容的婦人，站在人群之中，眼神定定地看向日耀。

是他母親。她看出婦人眼神裡夾雜緊繃的期許。

開場舞的目的，是為了引出第一位執掌，揭開正式的表演。

舞之掌石茉莉從觀禮區直接來到舞地。以祭典而言，這個上場方式平凡無奇，甚至沒有任何陪襯者。但她外型姣好，氣度優雅，舉手投足都像傳說中的人物。畢雅的心怦怦跳，執掌不曾在練習時公開表演，不知道她會帶來什麼？

舞之掌握著貝殼，不急不緩地繞場，回環三圈，當她走過時，人們臉上都是如癡如醉的神情，彷彿有一雙手輕柔的撫觸。這是最優秀的織謠者才能做到的事，她已經施放了魔法，而舞蹈就在她的舉手投足之間。在這之後，她款款擺動，但畢雅知道，真正的表演在剛才就已經完成了。

第一支舞結束，有一小段休息空檔。島嶼的塔姆暫時離開看臺，去和人們說話。聖頌行使端坐著，以手勢要日耀趨前。他們說了什麼，隨即他扶起日耀，把一片決明葉別在他肩頭。

這是對一個後輩表達欣賞的方式，畢雅替他開心。

日耀行禮，再次去準備，剩聖頌行使一個人坐在位子上。她看著聖頌行使，決心等祭典結束，就要向他詢問若言父親的事。

「孩子，妳有事找我？」像是察覺到她的目光，聖頌行使轉向她。

「畢雅，別打擾聖頌行使，他有神聖的職責。」歌之掌雷諾匆匆過來，打斷他們。

「沒關係的。」聖頌行使擺擺手，「先享受祭典吧，在這之後，我保證專心傾聽。」

畢雅交疊雙手，行禮退開。跟隨歌之掌急躁的腳步，前往歌場。「妳想跟聖頌行使說什麼？」

「我觀察到一些事，想跟他確認我的觀察對不對。」她胡謅，緊盯著歌之掌的表情是否有異。

「這問題一定很重要，重要到值得妳在這種場合打擾他。」歌之掌說著，加快腳步往歌場中央走去。

第一首獻曲，畢雅聽過了，先是合聲，接著各自清唱。表演者手裡拿著貝殼，風、水、火焰、植物和香氣種種刺激出現在居民面前，隨即和諧。歌之掌站到中央，開始今年的傳唱。

他先述說蒐集到的精采故事，都是些振奮人心、生動有趣的，有幾個就來自聆習織謠的結果。而後，他描述起暴雨和不穩定的海浪，氣氛一轉，進入這一年唱曲的主旋律：

我們來自島嶼
季風連結的諸島嶼

這一年啊不能遺忘，暴風巨浪
捲走作物、牛羊、原有的平靜
它就這樣到來，就這樣，在暗夜的海
自然給予也收取
我們哀悼也敬畏，唱誦旋律
這一年啊太多失去，失去得太多
再多歌唱，也換不回它帶走的
我們悲傷，不只為這一年

過去了，都過去了
風揚起這天迎來祭典
齊聚在白沙岸
看見稻穀、貝殼、滿載的船
過去了，都過去了
牛羊在這安穩
又有孩子新生，島嶼的根
我們重新振作，不只為這一年

我們來自島嶼
季風連結的諸島嶼

風會把它帶走的，再次帶回來
回到我們身邊，和不在的聲音一起
回到平靜

回到我們身邊，和不在的聲音一起
回到平靜

他的聲音渾厚，嘹亮，畢雅的心安靜了下來，她聽見悲憤，也看見希望，特別是在這種遭受重創的時候。歌之掌唱完整首組曲，就在魔法的織線用盡時，他俐落地收淨最後一個尾音，回到後方。

魔法作用下，悲傷與希望都在沉澱，久久不散。

聖頌行使走下來，來到歌場與舞地的交界，沒有任何魔法陪襯。「歌舞制所竭誠歡迎每一個來到這裡的人，島嶼的塔姆、我們的三位支柱——歌之掌雷諾、舞之掌石茉莉、占卜掌山靄，所有這裡的孩子們，以及島嶼的居民。」他的第一句話，和過去的每一年一樣，空氣彷彿被平穩的聲線震盪。

他頓了一下，繼續說：「平靜不會憑空降臨，這一年，島嶼遭遇風暴，大水，還有在海上被吞噬的生命，破壞就在不遠處，如影隨形。」

烏雲飄來，陰影正好覆蓋在他們頭頂，但空氣並不潮溼，不像是會下雨的樣子。剛才流下感動淚水的人，此刻露出驚惶的表情。畢雅屏住呼吸，瞪大眼睛：他為什麼要坦承這件事？但聖頌行使說話有一種魅力，讓人不由自主地想要聽清楚他的每一個字句。

「每一個人對歌舞制所的信念，換來了現在的平靜。」聖頌行使緩緩說：「所有豐收，都比不上這件事值得慶賀。在遭遇破壞之後，我們再次齊聚，以堅定的信念，迎來這一年祭典。你們知道歌舞制所就是魔法，矗立在海與島嶼之間，我邀請你們，看看通向之牆吧，『愚人看見幻象，智者發現真實』，在你們眼中擁有什麼呢？」

人們順著他所指之處看去，通向之牆潔白無瑕，散發魔法之光，似乎是從遠古時期就存在了，比他們都要久遠。

「這比魔法更強大，因為信念，你們得以守護自己。暗夜的海域，永遠有座照亮島嶼的燈塔，歌舞制所在每一個人心裡。每任聖頌行使都是懷著這樣的信念，傳承它的使命。生命流逝，唯歌舞永存，我邀請各位——在尋求占卜的同時，也獻出魔法，你們子子孫孫的都將保存於此。」

成為永恆。這些話牽引畢雅的思緒，讓她不安又著迷。聖頌行使的聲音直接敲擊著她的心，她彷彿能看見無數織謠者的潔白身影，無畏走向島嶼。那畫面被拋擲過來，融合想像，在她腦海裡經過重組，又置換成她自己的身影。她也是歌舞制所的一部分……她出神地盯著通向之牆，想要融入，更加地融入……

畢雅的手忽然疼痛。她弓起身，差點叫出來，按住疼痛的位置，耳邊聽見嗡鳴。指尖發麻，像被無數細針刺到一樣，她聽不清聖頌行使的話了。黑暗就在附近！畢雅呼吸困難，轉頭想警告其他人，但他們似乎沒察覺到異狀，臉上都是滿足的表情，就連若言也站得直挺挺的，誠摯專注，看起來就和其他居民別無二致。

我被汙染了嗎？畢雅用眼神向聖頌行使求助。

聖頌行使的手勢輕柔，很輕很輕，右手藏在寬大的衣袖下。畢雅眨眼，在那瞬間，無數細線從他袖口鑽出，竄向人們。細軟的黑色織線，幾乎無法察覺，這是控制極其精密的高級魔法。

造出僭技的人不只影響人們的感受，還尋求化為真實——黑暗能召來暴風，還能像這樣觸探人們的記憶？

他在操縱僭技？

畢雅心底發冷，她從沒懷疑過聖頌行使。那麼他派我去碎嶼，是想利用我找到更多，或者乾脆除掉我——因為我發現了不該發現的事？

黑色織線一震盪，她的手指便痛了起來，彷彿還記得，而且眷戀觸碰它們的感覺。僭技也在呼喚她。

聖頌行使的手微微顫抖，動作放慢，他的右手像是被螫傷，露出幾道長長焦痕。他迅速把手臂藏回寬大衣袖裡，看向這邊。畢雅強壓下疼痛，裝出虔敬的表情，但不確定自己有沒有洩露出驚恐。

聖頌行使微笑。他的笑容不再神祕，臉上帶著風霜，皺紋往嘴角、額間延展，充滿生命力。年輕壯盛的欲望。

黑暗從一開始就在歌舞制所，盤踞著所有的門。由歌舞制所為起點，魔法的織線伸向島嶼，一切都在他的掌控之中。

歌舞繼續。織謠者隊列移動，對著人們微笑。一片陰翳的雲挪開了，陽光露臉，畢雅往後退，試圖讓自己隱沒在人群中，假裝和他們一樣亢奮……她的喉嚨很乾澀，感覺快吐了。

⸙

秋祭典結束，織謠者和聆習分站在歌場與舞地兩端，目送人們離開。有些居民會直接從岸邊搭船回去，也有部分會回到歌舞制所，請求織謠者進行最後的占卜。此刻，熱情的居民圍繞著他們，訴說著感謝，畢雅雙腿發軟，不知道該怎麼提醒大家趕快離開這個不安全的地方。

「畢雅啊。」

聽見熟悉的大嗓門，畢雅轉過頭，果然是珠大嬸。她穿著深藍布裙，用一條方巾壓著頭髮，避免被風吹亂。豆姨和俊叔也來了，三個人一樣有說有笑的。綠月被他們圍繞，笑得甜滋滋的。

畢雅緩步過去，祈禱身體的顫抖不要太明顯。珠大嬸渾然不覺，迫不及待拉起她的手：「我才和綠月說，這次秋祭典真是精采，真的好感動。唉呀，妳的手怎麼是冷的？」

綠月已經是個織謠者，所以珠大嬸不敢對她做出過分親密的舉動。換作是平時，畢雅會很在意她對待她們的細微差別，但是現在，觸摸到珠大嬸溫熱的手，她竟感覺平靜了一點。

「臉色也很不好喔？」豆姨把手敷在她額間。

其他聆習轉向這裡，有些在吃吃竊笑。綠月看著發愣的畢雅，體貼地說：「最近我們都比較忙碌。」

「對。」畢雅反應過來，故意退開一小步，像平常那樣抗拒他們靠近。得讓他們趕快離開，現在只有她了解真正的危險。

「是啦是啦，之前就已經那麼忙了，聖域的人哪會不忙？」俊叔說。

畢雅「嗯」了一聲，假裝忙碌地看向周圍，擺出不想繼續交談的樣子。

「畢雅，來年再看妳啊，下次換妳表演！」俊叔理所當然地說。

來年——畢雅惶惶然，*我該怎麼辦？*看著他們三人繼續嘻嘻哈哈，慢慢跟著人潮離開，一路好奇地東張西望，她感到難過。她忽然非常慶幸母親不在這裡。

「織謠者。」若言經過她面前，用帶著敬意的語氣稱呼她，就像個稱職的拾貝人。

*她也知道這件事，我們一起經歷過。*看到若言，畢雅的心踏實了點，急忙請示一旁的舞之掌：「舞之掌，我想先回去。」

「怎麼了？」舞之掌皺眉。儘管居民們散得差不多了，一般來說，聆習還是會待到最後，留下來清理場地。

「孩子，有什麼不舒服嗎？」聖頌行使的聲音從身後響起。

畢雅毛骨悚然，肩膀像貓一樣聳起。「只是累了。」因為牙關顫抖，她簡短地答，甚至不敢回頭。

「什麼時候開始的？」他低沉地問，帶著話中有話的關切，「祭典上就不舒服了嗎？」

畢雅的心臟跳快得要衝出胸膛，她快要因為驚嚇而暈厥。

這時，綠月跑了過來，挽著她的手：「雅雅？聖頌行使，她可不可以——」

「先回去吧。這幾天大家都很累，也沒什麼事了。」聖頌行使體貼地說，「孩子，安心休息，有什麼事要和我說的，之後再說。」

畢雅深吸一口氣，轉身的同時低下頭，避開他的視線：「謝謝您。」

「要不要我陪妳？」綠月問。

畢雅搖頭，輕拍綠月的手，退出他們的隊列。

漆金大門，閃耀著魔法的光，許多居民在門外等待，吵吵嚷嚷的。畢雅盡可能不驚動他們，隔著人潮，遠遠對若言使了個眼色，然後逕自走到與大門相背、正對老織謠者住所的那面，可以望見蓊鬱森林。

若言跟上來，動作輕巧敏捷：「幹嘛神神祕祕的？」

畢雅掐著若言雙肩，急迫地深吸一口氣：「妳趕快離開。妳說得對，這一切——是我太蠢了，聖頌行使在操縱僭技。」

若言嚇到了，半晌才說：「妳怎麼知道？」

「在秋祭典上，他動用了不該用的力量，我感覺到了。」畢雅神色痛苦：「妳還相信我嗎？」

若言愣愣地點頭，「我不懂魔法，但我相信妳。可是所有織謠者，還有你們那些什麼掌都在，怎麼沒人發現？」

「我不知道。」她對僭技有種詭異的感應，但第一次在通向之牆看見幻覺時，她本能地以為黑暗是從外面來的。是什麼時候開始，她確定黑暗就藏在歌舞制所裡？

她想起聖頌行使日影的手。

那些痕跡密密麻麻，像被水母螫傷一樣。畢雅低頭看著自己的指尖，完好無損，卻想起僭技殘留的觸感，彷彿被火焰灼燒過。

是從碎嶼回來以後，她才感覺到歌舞制所內部散發那種臭味。「魔法招致魔法」，在施放僭技時，黑暗像墨汁一樣鑽進她身體裡，而此時此刻，她也能感應到其他黑暗……她回過神說：「妳快點離開，假裝不知道這些。我害妳涉入太深了。」

「但繼續待著，妳也會有危險。」若言拉住她，「把衣服換掉，跟我混進人群裡搭船。」

「如果我突然不見，他會起疑心的。我之後再找機會離開，這樣比較安全。」畢雅喉頭緊縮，「快走。」她硬把若言往外推，自己拖著僵直的腳步，走回歌舞制所。某部分的她很想聽從若言的建議，一走了之，再也不回頭，但那行不通，而且——

畢雅進到大廳，看著擺架上的貝殼、光燦的廊柱，仍無法不被表象迷惑。不只是她，這裡還有那麼多尋求幫助的居民、相信而奉獻的人，綠月也在其中。她想，綠月什麼都不知道，至少她不會有事。她本來就是與紛擾無關的人。

畢雅把自己鎖在房裡，來回踱步，但她知道一扇薄薄的門擋不住危險，她應該做點什麼，至少得去警告誰——能和聖頌行使對抗的人，只有三名執掌，但他們能團結起來嗎？聖頌行使不告訴他們這些事，代表他們不知情？歌之掌雷諾再三暗示，有任何問題就去找他，他可以信賴嗎——話說回來，她要怎麼判斷誰可以信賴？

有個人一定比她更清楚該怎麼做。想到他的瞬間，畢雅鬆懈下來，稍微感覺不那麼孤單。

≋

日耀回到房間，沒把表演的衣服換下，就直接坐在床上，把臉埋在粗糙的手掌，聞到香氣。他把肩上的泱明葉摘下，扔到床緣。那是聖頌行使親手為他別上的，在那一刻，他看見母親和親戚們愉快的表情。他的價值，完全取決於聖頌行使的一個小動作。大家都在等這一刻，日耀空虛地想，這就是我要的？

畢雅從床底下鑽出來時，他整個人跳了起來，立刻轉身把房門關緊。他的反應向來很快。「魔法在上，妳躲在——」

「抱歉，我想不到別的辦法。」

畢雅已經換下了衣服，穿著一件灰裙，彷彿想把自己融入泥巴或煤灰之中。他一看就知道狀況有異：「怎麼了？」

「我們都想錯了！是聖頌行使，他在祭典上操縱僭技！」

日耀整個人僵住了，「可是我一點都沒感覺到。」他只記得自己在那時感染了人群的感動。

「僭技不容易察覺，加上他對魔法的掌控很高明。我觸碰過，那些織線也在呼喚我，所以我有感覺。」畢雅哆嗦著，一口氣把話說完。

日耀沉默了非常久。這讓畢雅不安，這是他們認識以來，他沉默最久的一次。他的表情看起來像是想發脾氣，卻無處宣洩。許久以後，他雙手抱頭，艱難地說：「是聖頌行使——事情變這樣，能怎麼辦？」

「我不知道。你認識的人裡面有誰能揭穿他嗎？」

他沒說話，畢雅不死心地繼續追問：「執掌呢，假如他瞞著他們不是因為懷疑，是不是代表執掌可以信賴，歌之掌？」

「我真的不——趁他還沒發現，妳需要立刻藏起來。」日耀表情絕望。

這句話讓她受傷。「我不想害你。我只是不知道該相信什麼，或有誰可以相信，如果你希望我立刻——」

「我不是那意思。妳為什麼想找歌之掌？」

「他對我說過，如果發現什麼就去找他。他說在黎明以前，他會是第一個去到頂樓的人。」

日耀盯著天花板。沉默之際，畢雅試圖放空，嗅聞到他房裡淡淡的植物香氣。在想了許久以後，他終於開口說：「只能這樣了。」

「你覺得他可信嗎？」

「最近有很多事情，他和聖頌行使的看法不一樣，加上雷雨的事，我猜三位執掌裡，他是最可能反對他的人。但他的反對是出於什麼理由，或者能不能信任，我不知道。」他又說了一次：「也只能這樣了。」

「謝謝你。」她轉身，壓抑想最後一次擁抱他的衝動。

「畢雅，那個拾貝人呢？她知道多少？」

提到若言，畢雅心中浮現一絲歉疚：「我不該害她涉入那麼深的，現在她應該回碎嶼了。」

日耀點頭：「在見到歌之掌以前，別讓其他人看出端倪。」

≋

夜色仍暗，畢雅順著迴旋階梯，踩過一格又一格陰影。她停下腳步，深深凝視啟之間，這或許是最後一眼了。接著，她再次往上。

抬頭可見黑色拱頂，四根巨柱上下直通，撐起整座燈塔。柱上鏤刻著圖案，其中三根是島嶼、爬藤和貝殼，最後一根則是歷來聖頌行使像，日影的額間有深深紋路。從頂樓俯瞰，可以把歌舞制所的動靜盡收眼底。

頂樓是個狹窄空間，畢雅沒有再上去，而是躲在接近敞間的樓梯轉角，有一塊可以藏身的地方，她靜靜等著。有腳步聲上來了。在靠近她的位置，放慢並且停了下來。畢雅從縫隙處鑽出來。

歌之掌雷諾很驚訝，他左右張望，不發一語走向敞間。

畢雅跟在他身後進去，把門帶上。她面對歌之掌，讓自己處在隨時可以逃跑的位置，門把冰涼的觸感貼著她的背脊，讓她起了輕微的雞皮疙瘩。「人們有危險，歌舞制所出了問題。」她沒有等待便開口說，一邊觀察他的反應。

「有人在操弄黑暗？」

「僭技。」畢雅說，看見歌之掌略微睜大眼睛。*他也在觀察我，想知道我到底知道多少。*她想著，沒放鬆警惕：「你在懷疑誰？」她沒有像平常那樣用尊敬的語氣對他說話。

歌之掌像在權衡她是否可以信任。畢雅回望，表情認真無比。

「我們本應最信任的那個人。」他低聲說，「我懷疑很久了，他上次派妳去碎嶼做什麼？」

「我可以告訴你我知道的事，但你要先讓我知道你值得信任。如果你早點這麼做，我就不會拖到現在才來了。」畢雅直白地說：「在這裡，你們一向不願意信任我。」

歌之掌直視她，過了一會，他放棄這種僵持：「妳說的對，是我太狹隘了，我應該早點這麼做的。本來我只是猜想，因為只有他能做到，我們太過依賴他了。為了對抗，失去許多織謠者，黑暗還是源源不絕……我們只能和那東西共存，設立屏障，把破壞壓制在某個範圍。但它每隔幾年就會變得強大，衝破屏障，造成損害，島嶼越來越害怕，到處盛傳水鬼之說。有一天，聖頌行使說他有辦法徹底銷毀黑暗，要我們信任他。在那之後，魔法屏障就真的沒再鬆動了，我們都沒有細究，但——我很早就想過，他或許是用了什麼見不得光的方法。」

「既然早就想過，你們為什麼不追究？」

「因為黑暗是更大的威脅，犧牲在所難免……有很多種形式。」歌之掌說，「他越來越常到處巡視，說要提前找出黑暗。但從他的態度看起來，我覺得他沉迷其中，急著擴展影響力。這一年，我開始懷疑他，但他很快就對我提出警告。」

「通過雷雨？」

「對，雷雨在做那種事——我也剛發現，警告過她這件事不能再犯。剛好是在那之後不久，他就拿她開刀。」

「你也去地下室找過？」

「一無所獲。」

畢雅又問：「因為他警告你，你就不再有動作？」

「這件事很複雜，歌舞制所會有多少人敢反對他，也是個問題，我們必須有充足的把握才能行動。」

「你只是擔心他會剷除其他和你有關的人，因為他的警告發揮了作用。」畢雅直截了當地說，「你是執掌。在你拖延的時候，島嶼又有多少人受到傷害？」

歌之掌默然，「我一直希望是我多想。」

「那你打算怎麼做？」

「告訴我妳知道些什麼。我會試著跟山靄談談，聯繫我們兩個家族的力量。」

「為什麼是占卜掌？」

「妳沒看到他們家的山如嗎，那個瘋瘋癲癲的人？她是活生生的例子，提醒他們這東西曾傷害過多少織謠者。山靄是踏實的人，他對權力沒半點興趣，否則以他的聰明，早該懷疑到日影身上了。」

畢雅身後有動靜，她從門邊警覺地跳開。好險進來的人只是石心。她手裡拿著一些雜物，先打量畢雅，再轉向歌之掌。

「有什麼事嗎？」歌之掌冷冷說。

「我只是覺得奇怪，這個時間——」

「沒看到我在和聆習說話嗎？」

石心忽略畢雅，回答道：「您上次要我找的鑰匙，我想起還有一把沒試過。」

「晚點再說。」

石心對他行禮，準備退出去。彎身時，黑色纖線從她手裡竄出。

他們完全反應不及。僭技化作鋒利的風，擊中歌之掌，他猝不及防地往後倒，撞破了額角。門大大地敞開，畢雅渾身暈眩，聽見上面傳來嗡鳴聲。從拱頂傳來的……有誰想得到，黑暗就藏在湧現金光的魔法之柱裡？她站不穩跌倒，心想：時間太過剛好，她怎麼會知道我們在這？

「有人說我連一個魔法都不會施放。」石心笑著，「我可憐他們，沒見識過真正的力量，也不曉得忠誠。」

話才說完，她突然尖叫著跪地。一隻手上青筋浮動，血管畢露，然後整條手臂逐漸變得青黑、黯淡。

舞之掌石茉莉慢悠悠地進來，身上還穿著曳地白裙，金線繡的花瓣盛開，走動時珠綴叮噹，舉手投足都優雅得像蓮花。她只掃了石心一眼，似乎根本不想理她，逕自走向歌之掌：「本來我也希望是我多想，雷諾。我向你招了多少次手，為什麼你要堅持站在錯的一邊？」

歌之掌睜大眼睛，空洞的眼中一片黯淡，像看見恐怖幻影，額角的血流到地上。舞之掌走向畢雅時，她聞到非常、非常濃烈的植物馨香，蓋過血的氣息，日耀房裡也有類似味道——在秋祭典上，聖頌行使親手為他佩戴決明葉。這些氣味很常見，歌舞制所平常就會用草藥舒緩人們的不安，而現在，她聞到的是數種具有安眠效果的植物混合氣息。畢雅倒向舞之掌綿軟的身軀，被她托著，她聽見舞之掌對石心說：「妳太粗暴了，如果一名執掌突然死去，會讓人起疑。」

「那是因為——」石心痛得冷汗涔涔。

「是妳控制不當。我說過，這只有聖頌行使能做到，他賜予妳力量只是以防萬一，妳根本沒必要在他命令前出手。」她太沒用了，舞之掌凝視著石心的手臂，焦躁地想：掌控不精確的結果就是這樣。總有一天，我也能像聖頌行使一樣做到。「別廢話了，快把痕跡抹除。」

石心搖搖晃晃，執行著舞之掌的命令。沉穩的腳步聲驟然靠近，昏迷前畢雅最後看到的，是聖頌行使日影的臉，伴隨一抹強光。

18

大風季到來，歌舞制所恢復了本來的面目，紅布幔都拆除了，大門半掩，不再接待訪客。一切如常，但日耀知道，許多事已徹底改變。不該出現的都清理乾淨了。

慶典剛過，他們便聽說歌之掌雷諾驟然病倒的消息。聖頌行使選在這時外出巡視島嶼，由舞之掌石茉莉暫代他的職責。她很有手腕，將歌舞制所打理得井井有條。

所有人都穿著便於做事的灰黑布料，一個個忙進忙出。聆習自發地待在大廳處理雜事，有的灑掃地面，有的合力撤下漆色華麗的擺架，一些自視重要的織謠者則昂頭往上，去整理啟之間和敞間。日耀過來要參與工作，其他聆習卻很自然地讓開一點距離，不阻礙通往樓梯間的路，沒人開口要他幫忙搬東西，因為認定他所屬的區域在上層。

他獨自上了迴旋梯，遇見石心。大風季才剛開始，她卻穿著長袖，讓人感覺詭異。「有人暗地裡評論你。」她附在他耳邊說。

「說什麼？」

「他們說你是靠關係才那麼快獲得青睞。」

聽到這種批評，日耀毫不意外，他不否認這一點。然而這裡聽憑實力說話，而他已經在歌舞和織謠上都證明過自己的能耐，所以他們也就只能說說而已。

「應該讓他們知道，要管好自己的嘴巴。舞之掌可以警告他們。」

「那很重要嗎？隨他們去吧。」

石心期待落空的表情，讓日耀倍感不耐。為了顯示他對舞之掌沒有敵意，他還非得應付石心不可。

秋祭典那天，表演完的空檔，他被叫喚過去。聖頌行使坐在高高的看臺上，臉上依然是那副高深莫測的表情。他記得自己當時不安地趨前，聖頌行使低聲對他說：「和我來自同家族的孩子，你做得很好。」

聖頌行使日影是大他一個輩分的遠親，但歌舞制所不以親戚相稱，就算在私底下，他也從沒承認過這一層關係，日耀甚至覺得他刻意疏遠。

「知道為什麼要你參與這次的歌舞嗎？」

日耀搖頭。他知道這安排必有用意，但在時候到來以前，聖頌行使不是會主動告知的人。

聖頌行使淡淡地微笑：「我知道所有人都很困惑，唔，或許還有不滿。你的舞蹈很出色，這我早就聽說了，至於歌唱，算是給你的一個考驗——接下不合理的挑戰，甚至做得比原有的更出色，才能服眾。你明白嗎，我屬意的人選不只要出色，還必須可信？」

「我很榮幸。」他乾澀地說，把疑問壓在心底。在他之上，有執掌和眾多比他年長的織謠者，聖頌行使屬意的人選，怎麼看都不該是他。他還以為他對自己冷淡代表失望，但他卻說結果恰好相反？那麼自己的一切反應，包含憤怒沮喪，也是他預期中的一部分？

「年輕，出色，更重要的是沉得住氣。」聖頌行使按著他的肩，從自己身上摘下一片決明葉，別在他肩頭。「時候到了，你就會明白，沒有什麼比血緣更牢靠了。歌舞制所需要你。」

日耀恭敬行禮，轉身回到表演隊列。每一個動作牽扯，都感覺肩上葉片窸窣作響，他一度想著它會不會在中途掉落，那他該去撿嗎？

直到最後，那片葉子都穩穩地停駐在他肩頭。感覺不到重量，但確實存在。

後來他回房間，以為終於可以休息一陣子，畢雅卻帶著新的難題來找他。那個時候，他做出了選擇。

在黎明到來以前，畢雅會去找歌之掌。至於他自己，並不相信這麼做能解決什麼，他們毫無勝算。他要去找聖頌行使。

「你來找我，是對的選擇，」聖頌行使佇立時，修長靜美。聽日耀說完整件事，他的表情一點都不意外。「而且聰明。」

日耀看向他的右手，確實有施放過僭技的痕跡，而他也無意隱藏。日耀按捺著不要立刻去問畢雅的事，心懷最後一絲僥倖問：「為什麼歌舞制所要收著這些？」

「你應該問，為什麼我要收著這些？這種力量很強大，令我好奇。魔法就和人一樣需要控制，對於可能造成威脅的部分，我更傾向留在身邊，必要時能派上用場。一旦站在我這個位子就會知道，有些做法是必須的。」

他沒否認自己的行為出於私心，「魔法就和人一樣」，日耀咀嚼著這句話：對他而言，人也只是可以利用的一部分。他對畢雅做的正是如此，為了確保島嶼的人更依賴歌舞制所，他也不惜製造災害。那麼，所謂血緣——他刻意對我釋出善意，也是為了就近監視、利用？

「怎麼回事，表情這麼嚴肅？」聖頌行使對他微笑，「孩子，我說的不包括你。你是我屬意的人選。」

巨大的壓力讓他喘不過氣，而聖頌行使甚至什麼也沒做，他太理解人心了。冷汗滑過日耀額間，他盡力讓自己保持平穩地說：「你不能控制。」

聖頌行使對他投來一瞥，接近興味。「還沒做到完美，因為我對它還不夠了解。」日耀直盯著他的手，他便替他問出口：「你想問為什麼？」

他點頭。

「我不惜做到這樣，不是為了我自己，儘管抵達高峰是種誘惑。這是我的犧牲，島嶼的人並不知情。」

「你在操控黑暗，卻自居光明。」*罪惡與黑暗合流，日耀心想，真正該被棄逐的人，我們竟然讓他做屏障的守護者。*

「你是天真的人嗎，如果那就是維繫的方法，誰會在意光明怎麼來的？」聖頌行使聳肩，「黑暗不會消失殆盡，我們和它對抗了超過百年，結果呢？最優秀的織謠者，不是發瘋，就是毀滅，犧牲得毫無意義。」

「其他織謠者聽到會怎麼說？」

「我在說的是犧牲，那必須有意義。」聖頌行使抬起一邊眼皮，「否則有更好的做法嗎？如果黑暗必將存在，由我來保管是最好的。」在日耀氣憤開口前，他打斷：「每隔數年，黑暗就會壯大，破壞魔法屏障，我們反覆對抗、犧牲、修補，這有什麼意義？除卻人們的信念，沒有絕對牢靠的阻擋。我只是走向更遠的一步，選在它最強大的時候，利用這股力量，讓破壞變得有意義，反正歌舞制所早就和僭技密不可分。」

「那是什麼意思？」

「為了封存祕密，離開的人都會失去這段期間的記憶。這是聖頌行使掌管的高等魔法，卻沒有人想過，是怎麼做到的？」

日耀呆住了。

「它讓我們得以直接觸碰記憶，這是這個位子承擔的重量。我不過是在這個基礎上，走得更遠。」歷來聖頌行使都只動用一點點，消去某一小段記憶。他心想，摸向自己右手。做到徹底改換人們的想法，那才是最強大的，它會帶來不可逆的損傷。「歌舞制所知道恐懼的危害，卻沒人想過要善用它的力量讓人們凝聚，這可以解決真正的問題。我再問一次，孩子，你是天真的人嗎？」

日耀默然，他竟然不知道該怎麼反駁他。

「因為如果你是，就不值得我在這裡浪費時間。」聖頌行使淺淺一笑，知道自己占了上風。

「『觸探更深的地方』，我豈不是最好的實行者？」

「在你說這句話的時候，我們家的人卻不知道這件事。」

聖頌行使沒有回答。他猜對了。

「還不知道，」聖頌行使的呼吸一點也沒有被打亂，「或者不需要知道，你覺得呢？」

「不管你有什麼理由，他們不會同意你這麼做。歌舞制所裡，有這麼多我們家的人。」

「終究會的。當初決定提拔你的時候，我也花了點力氣說服他們，畢竟有太多比你更合適的人選。」

日耀本能地想要後退，「這不一樣。」他立刻說，逼迫自己直視他，壓下那股習以為常的焦灼。「我們曾對抗僭技。那是虛假的榮耀，他們到現在都無法承認，也還沒有從傷痛中恢復，而且你可能會引起其他人的反對。如果知道你反過來利用這東西，他們絕不會支持。」

這是孤注一擲。日耀很肯定家裡人不會支持，但最終會採取什麼態度，就是未知了。他們恐怕只想把事情壓下來。

聖頌行使像在評估什麼，許久，他異常平靜地說：「就現在而言，我確實不認為他們需要知道。真是出乎我意料啊，孩子。」

「別那樣叫我！」日耀吼他。

「有些東西，即便有點價值，終究會丟失。」聖頌行使不無可惜地說，反問他：「你希望我怎麼做？」

他指的是畢雅，但日耀聽出言外之意，這句話同時也適用於他——如果聖頌行使決定在這裡除掉他，同樣能解決一樁麻煩。他全身緊繃，審慎思考接下來該說什麼。聖頌行使卻在這時大幅度地轉身，刻意背對他，雙手在背後互握。

又來了。他實在痛恨聖頌行使掌控局面的能耐，竟然能這樣自信悠哉地背對他，彷彿全無防備，不擔憂他會造成任何威脅。

「秋祭典結束了。」日耀昂起頭，站得挺直，儘管他看不見。「人們已經夠仰賴歌舞制所，你要停止繼續傷害島嶼。」

「你把我想成什麼了？不用你說，我也是這麼打算的。」

「還有畢雅。」

「我早就提醒你離那低賤的女孩遠一點！」聖頌行使怒氣沖沖：「來自偏遠島嶼，沒有高貴血脈，卻擁有她不配擁有的天分。這種人一旦帶來汙染，就會像疾病那樣擴散。」

「我沒有要聽你說這些，而且你似乎沉迷於這種血脈。」日耀也忍不住憤恨。

「我可以讓她活下去。只要她滾回出生地，安安分分的。」聖頌行使冷笑，「事實上我給過她機會，不只一次，但她非要涉入不該過問的事。是她選擇無視命令，而且我知道她一直在汙染你。根不夠深的人，怎麼會為歌舞制所專心奉獻？」

日耀聽出他打算做什麼，心中一痛。在目前的情勢下，這竟然是他所能交換到最好的結果。

「你本來想利用她，替你搜尋黑暗的蹤跡。」

「假如她懂得乖乖聽話，我本來還有點欣賞她。我是真心的。」

「你會害她送死。」

「我願意做出任何犧牲，包含我自己，只要有意義。出現這種瑕疵，那確實是我的錯。」

瑕疵？日耀抿著唇，無法忍受他這麼說。他不再談畢雅的事，那會讓他控制不住自己的怒氣。

「那個拾貝人呢，還有，她要去找歌之掌？」

「你太貪心了，他們關你什麼事呢？在這一刻，你必須接受我的作法。既然做出選擇，就要有所取捨。」

他們的作為，都沒有逃脫他的掌控。我為什麼從沒細想，石心有可能是奉聖頌行使的命令監視大家？是因為我不相信以他的身分需要做這種事，還是我一直在逃避？日耀心裡發冷，隔了一會，他勉強說：「記得你答應過的事。」

聖頌行使微笑，代表成交。「孩子，我知道你對我失望。但有一天你終會承認，人們要的不是空泛的承諾，而是秩序，」他刻意露出傷痕累累的右手，「我可以做出任何犧牲。」

秩序。這兩個字的重量疊壓在他心中，他們為此養出了多少怪物？如果今天，其他人知道了整件事，卻選擇對一切沉默，那他還能做什麼？日耀看著聖頌行使野心勃勃的臉，儘管滄桑，卻閃動勝利的光彩。他在心裡想著：有一點他說對了，我必須取捨。也只能這樣了。現在。

隔天，日耀得知歌之掌急病臥床的消息，舞之掌突然間對他很友善，占卜掌則是躲起來整理一堆木刻，沒事時誰也不見，還有，畢雅——他深吸一口氣，嚥下濃重的罪惡感，提醒自己這是他唯一能做的事。

綠月突然過來，打斷日耀沉浸在思緒中。「怎麼了？」他盡可能壓抑迴避綠月的衝動，但這很困難。

「你知道畢雅去哪裡了嗎？祭典過後她就不見蹤影，我找不到占卜掌，舞之掌也不告訴我她去做什麼。」

「我也不知道，是聖頌行使的安排。為什麼問我？」

「因為——畢雅提到過你，我想你們的關係不錯。」

日耀的心抽痛了一下，「如果連妳都不知道，我更不會知道。」

「真的嗎，你真的不知道？」

他搖頭。

「那你知不知道，畢雅是不是捲進了什麼事？她最近好像總是在煩惱。」

他還是搖頭。

「如果你知道她去做什麼，嗯——」

「如果我知道，聖頌行使和執掌們也允許，我就會告訴妳。」他友善而平靜地說。

綠月勉強點頭，忽然又停下腳步，回頭問他：「對了，秋祭典上有個拾貝人來和畢雅打招呼，我們要不要問問她——」

「妳想詢問一個居民，關於歌舞制所的事？」

「也對，我在想什麼。」綠月垂頭喪氣地離開。

日耀繼續往上走。他很肯定，畢雅一定會恨他。

聖頌行使日影抱著一筐魔法，走入海中。海水的浸泡讓他發痛的右手更加有感，他動了動發僵的指節，對著天空下緣，拋出十多枚，召喚出春、夏、秋、冬的美好光影與顏色，像季候快速輪轉，確保魔法屏障在吸收光明之後，更加鞏固。接著，他拿出另一枚氣息黯淡的貝殼，同樣對準那個位置。

魔法是通向，這種危險平衡只有他能做到。自從日影開始有規律地運用僭技，那些力量就殘留在他體內，渴望破壞——要撞破前人設立的防護，對他來說輕而易舉；但他只是定時釋放這股力量，讓黑暗疏通，適時喚醒人們的敬畏之心。恐懼會帶來信念。沒有人知道他得要多麼小心自制，才能不被那股破壞欲占據。

從天空，到與海面相接的位置，開了一道縫隙。裂口比預想中大，聖頌行使對於自己的控制不夠精準帶有幾分不悅。他讓眼前的雜質順水漂流。

那個卑賤的女孩是怎麼做到的？灼燒感越來越強烈，他變得焦躁，近於第一次將僭技引入身體裡的那種噁心。我花了多少歲月，始終無法與這股力量相容……那麼多優秀的織謠者都在對抗時發瘋，為什麼她沒有？

現在，平衡很脆弱，隨時會轉往相反的方向。趁著魔法屏障還沒完全密合，他進到那個縫隙之中。

一股無形、低盪的壓力在海上徘徊，大風季籠罩下，風一吹來就是股辛澀鹽味，所見由青藍，慢慢染成霧灰色，又溼又冷。漁人出海的次數變少了，只在固定海域捕撈特定的魚種，居民們常在大白天打盹，風環帶諸嶼彷彿不約而同地陷入沉眠，島嶼以外更是如此。

遠離海岸線、歌舞和魔法屏障，灰濛濛的，海上泡沫髒汙腥臭，只在視線盡頭海與天的交界處，才能看見一線透藍。大風吹過，把翻肚子的魚屍、落葉和數不清的漂浮物跟著帶上來。半截樹幹浸在水裡，載浮載沉，身上有蟲蛀，以及像被落雷擊斷的焦痕。

它也許曾茁壯過，盛放過，最終只是一根破損殘敗的木頭，漂流到大海。就像肉被吃盡以後，剩下的一根魚刺，被島嶼的嘴巴吐出來，又被浪沖得遠遠的。在更遠，更遠的遠方，哪裡是最後的落腳處？或許它還沒有找到，這樣的一個地方。

沒有思想，失去下一秒的方向，只是漂流著。

在這根漂流木上，承載著另一個生命，也沒有什麼好奇怪的。那生命附在空樹幹上，被它托著，全然不知季候轉換，癱軟疲困，載浮載沉。然而，這確實是一個活著的生命，一雙清澈的眼睛映出海色，沒有欲念，沒有執著。

無生命的漂流木，載著比它更輕的生命，順水而下，也許會連通到另一片水域，或未知的島嶼，那有什麼重要的呢？

19

遠海之外，浪掀起平常的兩倍高，來勢洶洶地，撲向一座孤立小島。島上橫疊著玄武岩柱，被風斜切，卻無半個人居住，與其說是島，更像一座洞穴。

隨著海浪聲，一陣一陣的，不時有岩層崩塌，像被浪拍下來的一樣，從最上方，坍成一個洞。洞窟底部，與海相接，堆滿凹凹凸凸的黑石柱。天光照映而下，投影在水面，這裡的海水是帶青的淺藍，顏色飽和，隨著天光閃爍有如寶石。

若言坐在洞裡，在天光與水光的交界，任藍色淌過。又聽見崩塌聲。從聲音聽起來，崩塌位置距離這裡還有段距離。她已經一動也不動好久了，周圍非常空曠，輕微的聲響都能迴盪得很遠，但回音旋即被海流聲蓋過。

這裡好美，比她見過的任何一個地方都美。就因為這樣，才更令人毛骨悚然——她很確定，風環帶諸嶼不存在這樣的一個地方。若言看著流進洞裡的清澈海水，又有一把瑩白的貝殼碎片被沖進來。太多了。她記得自己曾經看過，風雨過後，被沖上淺灘的大量水母屍體。

像貝殼的墓穴一樣。她心裡閃過這個念頭，越想越怕。醒來以後她人就在這裡，一個不像塵世的地方。若言摸索著地面，抓起一把混入貝殼碎片的沙子，沒有一塊是成形的。

畢雅告訴她真相的時候，若言有種直覺，知道她根本沒有為自己設想退路。因此若言沉著臉，沒有往搭船的岸邊過去，而是走上相反的路——在白燈塔旁，背海的那面，越過又破又舊的硓咕石厝，有一座森林。就她的觀察，織謠者們沒事不會過去。等畢雅出來，我就要拉著她躲進森林裡，然後——若言還沒想清楚，但聖域也是四面環海的，一定能從哪個地方游出去。就算要在森林裡躲一陣子，只要不被發現，她也一定有本事活下去。我得先把環境摸熟，她心想。

若言當時躡手躡腳地，繞過爬滿藤蔓的硓咕石厝。老織謠者還沒從秋祭典回來，不會有人發現，大概也沒人料想得到，竟然會有居民膽敢跑進織謠者的住屋附近。

硓咕石厝座落得零散，這一帶雜草長而茂盛，地面的藤蔓爬到牆壁上，彷彿本身就是一座森林。若言神經緊繃，隨地撿起一根樹幹充當棍子，避免有毒蛇突然冒出來。她沒注意到腳邊的藤蔓，不小心踩到，重重跌倒，看見地上圓滾滾的矮胖影子。

「欸，妳怎麼還在這裡？」

若言嚇得差點叫出聲，急忙摀住嘴巴。一名老織謠者站在她面前，頭髮稀疏，還硬是盤成一個扁塌的髻。儘管身形擁腫，裙間藤帶卻繫得緊緊的，給人一種不協調感，彷彿一個年輕靈魂被困在老邁的身軀裡，用她的方式拒絕歲月。

「我應該不認識您？」若言毛骨悚然，不想和這個怪模怪樣的人搭話。但為了避免她大呼小叫引來其他人，只能硬著頭皮答話。

老織謠者認真盯著她的臉，很久很久，像是時間靜止。若言正想開口，老織謠者忽然臉色一皺，抓起她的手說：「小葉子，我不是叫妳趕快走嗎，去最小的島嶼好了？對了，就碎嶼吧。」

小葉子是誰？若言很確定，自己不認識這個瘋婆婆。她為什麼盯著我的臉那麼久，還知道我來自碎嶼？

「唉唷，唉唷，發現黑暗的腳步，還要跟在他眼皮底下走嗎？快走呀，小葉子，被逮到就來不及了！」瘋婆婆揮舞著雙手，「跑！跑！」

發現黑暗的腳步？小葉子？若言呆在原地。

「山如，看清楚，這個人可不是織謠者。雖然確實長得很像。」

一個潔白人影飄然而至。若言嚇得渾身發軟，瘋婆婆也僵在原地，反應和她一樣——她明明也是織謠者，為什麼要害怕？

「我忘了，妳的腦子根本分不清這些，也總是分不清楚，站在哪一邊才是對的。」聖頌行使日影笑了。

若言忘不了那個笑容，慈藹祥和，讓人聯想到死亡的幻影。

為什麼說她長得像織謠者？從來沒有人這麼說過——我哪裡像織謠者了？「欠風搧的魔法！」若言咒罵，回音震盪。

洞窟沒有封死，與海相接，稍早她試過游出去（差點被崩落的石塊砸到），然而，外面只有一望無垠的海，她只好又退回來，枯坐著等待救援。

她聽見水聲而回頭，有具浮屍攀在半截斷木上漂來，卡在洞穴外緣。從漆黑的長髮判斷，是名女性。

而且還活著！

看見那個人動起來的瞬間，若言嚇得倒退。隨即，那女子把自己的身體撐起來，試圖離開那根枯木。

若言壯起膽子，小心翼翼地過去。當那女子撥開散亂如藻的長髮時，若言看見她慘白的臉色，驚叫出聲。

畢雅的雙眼幽黑，渾沌，見到她竟然毫無反應。若言反覆叫喚她的名字，一遍又一遍，她眼裡才慢慢恢復一點光澤。

⸙

「妳認得我嗎？」若言乾巴巴地說。

畢雅沒反應，若言的心沉到水底。隨即畢雅卻又點點頭，皺著眉：「妳是若言。」

聽見她喊自己的名字，若言僵冷的身軀緩和下來，但還是覺得她的反應有那裡不對勁。「妳記得我們怎麼認識的對吧？」她覺得這問題很蠢，太蠢了。

畢雅困惑的表情立刻刺痛了她。她猜到一種可能，不安地問：「妳是怎麼到這邊來的？」

「有個人來目行嶼找我，說要帶我去另一個地方，他說我有控制魔法的潛力。我搭了很久的船，海上搖搖晃晃的，」畢雅出神地說著，眼底彷彿有一片霧氣瀰漫的海水，「然後我走進金色的門。」接下來的事，她沒再說下去。

漆金大門。潔白布料。迴旋階梯。閃耀的廊柱。這些畫面快速從畢雅腦中閃過，像沉進水池那樣……她好像看得見其中一些，但它們卻倒映在另一面，她觸摸不到的地方，怎麼也想不清那些細節。明明這是她的故事。

畢雅的記憶停留在——這是她幾歲時發生的事？若言咬住下唇。她看過被消除記憶、送回島嶼的織謠者，就是這副迷離表情，對於過去在歌舞制所裡的那段日子，似懂非懂。在那之後，有的人終其一生都在尋找自己失落的部分，卻又不明白失落的是什麼。若言難過地抱住畢雅，她的身軀綿軟無力。

「妳在生氣嗎？」畢雅困惑地說。

「當然氣，」若言的眼淚掉了下來，「他憑什麼這樣對妳？」

她們勉強在洞窟裡找到一塊還算穩固的大岩石，緊挨而坐。陽光從洞口直射而下，儘管衣服被海水浸溼，還不至於發冷。

「跟妳說個故事，」隔了很久，若言才稍微平復了一點，開口說道：「感覺真怪，這種事應該要妳來做的。我對妳在聖域——嗯，歌舞制所的事知道得不多，所以只能從我們見面的時候說起——」

過了漲潮時分，水位湧上來，幸好她們坐在石頭上。洞窟上方，天慢慢暗了下來，滿天星斗倒映在水中。畢雅對著水面發愣，想像著若言描述的，一個她不記得的自己。

「妳在看什麼？」

「目行嶼的人會在晚上捕魚，有很多漁火。我小時候也坐在船上跟著出去，火光很溫暖，像在指引方向——」她瞇起眼睛，指著水下發亮的光，「那是什麼啊？」

「貝殼碎屑，這裡有好多喔。但碎成那樣，應該沒有魔法了。」但即便拿到裝有魔法的貝殼，若言不確定畢雅是否還有那個能力。

「有聲音。」

若言渾身緊繃，靠得離她更近，「哪裡？不要亂說這種話啦。」

「碎片發出來的。」

「有聲音？妳聽得見？」

畢雅點頭，閉上眼睛，那些碎片發出非常、非常細微的聲音，像在風中碎掉的哭泣。不知不覺間，她感覺眼皮鈍重了起來，因為度過了一整天，飢餓讓她從體內發冷。

若言可以感覺到畢雅身體的顫抖，還有她自己的。她們同樣又餓，又冷，又疲憊。漲潮剛開始，她不知道海水什麼時候會淹進來？或許這才是聖頌行使把她們困在這裡的原因——不論意志或體力，終會慢慢消磨殆盡。若言幾乎肯定，這不會是他第一次這麼做。也許就在這裡，從她們所在的位置，一個又一個妨礙他的人無聲地消失。

砰。一塊落石崩塌，好像離這裡不遠。

海水的鹹味，潮溼刺鼻，帶著死亡氣息。若言睜大眼睛，卻什麼也看不見。畢雅彷彿睡著了，呼吸越來越濁重……身體一放鬆，黑暗便包圍住她們。

「畢雅。」

畢雅聽見若言在呼喚她，聲音乾燥。好奇怪，明明她就在身邊，聽起來卻那麼遙遠。她不情願地抬起眼皮，看見微弱的星光。她辨認出裡面有貝殼的光。有一張臉，躲藏在漆黑之中。她對著那張臉說：「出來。」

日影的輪廓，在黑暗中浮現。

看見他的瞬間，畢雅本能地想把自己縮小，最好能躲進他看不到的縫隙……這麼想著，黑暗又撲上來。她記起一些瑣碎的片段：自己站在歌舞制所的階梯間，這個人從她身上取走了什麼……她越去想，畫面就越模糊，最後糊成一片空洞。她帶著憤怒大叫，像是失去手腳的位置，突然感到疼痛。

「真是出乎意料啊，竟然能感應到我在這裡。」聖頌行使笑了笑，「原本我還在想，如果妳能安安分分的，就讓妳活下去，畢竟我答應過一個後輩。但妳果然還是太危險了。」

他像一條蛇那樣，迅速遁入黑暗。畢雅的身體好痛。新生的黑暗從她身後撲上來，她拔腿就跑，跌進另一個空洞裡。若言的呼喊聲還在，但越來越薄弱，慢慢地聽不見了。

她一心一意地逃離，卻被腳邊的東西絆倒。

有許多黑漆漆的細線。日影躲在看不見的地方，像牽線木偶一樣，把它們往外扯。

畢雅像踩住一道影子那樣，阻止他繼續拉扯。但她沒辦法壓制住所有的線，出於直覺，她拉住其中一條，想把那條線扯向自己。她能感覺到對方的驚訝與震怒，他們僵持著。

「畢雅——畢雅——」若言高喊，「你把她帶去哪裡？你為什麼躲到這種地方？」

「這種地方？」一身潔白的老人站在洞口，回音像隆隆水聲，帶著危險。

她原以為他不會回應，但顯然他對自己的掌控充滿自信。他會為自己的高傲付出代價，若言恨恨地想。

「平凡的女孩，這是受棄逐者最後的葬身地。能在這麼美的地方，把生命獻給魔法，至少妳還有點價值。」

如果不是情勢如此，若言會說這裡美得像傳說中才會出現的地方。但他就連做這種事，也要維持假象，只讓她覺得噁心。「說什麼對魔法不敬會被驅逐，你是用僭技把我們帶來的嗎？」

「連織謠者都不敢直呼這股力量，平凡人膽敢說出它的名字？」他警告的意味震盪空氣。

「反正你們也就只有表象而已，平凡人和織謠者又有什麼差別——」若言突然僵住。瘋婆婆把我認成某個織謠者，叫我去碎嶼，他也說我長得很像……瘋婆婆叫那個織謠者小葉子，而那個織謠者發現了黑暗的祕密……若言忽然害怕起來，她不想知道，不敢繼續想下去。

她深吸一口氣，像吐出一個咒語：「葉羽。」她本來一輩子都不想提到的名字。

聖頌行使的表情變了，若言感覺自己全身血液都要冷掉。

「妳知道了？」

她母親的名字，也曾是一名織謠者。如果她離開歌舞制所的原因，是因為發現了他的祕密……

「我媽媽——」若言的聲音哽住，「還有我爸，你對他們做了什麼？」

「一個織謠者，和一個平凡男人死在一起，留下不會魔法的孩子，還有什麼比這更諷刺的？」他笑出聲，彷彿這是天大的笑話。「原本的故事，不是好得多嗎？我都親自說服妳叔叔，把平靜帶給你們了，何必要自尋煩惱？」

若言臉色煞白。這麼多年來，她一直恨著她母親，以為她在利用完父親之後，又躲到哪個地方去了。因為，叔叔就是這麼說的。之前畢雅質疑過，她相信的事都是「聽說」來的。是這個人讓叔叔相信這種念頭，他偷走她母親的故事，讓她不僅被遺忘，還受到自己的孩子憎恨。他們連在家裡都不會提起她的名字，彷彿是一種玷汙。

她以為她的生活離魔法遠遠的，結果打從一開始就在他的掌控之下，他竟還敢嘲笑這一切！怒氣在若言心中高漲，帶著絕望的恨意，「你把那個老織謠者怎樣了？」

「她好好的，我何必把力氣浪費在一個瘋婆子身上？她說的話又沒有人信。」聖頌行使平舉手臂，朝向若言，「去和他們團聚吧。」

無形的力量綑住若言，刺進她的身體，彷彿要將她扯碎：痛苦、不堪、恐懼、絕望，最後全部化作對他的恨。我會死在這裡。他會把我變成水鬼，然後再受他利用。淚水布滿她的臉，她不甘心他就這樣偷走他們的故事……

※

畢雅和聖頌行使原本僵持著。忽然間，他發出刺耳的笑聲，把一條新生的線朝自己的方向拉去，整個人瞬間充滿了力量。畢雅阻擋不及，只在空中抓到一枚像齒痕的貝殼碎片。

她感覺到憤恨與絕望，從另一方向湧來，沒入日影手裡的織線。吸飽了恨意的織線，強韌如鞭，他大手一揮，黑暗便撲上來咬住她，像帶著利齒的鯊魚。畢雅站不穩跪地，雙腳雙手立刻被黑暗吞噬。

日影笑了，「妳們一起吧，作為魔法的一部分。」

震耳欲聾的雜音撞過來，畢雅倒在地上，聽見無數幽魂扯著嗓子，哭喊著悲痛、憤恨、絕望。黑暗的觸手伸向她，想帶走她身上的一點光明……她用僅存的力氣閃躲，忽然聽見熟悉的聲音。

若言？

畢雅認出若言的聲音，帶著憤怒在咆哮，張牙舞爪的，隨即又被眾多聲音蓋過。她在哪裡？畢雅想喊她，但一張口，蠢蠢欲動的黑暗便湧了上來。她拒絕那些怪物再靠近，卻被壓制在地上，掙扎著又踢又踹，仍然推不開，它們變得更兇猛。

一隻小小的手抓向畢雅，想勾出她體內受傷淌血的部分。畢雅可以感覺到，這個怪物也在流血。

這個不成形的黑暗，來自什麼人？畢雅愣愣地想，她只想著要擋住它們，把它們隔絕在外面。她從沒想過，是什麼樣的痛苦，讓它們變成這樣的怪物？

「若言，妳在嗎？」
沒有回應。畢雅鬆手，放掉力氣，讓黑暗湧進自己體內。

≋

聖頌行使日影始終保持著那抹微笑，站在洞口，與海交界的位置，看著倒地的兩個女孩。那個蠢女孩終於放棄了。可惜了，如果她更好操控，或許我就能深入這股力量。他的右手忽然劇烈抽痛，指節蜷曲，數枚貝殼掉落到地上。

手上的痕跡擴散，黑中帶紫，像有毒性的螺紋，遍布整隻手掌，延伸到手臂。他倚靠在洞穴邊緣，稍作休息，但始終是站著的，避免髒汙的地面弄皺白袍。

20

在黑暗中，時間像永無止盡。

無數觸手在畢雅身側，黏合成一團沼澤，眾多人臉在那裡載浮載沉，尖叫號哭。畢雅盯著中心的位置，織線聚合，有一個孩子蹲坐在那裡。

他又瘦又小，穿著破爛，被鎖鍊纏縛。

畢雅一看就知道，這是控制黑暗的人。這是他殘存的意念。她看見幻象裡的人們不約而同繞開他，鄙夷居多。

狀似孩子的怪物尖聲怪笑，伸出髒兮兮的手，被他觸碰到的人，神情皆變得空洞。他持續榨取，直到人們體內的魔法一滴不剩。人們驚恐的表情，讓他更殘酷地笑了。他恣意拋擲，一條又一條黑色觸手……浮沉的人臉像是感覺到疼痛，哭得更大聲了。怪物轉向畢雅，讓觸手纏住她的手腳，想把她也拖進沼澤裡。

畢雅看著他：你想要什麼？

怪物咿呀吼叫，用非人的速度狂奔，重重疊影，毫無規律，像是有好多個怪物同時在跑。但不論他往哪個方向跑，最終都會撞上某個看不到邊界的東西，把他圍困在原地。他頹喪地跺腳，發著脾氣，觸手跟著他一起舞動，變得更加狂躁。

當黑色觸手瞄準畢雅的心臟刺入時，她沒有閃躲。鮮辣的疼痛湧上來，拉扯她最痛苦的記憶。

畢雅看見小時候的自己，站在岸邊，瞪視海中之物，然後伸手去摸貝殼開口處的透明絲線。她知道自己不該那麼做，卻忍不住誘惑。

「她在摸什麼？她看見了什麼？」有人低聲說，「水鬼——水鬼會附在孩子身上。等他們長得夠大，就會去殘害其他人。」

畢雅悲傷地想起這一切。他們並不了解，只是很害怕。

僭技掌握在那個怪物手裡，魔法湧動，空氣變得燥熱。那是不可能對抗的力量，只求破壞。它仍在誘惑她，只要一伸手，就可以觸碰到……

畢雅同情地看著它，這些都是幻影，你也是個幻影。黑暗不會披著人皮，你是真實的人。你只是受傷了。她不帶起伏地說：但你已經過去了。

怪物疼痛吼叫，坍縮成一團，手腳變得模糊。畢雅趁這時遠離，順著織線的來源遊走，把幻影丟在身後。

每一條織線，都像一條嶄新的路。每走一步，就有新的線捆住她。畢雅觸摸到那些織線時，聽見它們的主人在哭喊，然後沉沒在黑暗中。她停下腳步，喃喃說：「如果妳聽得見，我在這裡。」一條灰色的線游向她，還沒完全變黑。畢雅伸手，讓那條線捲上來，纏住她。「若言，」她輕輕感覺著，「妳還活著，醒過來。」

「我恨他，」少女出現在她身後，模模糊糊的，好像有一片海，她跨不過去。「他這麼對妳，對我爸媽和叔叔——他要付出代價。」

「妳不能留在黑暗裡，黑暗是他控制的地方。到這邊來。」

若言低頭看著腳邊，「我過不去，這裡都是海。」

「妳要過來。除了妳，沒有人能越過去。」畢雅說著，對她伸出一隻手。

黑暗中，她的手很溫暖，發出微弱的光。

若言想起上一次，她們在碎嶼的海邊，只差一點就要滅頂。畢雅不擅長游泳。她微笑，握住畢雅的手。

在黑暗中待久了，微光也變得清晰可辨。她們一起走著，不知道走了多久，直到看見模糊的輪廓。

「那是我們嗎？」

畢雅看見若言倒在地上，她自己也躺在旁邊，寒冷和飢餓的感覺回到身體裡。她們還在那座洞窟裡。畫面模模糊糊的，像在水池另一面，隔著一層霧氣。一身白袍的老人也在，緊緊拽著貝殼——那東西很燙，在灼燒他的生命。

聖頌行使日影的眼前，閃過畢雅的身影。然後，她像是找到了連接點，朝這邊走來。

不可能，她應該迷失在黑暗裡！他想，痛苦呼喚痛苦，她會困在自己的心裡，被拖向更深沉的黑暗，然後永遠墮落，成為僭技的養分——

除非她不記得那些。

日影意識到自己的疏忽，匆忙去撿地上的貝殼。當他用顫抖的手抽出黑色織線時，畢雅也感到疼痛，伴隨噪音。她試圖回想，剛才他是怎麼驅動魔法的？她記得黑暗在他腳下，往四面八方湧出，但她對魔法的記憶模模糊糊的。

若言驚慌地叫：「畢雅，我們為什麼還不過去？」

「過去？」畢雅恍然大悟。他剛才把若言的憎恨，連接到織線的另一端，只是還沒徹底完成。

「從哪裡過去？」

若言伸手一指，畢雅看見微弱的光。她們順著光跑，距離聖頌行使越來越遠，卻離她們自己越來越靠近，那是水池的另一面，泡沫湧上來……畢雅記起一些模糊的輪廓，有一棟建築：白燈塔，黑拱頂，她不清楚裡面的情況，但是大門敞開，風吹進來。

日影不顧一切，焦躁地拋擲僭技。

畢雅閉上眼睛，專心想著花草，動物，海洋，以及島嶼的形狀，接著她想到了綠月，還有日耀（她的心不自覺一痛），還有那些歌舞，所有她能想到的，不夠完整卻美好疼痛的事物……就在那裡。她經由記憶中的那扇門，看見了通道：讓我過去。

魔法屏障震盪，與僭技相撞。漆黑的織線變得焦脆，然後斷裂開來，有一部分像是水草，從畢雅體內剝落。在那瞬間，她忽然明白過來：怪物想要的是，通向那個它不被允許進入的地方。一個老邁佝僂的身影跌倒，黑暗被劈開一道小小的縫隙，透著光。

兩個女孩從地上起身，鑽進縫隙之中。

21

這一天，儘管風大，卻不太冷，居民都在忙活，有人趁暇時補起魚網，也有人雙腳泡在海水裡，辛勤刮取粗硬的海菜，只有一對夫妻焦灼地等在海邊，雙眼布滿血絲，探問每一艘船的船夫。

「我們這邊的人已經跑了幾座島嶼，你還沒找到啊？」大嗓門的船夫說。

「唉，秋祭典後都多久了，再怎樣也該找到了。」

若木臉色灰敗，林芳跟在他身邊，一手挽著他。

「有人來找你們。」

他們回頭，看見島嶼的塔姆。若木眼中閃過一絲希望，急切地跑去：「是不是打聽到什麼了？」

島嶼的塔姆搖頭，「聖域問過各個島嶼，那孩子應該祭典後就回來了。」她心裡頗有微詞：他們自己忙得分不開身，要我來安撫這對夫妻，這件事哪這麼容易。他們到底問了哪些船夫？應該親自派人來跟這兩個人交代啊。

「但我問過所有經過的船夫，沒有人載到她啊。」

「他們那天載了多少人，也許一忙就忘了。你那個姪女，她母親到哪座島去了，會不會是去找她？」

「不可能！」

「而且我們也不知道她母親在哪。」林芳補充說。

「一定得再問問，還是我親自去——聖頌行使在嗎？」

「聖域現在不開放，你可不能壞了規矩。」島嶼的塔姆警告。

夕陽默默變換了顏色，把海面染得金澄帶紅，帶著悲傷的豔麗。光影閃動，退潮時分，浪慢慢退去，往兩旁退開，看上去就像海水分道。

「也許我們應該往其他地方找——」島嶼的塔姆看著這畫面，忽然瞪大眼睛。

短暫閃光，從海中央劈開一道裂隙，海中露出一條淺淺的路。兩個女孩牽著手，踏海歸來，就像是憑空出現的。織謠者女孩走在前面，拾貝人跟在她身後，伸手從海中撈起一把晶亮貝殼，混著細沙。

碎嶼的人們都屏息著，看著這一幕。「她們是從海裡來的嗎？」

「像傳說一樣……帶來神諭的使者。」

天空紅彤彤的，夕陽落在她們身後。她們輕巧地踏上陸地，一陣風吹來，縈繞著人們，宛如自然的盛典。有人發出歡呼聲，不知是誰先起的頭，唱起這一年的傳唱歌謠，陸續有人跟上，若木和林芳也看呆了。

風會把它帶走的，再次帶回來

回到我們身邊，和不在的聲音一起

回到平靜

回到我們身邊，和不在的聲音一起

回到平靜
和所有聲音一起
在風裡平靜

他們都圍了過去，島嶼的塔姆率先反應，恭敬地對畢雅說：「織謠者，您是？」

「畢雅。」

「目行嶼的畢雅。」若言補充說。

島嶼的塔姆奇怪地看她一眼，這是句不尋常的描述。若木和林芳太過激動，沒察覺到異狀。林芳忍不住罵：「妳跑哪去了？」

「閒話家常待會再說。」島嶼的塔姆制止他們，禮貌地問：「是您替我們把這孩子找回來的嗎？」

畢雅不知該從何說起，若言便代替她說下去：「我遇到一些危險，是她救了我沒錯。她失去了一些記憶，主要是在聖域的那段期間。」

人群發出小小的驚呼，若木和林芳憋了滿肚子疑惑，就要發作，但島嶼的塔姆畢竟是見過世面的，一聽就知道這件事不尋常。她陪伴過許多家屬前往聖域，接回被消除記憶的織謠者，盡可能幫助他們重回島嶼生活，但沒有一個失憶的人會用這種方式出現。她又思索著聖域下達的奇怪指令，再看看周圍情緒高昂的人們，轉頭宣布：「既然順著風到這裡，就是島嶼的人。」島嶼的塔姆拉起畢雅的手，另一手放在她額間，用只有兩個人聽得見的音量給予祝福：「安心住下來吧。有時候，遺忘就跟記得一樣慈悲。」

畢雅莫名地震動。失去記憶以後，她聽到的都是若言對她遭遇的同情，還有為她生氣、抱不平，她沒想到會聽見這麼一句話——即便她走了很長的路，最後依然回來了，一無所有，但這不只是不幸？在從生死邊緣回來以後，在得知這麼多，也遺忘這麼多事情以後，就只是這樣——島嶼有句話是怎麼說的？

⺀

小小木桌上，擺著一壺風茹草茶。畢雅沒有拿起杯子，若言則是摳著桌邊翹起來的一塊木屑。她們剛和島嶼的塔姆談完，在老婦人走了之後，若言顯得沮喪：「妳說的對，島嶼的塔姆不一定會願意站出來。」

儘管保險起見，她們沒有把事情的全貌都交代清楚，只簡略地提到，日影擅動魔法製造災害，但島嶼的塔姆聽完只是沉默，「那他的目的暫時達到了。島嶼還在休養恢復中，比以往更依賴他們。」

對此畢雅並不意外，若言繼續喃喃自語：「他會來對付我們嗎？嗯，或許沒那麼快，畢竟妳沒有跟島嶼的塔姆透露太多，而且她看起來不打算做什麼。」

「或許她也在等待時機，或者還在考慮。」畢雅說。

她們兩人靜默地坐在原地，直到再次有人跨過門檻進來。一個年輕女子，即便風塵僕僕，頭髮散亂，也蓋不住那張精巧絕倫的臉。若言一看到她身上穿著織謠者服飾，立刻變了臉色。畢雅卻激動地站起來：「綠姐姐。」

「喔，雅雅。」綠月忽略若言不善的反應，對著外面喊：「真的是畢雅！」

蒼白的少年也進來了。他就和若言印象中一樣，打理得整齊，輪廓尖削，打量著周圍。

兩名織謠者。又一次，魔法擅自跨過她家的門檻進來！若言氣急敗壞，幾乎準備衝進廚房拿刀子。在她破口大罵以前，畢雅先認出那名少年：「日耀。」

日耀的眼神不自覺閃躲了一下。她很安全，他心想，隨即沉著地說：「我們代表歌舞制所，來帶妳回去。」

「別蠢了，她回去做什麼？」若言忍無可忍。

「聖頌行使受傷了，很嚴重，現在是舞之掌在主持局面。」日耀意有所指。以聖頌行使目前的狀態，連魔法都無法好好施放，或許再也不能。「我們來的路上，聽到這裡的人反覆在說妳們的事，已經傳開了。畢雅回歌舞制所會受到尊敬，也許很快就能晉升。」他幾乎可以肯定他們會這麼安排——給予一個人榮耀，好讓他從此不離開歌舞制所的眼睛。「歌舞制所現在一片忙亂，舞之掌說歡迎妳回來，很多事情，妳不記得也沒有關係。」

說得好像是她自己忘記似的，若言一聽就來氣：「別聽他們的鬼話。」

「雅雅，聽說妳受傷的時候，我快急死了。我不知道這段時間妳在外面經歷了什麼，」綠月下定決心般地說：「但我不會再讓任何人傷害妳。」

「你們有什麼臉說這種話？」

比起被質疑的憤怒，綠月的表情顯得困惑。若言不禁想：他們是怎麼告訴她的，她聽說的是什麼？

「夠了，讓她自己決定。」日耀打斷若言，吁一口氣，讓自己放鬆。

綠月悄聲問：「她到底在說什麼？」

畢雅忽然握住綠月的手，鬆開她因緊握而發白的手指。「我相信妳。」聽見這句話，綠月喜出望外，若言的臉垮了下來。隨即，畢雅卻說：「但我不能回去。」

不只綠月和日耀，就連若言都詫異地呆住。日耀最先反應過來，想起畢雅是因為失去記憶，才會忘記自己過去為了成為織謠者，有多麼努力。他站了起來，從懷中拿出一枚瑩白貝殼。

看見殼身閃爍的光，畢雅的黑眼珠微微放大。綠月見狀，過去站在日耀旁邊。他把貝殼的開口轉過來，讓畢雅看得更清楚，然後從中抽取透明的織線，像紡紗一樣，對著這個空間施放。輕柔的風拂過，樹木搖曳，蟬鳴唧唧，松鼠在地上撿拾毬果，空氣溼潤飽滿，帶著熱氣，一片薄膜般的蟬翼掉落下來……幻象消散以後，留下的是一股甜蜜的滿足。

這股感覺，在他們三人心中只停留了一瞬間，反倒是若言因為魔法的作用而安靜下來。織線還在日耀手中閃爍，他把它收回去時，畢雅看得目不轉睛。

「妳不想觸碰這些嗎？」他托著貝殼。這是他特地挑選的魔法，像他們並肩坐在森林裡，親吻的那一天。「妳是個織謠者。」

畢雅沒回話，盯著閃耀的殼身發愣。日耀鬆了一口氣，她沒變，還是那個會為魔法深深著迷的女孩。這是她的本質，也包含意志。

「但我不想做那種織謠者，」畢雅堅定地說，「已經不是了。」那是受控制的地方，她對自己說：再美的事物，都無法改變醜陋的本質。

若言回過神，看著畢雅的神情充滿驕傲。

日耀還沒想清楚該怎麼做，綠月鼓著臉說：「如果畢雅不走，那我也要留下。」

「妳是來和我一起勸說她的，不是讓局面更混亂。是妳自己拜託舞之掌說要一起來的。」

「我要在畢雅身邊，我們早就說好了。」綠月回到椅子上坐下，和畢雅、若言在同一側。

「妳確定？」畢雅看著她，內心激動。

「我們一直都是這樣啊。等會一定要好好聊聊，還有什麼是我不知道的？」

「故事有很多，在這之前——島嶼的塔姆說過，畢雅現在屬於島嶼了，織謠者就回去吧。」若言指著門檻，彷彿那裡隔著一片海，而她擁有召喚陽光、風沙以及海鳥的力量。

畢雅看著日耀的臉龐，感覺刺痛。許久，他先別開眼睛，對綠月說：「如果妳要走，不能帶著歌舞制所的記憶。」

「在我和她們聊過之後，再決定要不要自己回去，把這些交還。」

「妳要先獲得許可，否則會被視為背叛。」日耀背對著門口，陽光照在他身後。

「什麼是背叛？」綠月仰頭看他，「我問了你好幾次畢雅去哪裡，你都說不知道。後來跟我說的，和我看到的又不一樣，為什麼要隱瞞？」

日耀沒有回應。一股緊繃在蔓延，像裂痕爬上牆壁。

畢雅接著也站了起來，到他身邊，低聲說：「我也想要知道，為什麼？」她想要知道他的說法，不是規則，而是某一種解釋。屬於他的說法。

日耀從她的問句裡聽出悲傷，不可置信地看著她。他心跳狂亂，說不出任何一句話。最後他只說：「再見，畢雅。」

他抿著唇轉身的樣子，讓畢雅心痛。她有種感覺，他正在往一條很遠，很遠的路上走去，那條路充滿喧擾，卻又漫長孤獨。
擺在桌上的一壺茶早就冷掉了。
若言剛才完全沒有想到要添上新的杯子，要是被林芳看見，會責怪她沒有禮貌的。她想：我才不在意那些呢。但碎嶼的人一向有自己的待客之道，比如，杯子不能空著，還有她覺得喝茶的時候，不能不配一點吃的……她打開壺蓋，看著乾巴巴、已經淡得失去顏色的風茹草根，聲稱要去泡一壺新的，便跨過門檻，把空間讓出來。
「我沒想到妳會這樣耶，這完全違背規定。」畢雅帶著惆悵說，「在歌舞制所裡，妳對別人說話從沒這麼凌厲。」
「喔，雅雅，要是我之前再多想一點點就好了。妳剛才說歌舞制所？」綠月瞠目結舌，「但妳不是——他們說妳受到黑暗襲擊，失去了以前的記憶？」
「這麼說也沒錯，」畢雅哼了一聲，壓下心裡的惶惑：「我只記得一部分。」在最後一刻，隨著日影的退敗，部分遮蓋著她記憶的僭技剝除了。但仍有一些關鍵的部分，像沉在水霧裡。她不再完整。
「我會把我記得的都告訴妳。」綠月握住她的手。
「我會記得妳告訴我的故事。」畢雅給她一個信任的笑容。
「嗯，這很像妳嘛。」綠月觀望四周，鬆懈下來。「結果繞了一大圈，還是回來了。我們是不是該準備回目行嶼？」
經過了這麼多年，她們又回到島嶼，帶著凌亂如絲線、中途被截斷的故事，坐在一個陌生卻溫暖的家中，張望著砞咕石牆上蛛網般的裂痕，壁間恣意生長的蕨草，還有光線的顏色……強勁的風帶著鹹腥吹進來，畢雅感覺身體很輕盈，充滿新鮮的力量，她終於想起一直忘記的那句老話，「風還是會將人們連結在一起」。

「妳去過其他島嶼嗎？」

綠月搖頭，這個問題她們以前也討論過。

「我沒去過。我想要去看看。」畢雅有種直覺，應該親眼看看其他地方生活的模樣。越過海的另一邊，還有更廣袤之處……她猜若言會很樂意陪她們走一段。「人們是怎麼說的？順著風走，重新開始。」

致謝

這是一個失落的故事，也是關於愛的。故事以澎湖地景為雛形，那是我的童年、精神的原鄉，好玩的是，寫作時的最大享受卻是變造，每天沉浸在另一個世界裡，真是好美，像在跟自己的故事戀愛。澎湖的宗教常展現對自然的崇敬，尤其海神信仰，這是我設計出歌舞制所，又以水鬼為恐懼代稱的發想。歌舞制所原型取自漁翁島燈塔，跨海傳說參考澎湖摩西分海*，棄逐之地則由藍洞想像而成。當然了，澎湖實際上缺乏河流，像落嶼那樣的豐饒之島並不存在。大目船要比故事描述小得多，僅一人搖櫓。但我就只是想那樣寫而已，我相信保有任性的想像力，是奇幻小說家的特權。

在此感謝親愛的家人、朋友、編輯美術團隊、金車奇科幻文學獎，還有欣賞這個故事的人們它經過了好多愛書人的悉心對待，深深感謝，如仍有遺漏不盡之處，是我個人的侷限。

首先，我要謝謝秀威出版社，編輯團隊伊庭、霽恆、人玉、懷君的用心，讓這個故事最終得以落地，呈現在讀者眼前。謝謝美術團隊賦予它魔法般的視覺。

謝謝願意推薦這本書的兩位老師——在頒獎典禮上，詹子藝老師好真摯地回饋對作品的感覺，我很難具體說出，那次交流於我有多麼珍貴。我喜歡邱常婷老師的文字，能邀請到她為這本書寫推薦本身，即是一種讚美。

* 退潮之際，奎壁山會顯露出一條礫石的「海中道路」，可通往對面的赤嶼。

謝謝我深具智慧的友人，當過編輯的佳穎、重度奇幻迷毛毛陪我出席頒獎典禮，其後以迅雷不及掩耳之勢一天內看完，給予「讀者老實說」的超專業回饋。我很珍惜毛毛純以一名讀者的角度，享受這個故事。佳穎則是協助核對細節，助我釐清島嶼概念，其細心程度我認為值得支付工酬，但以她慷慨的個性，竟還想請我吃飯，我覺得太誇張了！

謝謝曾以各種形式陪伴這個故事的人，有時信任就是對創作最大的支持。我的文學啟蒙師長——佳嫻老師、晉綺老師、萬儀老師，讓我感覺到一種珍貴的看重。重要的朋友亭儀couple、餅乾、啾、普林，他們都在閒聊中參與到故事片段。力慈、尚融、育惠、柏宜對我的心靈定期照撫，用各自的方式陪伴著我。謝謝蓓給予的溫暖，雖無正式討論過這個故事，但我總覺得，它所要說的話，就在一次次對話裡的啟發。

謝謝詳對我毫無保留的信任，不厭其煩陪我討論，聽了這個故事一遍又一遍（對於他看到的最初版本，我真心感到不好意思）。他是風環帶諸嶼專家，總是敏銳地提出建議，許多細節校對、邏輯瑕疵，都是他幫忙發現。因為有這份支持，讓我能相信自己。火花激盪的時刻，回想起來是最好的時光。

最後，感謝妹妹與她的男友在生活中處處照顧，提醒我記得去吃飯，還有媽媽的愛心料理！謝謝阿姨和宏叔擔任在地嚮導，載我穿越澎湖大大小小的神祕地點，海岸的風，還有那些歌聲，都是他們陪我抵達的。

我最愛的阿嬤就在那片土地上，給予我永恆的愛，我要把這個故事獻給她。

釀奇幻80　PG3071

織謠者：貝殼之夢

作　　者　陳若那
責任編輯　孟人玉、吳霽恆
內頁插圖　陳若那、freepik.com
圖文排版　陳彥妏
封面設計　王嵩賀

出版策劃　釀出版
製作發行　秀威資訊科技股份有限公司
114 台北市內湖區瑞光路76巷65號1樓
電話：+886-2-2796-3638　傳真：+886-2-2796-1377
服務信箱：service@showwe.com.tw
http://www.showwe.com.tw
郵政劃撥　19563868　戶名：秀威資訊科技股份有限公司
展售門市　國家書店【松江門市】
104 台北市中山區松江路209號1樓
電話：+886-2-2518-0207　傳真：+886-2-2518-0778
網路訂購　秀威網路書店：https://store.showwe.tw
國家網路書店：https://www.govbooks.com.tw
法律顧問　毛國樑　律師
總 經 銷　聯合發行股份有限公司
231新北市新店區寶橋路235巷6弄6號4F
電話：+886-2-2917-8022　傳真：+886-2-2915-6275

出版日期　2024年10月　BOD一版
定　　價　390元

讀者回函卡

Printed in Taiwan

國家圖書館出版品預行編目

織謠者：貝殼之夢 / 陳若那著. -- 一版. --
臺北市：釀出版, 2024.10
面；　公分. -- (釀奇幻；80)
BOD版
ISBN 978-986-445-975-9(平裝)

863.57　　113011228